추락

세계문학전집
2 5 6

J. M. Coetzee : Disgrace

추락

J. M. 쿳시 장편소설
왕은철 옮김

문학동네

일러두기

1. 번역 대본으로는 J. M. Coetzee의 *Disgrace*(Penguin Books, 1999)를 사용했다.
2. 주석은 모두 옮긴이주다.
3. 본문 중 고딕체는 원서에서 이탤릭체로 강조한 부분이고, 볼드체는 원서에서 대문자로 강조한 부분이다.
4. 장편소설과 기타 단행본은 『 』, 시와 희곡 등의 작품명은 「 」, 연속간행물, 방송 프로그램명, 곡명 등은 〈 〉로 구분했다.

차례 ▌

추락　　7

1

그는 이혼까지 한 쉰둘의 남자치고는 자신이 섹스 문제를 잘 해결해 왔다고 생각한다. 그는 목요일 오후, 차를 몰고 그린포인트로 간다. 두 시 정각에 윈저맨션 입구에 있는 부저를 누른 뒤 이름을 밝히고 안으로 들어간다. 그러면 113호실 문 앞에서 소라야가 기다리고 있다. 그는 향긋한 냄새와 은은한 조명이 적절하게 뒤섞인 침실로 곧장 들어가서 옷을 벗는다. 소라야는 욕실에서 나와 옷을 벗고 그의 옆으로 들어온다. 그녀가 묻는다. "저 보고 싶었어요?" "난 당신이 늘 보고 싶어." 이렇게 대답하며, 햇볕에 타지 않은 그녀의 갈색 몸을 쓰다듬는다. 그는 그녀의 몸을 펴고 가슴에 입을 맞춘다. 그들은 사랑을 나눈다.

소라야는 키가 크고 늘씬하며, 길고 검은 머리와 촉촉한 까만 눈을 가졌다. 따지고 보면 그는 그녀의 아버지가 되기에 충분할 정도의 나이다. 하기야 더 따지고 보면, 남자는 열두 살에 아버지가 될 수도 있다. 그가 그녀의 손님이 된 지는 일 년이 넘는다. 그는 그녀에게 아주 만족한다. 사막 같은 한 주에서 목요일은 뤽스 에 볼륍테*의 오아시스다.

소라야는 침대에서 야단스러운 타입이 아니다. 사실 그녀는 기질적으로 다소 조용하다. 조용하고 유순하다. 그녀의 전반적인 생각은 놀랄 만큼 도덕적이다. 그녀는 해변에서 가슴(그녀는 '젖통'이라고 부른다)을 드러낸 관광객들을 못마땅하게 생각한다. 그녀는 부랑자들을 잡아다가 도로 청소를 시켜야 한다고 생각한다. 그는 그녀가 생각과 실제를 어떻게 조화시키며 사는지 묻지 않는다.

그녀에게서 쾌락을 얻고, 그 쾌락이 어김없기에 그녀를 좋아하는 감정이 생겼다. 그는 얼마간 이것이 상호적이라고 믿는다. 애정은 사랑이 아닐 수도 있지만 적어도 그것의 사촌쯤은 된다. 별 가망 없이 시작했다는 점을 감안하면 그들은 운이 좋은 셈이다. 그는 그녀를 만나게 되어, 그녀는 그를 만나게 되어.

그는 그런 생각이 혼자 좋아서 그런 것이고, 심지어 지나친 면이 있다는 것을 안다. 그러면서도 그런 생각에 매달린다.

그는 구십 분에 400랜드를 지불하는데, 그 돈의 반은 디스크리트에스코트의 것이다. 디스크리트에스코트가 그렇게 많은 돈을 가져가는 것이 애석해 보인다. 하지만 그들은 윈저맨션 113호실과 다른 아파트들을 소유하고 있다. 어떻게 보면 이런 일을 하는 그녀의 일부도 소유한 셈이다.

---

* 프랑스어로 '화려함과 관능'.

그는 그녀의 근무시간을 피해 만나면 어떨지 물어볼까 생각해보았다. 그는 저녁시간을, 아니 밤새도록 그녀와 같이 있고 싶다. 하지만 다음날 아침까지는 아니다. 그는 그녀를 다음날 아침까지 데리고 있기에는 자신에 대해 너무 잘 안다. 냉랭하고 무뚝뚝해지며 혼자 있고 싶어 안달할 것이 뻔하다.

그것은 그의 기질이다. 그의 기질은 바뀌지 않을 것이다. 그러기에는 나이가 너무 많다. 그의 기질은 고정되고 굳어 있다. 기질 다음에는 두개골이 그렇다. 몸에서 가장 딱딱한 두 부분.

기질을 따르라. 기질은 철학이 아니다. 철학이라는 이름으로 그것을 고차원적으로 만들 생각은 없다. 기질은 성베네딕트의 수도 규칙처럼, 하나의 규칙이다.

그의 몸은 건강하고 정신은 맑다. 그의 직업은 현재 학자이거나 늘 학자였다. 그의 중심부는 가끔 학문적인 일에 관여한다. 그는 자신의 수입과 기질과 감정적인 수단의 반경 내에서 살아간다. 그는 행복한가? 대부분의 척도로 보자면 그렇다. 그는 그렇다고 믿는다. 하지만 그가 『오이디푸스왕』에 나오는 코러스의 마지막 말을 잊은 것은 아니다. 죽기 전에는 그 누구도 행복하다고 말하지 말라.

섹스에 관한 한, 그의 기질은 강렬하기는 하지만 결코 정열적이지는 않다. 만약 그가 상징물을 택한다면, 그것은 뱀이 될 것이다. 그는 소라야와 나누는 섹스가 뱀들의 교접과 다소 비슷하리라 상상한다. 길고 열중해 있지만, 가장 뜨거울 때조차 추상적이고 다소 메마른 섹스.

소라야의 상징물도 뱀일까? 그녀는 틀림없이 다른 남자들과 잘 때는 다른 여자가 될 것이다. 라 돈나 에 모빌레*. 하지만 그녀가 기질적으로 그와 비슷하다는 것은 도저히 숨길 수 없다.

그녀가 직업상 헤픈 여자지만, 그는 조금은 그녀를 믿는다. 그는 그녀와 섹스를 하면서 어느 정도 자유롭게 얘기한다. 때로는 속에 있는 것을 털어놓기도 한다. 그녀는 그의 삶에 관한 몇 가지 일을 안다. 두 번에 걸친 결혼생활에 대해서도 알고 기복이 심한 그의 딸에 대해서도 안다. 그녀는 그가 어떤 생각을 하는지 잘 안다.

소라야는 윈저맨션 밖에서 일어나는 자신의 삶에 대해 아무 말도 하지 않는다. 그는 소라야가 그녀의 진짜 이름이 아니라고 확신한다. 그녀에게는 아이 혹은 아이들을 낳은 흔적이 있다. 어쩌면 그녀는 직업여성이 전혀 아닌지도 모른다. 그녀는 일주일에 하루나 이틀 오후에 일을 하고, 나머지 시간에는 라일랜드나 애슬론에서 점잖게 살아가는지도 모른다. 이슬람교도가 그러는 것은 이례적이지만, 요즘 세상에는 무엇이나 가능하다.

그는 그녀가 지루하지 않도록 자신이 하는 일에 관해서는 일절 언급하지 않는다. 그는 전에는 케이프타운 유니버시티 칼리지였다가 지금은 케이프 테크니컬 유니버시티로 이름이 바뀐 곳에서 일한다. 한때는 근대어 교수였지만, 구조조정 과정에서 고전문학과 근대어가 폐지된 이래 커뮤니케이션과의 겸임교수로 있다. 구조조정된 모든 사람처럼, 그도 수강생 수에 관계없이 일 년에 전공 분야 한 과목을 개설할 수 있다. 사기 진작에 좋다는 이유에서다. 올해에는 낭만주의 시인들에 관한 강의를 개설했다. 더불어 커뮤니케이션 101 과목인 '커뮤니케이션 기

---

* 이탈리아어로 '유동적인 여자'.

술'과 커뮤니케이션 201 과목인 '고급 커뮤니케이션 기술'을 강의한다.

그는 새로 맡은 강의 준비에 하루에 몇 시간씩 할애하지만, 커뮤니케이션 101 과목 안내서에 적힌 첫 문장을 보고 터무니없다고 생각한다. "인간 사회는 우리의 생각과 감정과 의도를 서로에게 전달할 수 있도록 언어를 만들어냈다." 그는 생각을 입 밖에 꺼내지 않지만, 말은 노래에서 생겼으며, 노래는 지나치게 크고 다소 텅 빈 인간의 영혼을 소리로 채울 필요성에서 연유했다고 생각한다.

이십오 년에 걸쳐 강의를 하면서 그는 세 권의 책을 펴냈는데, 그중 어느 것도 이렇다 할 주목을 받거나 반향을 일으키지 못했다. 첫 책은 오페라에 관한 『보이토와 파우스트 전설: 메피스토펠레스의 기원』이었고, 두번째 것은 에로스로서의 비전에 관한 『세인트빅토르 학파 리처드의 비전』이었으며, 세번째 것은 워즈워스와 역사에 관한 『워즈워스와 과거의 짐』이었다.

그는 지난 몇 년 동안 바이런에 관한 책을 집필하겠다고 생각했다. 처음에는 또다른 비평서를 쓸 생각이었다. 그러나 그것을 쓰려는 모든 시도는 지루하기 짝이 없었다. 사실 그는 비평과 자기 잣대로 재단만 하는 글에 질렸다. 그가 쓰고 싶은 것은 음악이다. 실내 오페라 형식에 남녀의 사랑에 관한 명상을 담은 『이탈리아에서의 바이런』.

커뮤니케이션 과목들을 가르치는 동안, 아직 쓰이지 않은 작품에 나올 구절과 가락과 단편적인 노래가 그의 머릿속에 스친다. 그는 좋은 선생이었던 적이 없다. 더욱이 이렇게 체제가 바뀌고, 그가 생각하기에 거세당한 것이나 마찬가지인 교육기관에서는 더욱 설 자리가 없다. 하기야 그것은 지금 하는 일에 맞지 않는 교육을 받은 구시대적인 동료들도 마찬가지다. 탈종교시대의 성직자들과 다름없다.

그는 자신이 강의하는 내용을 존중하지도 않는다. 그래서 학생들에게 아무런 인상도 주지 못한다. 그들은 그가 무슨 말을 하면 그저 멍하니 바라보며 그의 이름이 무엇인지조차 잊어버린다. 그들의 무관심은 말할 수 없을 정도로 그를 화나게 한다. 그러면서도 그는 그들과 그들의 부모와 국가에 대한 의무를 수행한다. 매달 과제를 내고 걷고 읽고 논평하고, 구두점이나 철자나 어법이 어긋난 것을 고치고, 논리가 약한 부분을 지적하고, 간략하면서도 신중한 평을 적어 돌려준다.

그는 계속 가르친다. 생계를 유지하게 해주기 때문이다. 또한 그를 겸손하게 만들어주고, 자신이 어떤 존재인지 깨닫게 해주기 때문이다. 배우는 학생들은 아무것도 배우지 못하는데, 가르치는 교수는 가르치면서 가장 예리한 교훈들을 얻는다. 그가 그 아이러니를 모르는 것은 아니다. 그는 직업과 관련해서는 소라야에게 아무 말도 하지 않는다. 그녀의 직업에도 이에 견줄 아이러니가 있을 것 같지는 않다.

—

그린포인트에 있는 아파트 부엌에는 주전자, 플라스틱 컵, 인스턴트커피 병, 설탕통이 있다. 냉장고에는 생수가 한 병 들어 있다. 욕실에는 비누와 수건이 있고, 벽장에는 깨끗한 침구가 있다. 소라야는 작은 여행용 가방에 화장품을 넣어서 다닌다. 이곳은 기능적이고 깨끗하고 잘 관리된, 더도 덜도 아닌 밀회의 장소다.

그를 처음 맞았을 때 소라야는 주홍색 립스틱을 바르고 짙은 눈화장을 하고 있었다. 화장의 끈적임을 좋아하지 않는 그는 그녀에게 화장을 지우라고 했다. 그녀는 그의 말에 따랐고, 다시는 화장을 하지 않았다. 고분고분하고 유순하고 준비된 학습자랄까.

그는 그녀에게 선물하는 것을 좋아한다. 새해 선물로는 에나멜 팔찌를 주었고, 이드* 때는 기념품점에서 그의 눈길을 끌었던 작은 공작석 왜가리를 사주었다. 그는 그녀가 선물을 받고 가식 없이 좋아하는 모습을 보고 흡족해한다.

그는 아내와 가정과 결혼이 필요하다고 생각하던 자신이 일주일에 구십 분간 여자하고 같이 있는 것으로 충분히 행복해진다는 사실에 놀란다. 그의 생리적 요구는 나비의 그것처럼 아주 가볍다. 가볍고 덧없이 사라진다. 아무 감정도 없거나 가장 깊고, 가장 헤아리기 힘든 감정 말고는 아무것도 없다. 도시 사람들을 잠들게 하는 차들의 부드러운 소리 혹은 시골 사람들이 접하는 밤의 침묵 같은 안정적인 만족감이라고나 할까.

그는 오후에 무모한 섹스를 한 후 만족감에 눈이 풀린 채 집으로 돌아가는 에마 보바리**를 생각해본다. 그래, 이게 행복이야! 에마는 거울에 비친 자기 모습에 감탄하며 말한다. 그래, 이게 시인들이 말하는 행복이야! 만약 가엾고 초췌한 에마가 케이프타운에 온다면, 그는 목요일 오후 그녀를 데리고 가서 행복이 무엇인지 보여주리라. 알맞은 만족감, 알맞게 된 만족감.

---

* 이슬람교의 주요 명절 중 하나.
** 귀스타브 플로베르의 소설 『마담 보바리』의 주인공.

—

그런데 어느 토요일 오후, 모든 것이 변한다. 그는 시내에서 볼일이 있어 세인트조지 스트리트를 걸어간다. 그때, 그의 눈이 앞에서 걸어가는 날씬한 사람에게 머문다. 틀림없는 소라야다. 두 소년이 옆에서 따라간다. 쇼핑을 했는지 꾸러미를 들고 있다.

그는 머뭇거리다가 거리를 두고 뒤따른다. 그들은 생선요릿집 캡틴 도레고스로 사라진다. 소년들은 소라야처럼 윤기나는 머리와 검은 눈을 하고 있다. 그녀의 아들들임이 분명하다.

그는 걸어가다가 몸을 돌려 캡틴도레고스를 다시 한번 지나친다. 세 사람은 창가의 테이블에 앉아 있다. 순간, 소라야의 눈이 유리창 너머로 그의 눈과 마주친다.

언제나 그는 에로스가 활보하고 눈길이 화살처럼 지나가는 사람들 속에서 편안함을 느끼는 도시인이었다. 그러나 그는 소라야와 눈이 마주친 것을 즉시 후회한다.

그다음 목요일, 랑데부를 할 때 그들은 서로 그 일에 대해서 말하지 않는다. 그렇지만 그 기억은 그들 위를 불안하게 아른거린다. 소라야에게는 위태로운 이중적 삶이 틀림없을 것을 뒤엎고 싶은 생각이 없다. 그도 이중적 삶, 삼중적인 삶, 칸막이 안에서 사는 삶을 대환영한다. 실제로 그는 그녀가 더 사랑스럽게 느껴진다. 당신의 비밀은 안전해. 그는 이렇게 말해주고 싶다.

그러나 그도 그렇고 그녀도 그렇고, 일어났던 일을 한편으로 밀쳐버릴 수는 없다. 두 소년이 그들 사이를 비집고 들어온다. 그들은 엄마와 낯선 사내가 몸을 섞는 방의 구석에서 그림자처럼 조용히 놀고 있다. 소라야의 팔에 안긴 그는 잠깐 동안 그들의 아버지가 된다. 양아버지, 의붓아버지, 그림자-아버지. 나중에 침대를 떠나며 그는 은밀함과 호기심으로 깜빡이는 그들의 눈길을 느낀다.

그러고 싶지는 않지만 그의 생각이 다른 아버지, 아니 진짜 아버지를 향한다. 그는 자기 아내가 무슨 일을 하는지 어렴풋이나마 알고 있을까? 아니면 모르는 것이 약이라고 생각할까?

그에게는 아들이 없다. 그는 어렸을 때 여자들 속에 묻혀 살았다. 어머니와 고모들과 이모들과 누이들은 적당한 시기가 되자 애인들과 아내들과 딸로 대치되었다. 여자들한테 묻혀 살다보니 여자들을 좋아하게 되었고, 어떤 의미에서는 바람둥이가 되었다. 그의 큰 키와 매력적인 얼굴과 올리브색 피부와 부드러운 머리칼은 늘 유혹적이었다. 만약 그가 어떤 방식으로, 어떤 의도를 갖고 여자에게 눈길을 주면, 그 여자는 그 눈길을 되돌려주었다. 그는 그것에 의존할 수 있었다. 그것이 그가 살아온 방식이었다. 몇 년 동안, 아니 몇십 년 동안, 그것은 그의 삶의 중추였다.

그런데 어느 날 모든 것이 끝났다. 경고도 없이 그의 힘이 사라졌다. 한때는 되돌아오던 눈길이 이제는 그저 지나치는 것이 되고 말았다. 그는 하룻밤 사이에 유령이 되어버렸다. 이제는 여자가 필요하면 따라다니는 법을 배워야 했다. 그리고 종종 이런저런 식으로 여자를 사야 했다.

그는 난잡하고 혼란스럽게 살았다. 동료의 아내들과 정사를 나눴다. 해변의 술집이나 클럽이탈리아에서 만난 여행객들과 하룻밤을 보냈다. 매춘부들과 잠을 잤다.

그가 소라야를 소개받은 것은 창문에 베니션블라인드가 처지고 구석에 화분이 있고 공중에는 퀴퀴한 연기가 떠다니는 디스크리트에스코트의 프런트에 붙은 작고 어둠침침한 응접실에서였다. 그들의 장부에는 그녀가 '이국적인 여자'로 분류되어 있었다. 그들은 머리에 붉은 시계꽃을 꽂고 눈가에 희미한 주름이 있는 여자의 사진을 보여주었다. '오후만 가능'이라고 적혀 있었다. 셔터가 내려진 방과 서늘한 시트와 은밀한 시간들, 이것이 그가 결정을 내리게 된 요인이었다.

그것은 처음부터 만족스러웠다. 바로 그가 원하던 것이었다. 정곡을 찌른 것이었다. 일 년 후 그는 소개소에 다시 갈 필요가 없게 되었다.

그런데 세인트조지 스트리트에서 그 일이 생기면서부터 상황이 이상하게 돌아갔다. 소라야는 여전히 약속을 지키지만, 그는 그녀가 또 다른 여자로 변신하고 자신이 또다른 고객으로 변신할 때, 냉기가 스미는 것을 느낀다.

그는 매춘부들이 자기들끼리, 그들을 찾는 남자들에 관해서, 특히 나이 많은 남자들에 관해서 어떤 얘기를 하는지 민감하게 의식하고 있다. 그들은 웃으면서 얘기하지만 한밤중에 세면대에 있는 바퀴벌레를 볼 때처럼 진저리를 치기도 한다. 그들은 곧 그에 대해서도 우아하게, 악의적으로 진저리를 칠 것이다. 그것은 그가 피할 수 없는 운명이다.

그 일이 있은 후 네번째 목요일, 그가 아파트를 나서려는데 소라야가 드디어 그가 예상하고 있던 말을 한다. "어머니가 아프세요. 제가 일을 쉬면서 돌봐드려야 해요. 다음주에는 여기에 없을 거예요."

"그다음주에는 만날 수 있을까?"

"모르겠어요. 어머니 상태가 어떤가에 달렸어요. 먼저 전화를 해보시는 게 좋겠어요."

"나는 전화번호를 모르잖아."

"소개소에 전화하세요. 그들은 알고 있으니까요."

그는 며칠을 기다리다가 소개소에 전화를 건다. 소라야? 소라야는 그만뒀습니다, 남자가 말한다. 안 됩니다, 당신이 그녀에게 직접 연락하게 할 수는 없습니다. 우리 규칙에 어긋납니다. 다른 여자를 소개해드릴까요? 이국적인 여자는 많습니다. 말레이시아 여자, 태국 여자, 중국 여자, 어떤 여자든 말씀만 하세요.

그는 롱 스트리트에서 다른 소라야와 함께 저녁을 보낸다. 소라야라는 이름은 인기 있는 농 드 코메르스*가 된 것 같다. 이 여자는 열여덟 살을 넘지 않은 것 같다. 서툴고 그의 생각에는 거칠다. "무슨 일을 하세요?" 그녀가 옷을 벗으며 말한다. "수출입 업무." "정말요?" 그녀가 말한다.

학과 사무실에 새 사무원이 왔다. 그는 그녀를 캠퍼스에서 적당히 떨어진 레스토랑으로 데리고 가서 점심을 사준다. 그리고 그녀가 새우 샐러드를 먹으며 자기 아들들이 다니는 학교에 대해 불평하는 것을 들어준다. 그녀는 마약상들이 운동장 주변에서 얼씬거리는데도 경찰은 수수방관만 한다고 말한다. 지난 삼 년 동안 그녀와 남편은 이민을 가려고 뉴질랜드 영사관에 접수해놓고 기다리는 중이라고 한다. "당신들은 더 쉽게 처리했죠. 제 말은, 당신들은 상황이 잘됐건 못됐건, 적어

* 프랑스어로 '상업적인 이름'.

도 자기 분수를 알았다는 거예요."

"당신들이라니? 어떤 사람들을 말하는 거요?"

"당신네 세대 말이에요. 요즘 사람들은 저희 멋대로 지키고 싶은 법만 지킨다니까요. 무정부 상태가 됐어요. 이런 무정부 상태에서 어떻게 아이들을 키우겠어요?"

그녀의 이름은 던이다. 두번째로 그녀를 데리고 나갈 때, 그는 자신의 집에 들러 그녀와 섹스를 한다. 실패작이다. 그녀는 몸을 오르락내리락하고 손톱으로 그를 할퀴며 거품을 물고 흥분하지만, 그것이 그에게는 혐오스러울 뿐이다. 그는 그녀에게 빗을 빌려주고, 그녀를 캠퍼스에 데려다준다.

그후 그는 학과 사무실을 피하며 그녀와 마주치지 않으려 한다. 그녀는 그에게 상처받은 듯한 표정을 짓다가 나중에는 그를 무시해버린다.

그는 이제 단념하고 이 게임에서 물러나야 한다. 오리게네스*는 몇 살에 거세를 했더라? 가장 품위 있는 해결책은 아니겠지만, 나이가 들어간다는 것도 품위 없긴 마찬가지다. 적어도 정리를 할 필요가 있다. 노인이 마땅히 해야 하는 죽을 준비에 정신을 쏟을 수 있도록 말이다.

의사한테 가서 해달라고 할까? 틀림없이 간단한 수술일 것이다. 그들은 날마다 동물들에게 그것을 한다. 서글픔의 앙금을 무시한다면 동물들은 그후에도 충분히 잘살아간다. 자르고, 묶으면 된다. 국부마취를 하고, 손을 침착하게 놀리고, 냉정만 유지하면 자기 스스로도 책을 참조해가며 그 수술을 할 수 있을지 모른다. 의자에 앉아 자기한테 가

---

* 로마제국의 신학자. 여학생 교육에 거리낌이 없도록 스스로를 거세했다.

위를 대는 남자는 추해 보이겠지만, 어떻게 보면 그 남자가 여자의 육체에 몸을 부리는 것보다 추하지는 않을 것이다.

아직 소라야 문제가 있다. 그는 그 장을 덮어야 한다. 하지만 그는 그 대신 사설탐정에게 그녀를 추적해달라고 의뢰한다. 며칠이 지나 그는 그녀의 진짜 이름과 주소와 전화번호를 입수한다. 그는 남편과 아이들이 밖으로 나갔을 만한 아침 아홉시에 전화를 한다. "소라야? 데이비드야. 어떻게 지내? 언제 다시 만날 수 있지?"

그녀가 입을 떼기까지 오랜 침묵이 흐른다. "누구신지 모르겠군요. 당신은 지금 자기 집에 있는 사람을 괴롭히고 있어요. 다시는 전화하지 마세요, 다시는."

마세요demand라는 말은 명령한다command는 의미일 것이다. 그녀의 날카로운 말투가 그를 놀라게 한다. 전에는 그런 말을 한 적이 없었다. 하지만 새끼가 자라는 암여우 우리에 들어간 육식동물이 달리 무엇을 기대하겠는가?

그는 전화기를 내려놓는다. 본 적 없는 남편에 대한 질투의 그림자가 그를 훑고 지나간다.

2

목요일의 막간이 없으니 한 주는 사막처럼 단조롭다. 자신을 어떻게 해야 할지 모르는 날들도 있다.

그는 더 많은 시간을 대학 도서관에서 보내며, 바이런이 알고 지낸 사람들에 대한 자료를 더 광범위하게 조사하고, 이미 작성된 두툼한 두 개의 파일에 첨가한다. 그는 늦은 오후 독서실에 깃들이는 침묵을 즐기고, 나중에 집으로 걸어가면서 맞는 쾌적한 겨울 공기와 축축한 거리의 반짝이는 경관을 즐긴다.

어느 토요일 저녁, 오래된 대학 정원으로 통하는 기다란 길을 택해 집으로 돌아오다가 그의 강의를 듣는 학생이 앞에 가는 것을 본다. 낭만주의 시를 수강하는 멜러니 아이삭스다. 최고의 학생은 아니지만 가장 못하지도 않는다. 영리하지만 열기가 없는 타입이랄까.

그녀가 어슬렁거리며 걷는다. 그가 곧 따라잡는다. "안녕." 그가 말한다.

그녀가 머리를 끄덕이며 미소로 응답한다. 수줍다기보다는 교활한 미소다. 그녀는 몸집이 작고 호리호리하며 검은 머리는 짧게 잘랐다. 광대뼈가 중국인처럼 크고, 눈은 크고 검다. 그녀의 옷은 늘 이목을 끈다. 오늘은 겨자색 스웨터와 적갈색 미니스커트에 검정색 스타킹 차림이다. 벨트에 달린 금색 구슬들과 귀고리의 금방울이 잘 어울린다.

그는 그녀에게 마음을 살짝 빼앗긴다. 하기야 그가 가르치는 학생들 중 하나에 빠지지 않고 학기가 지나가는 때는 거의 없으니 대수로운 일은 아니다. 미美가 넘치는 도시, 미인들이 넘치는 도시 케이프타운.

그녀는 그의 눈길이 자기를 향하고 있다는 것을 알까? 그럴지 모른다. 여자들은 눈길에 담긴 욕망의 무게에 민감하니까.

비가 내린다. 길 옆 수로에서 빠르게 흐르는 부드러운 물 소리가 들린다.

"내가 제일 좋아하는 계절에다 내가 하루 중 제일 좋아하는 시간이네." 그가 말한다. "이 근처에 살아?"

"저쪽에 살아요. 아파트를 나눠 쓰고 있어요."

"케이프타운이 고향인가?"

"아뇨, 조지에서 자랐어요."

"난 바로 이 근처에 살아. 들어가서 뭘 좀 마실래?"

신중한 머뭇거림. "좋아요. 그런데 일곱시 반까지는 돌아가야 해요."

그들은 그가 처음에는 로절린드와 함께, 그리고 이혼 후에는 혼자서 지난 십이 년 동안 살아온 조용한 집으로 들어간다.

그는 보안장치가 달린 출입구를 통과해 문을 열고 그녀를 안으로 안내한다. 불을 켜고 그녀의 가방을 받아든다. 그녀의 머리에 빗방울이 묻어 있다. 그는 그 모습을 그야말로 넋을 잃고 응시한다. 그녀는 전과 똑같이 알쏭달쏭하고 어쩌면 요염해 보이기까지 하는 미소를 지으며 눈길을 내려뜨린다.

그는 부엌에 가서 미어러스트 와인을 개봉하고 비스킷과 치즈를 준비한다. 그가 돌아오자, 그녀는 책장 앞에 서서 고개를 비스듬히 하고 책 제목을 보고 있다. 그는 음악을 튼다. 모차르트의 클라리넷 5중주.

와인과 음악. 남녀가 행하는 하나의 의식. 의식이 잘못된 것은 아니다. 어색한 분위기를 완화시키기 위해 만들어진 것이니까. 하지만 그가 집에 데려온 여자는 서른 살 연하일 뿐만 아니라 학생, 그것도 그의 가르침을 받는 학생이다. 그들 사이에 어떤 일이 있건, 그들은 선생과 학생으로서 다시 만날 것이다. 그는 그것에 대한 준비가 되어 있을까?

"수업은 재미있나?"

"블레이크는 좋았어요. 원더혼인가도 좋았고요."

"분더혼이라고 발음해야 해."

"저는 워즈워스는 그다지 좋아하지 않아요."

"나한테 그런 말을 하면 안 되지. 워즈워스는 내가 좋아하는 거장 중하나거든."

그것은 사실이다. 워즈워스의 「서곡」에 배어 있는 조화로움은 아주 오랫동안 그의 마음속에서 울려퍼지고 있다.

"학기말쯤 되면 그를 더 음미하게 될지 모르죠. 아마 그가 마음에 들지도 몰라요."

"그렇겠지. 하지만 내 경험으로 보면, 시란 처음 읽었을 때 끌리지 않으면 안 돼. 계시의 섬광과 반응의 섬광이랄까. 번개처럼, 그리고 사랑에 빠지는 것처럼."

사랑에 빠지는 것처럼. 그런데 젊은 사람들은 아직도 사랑에 빠지는 걸까? 아니면 그런 과정이 지금쯤은 증기기관처럼 불필요하고 이상하고 쓸데없는 기계장치가 되었을까? 그는 세상과 동떨어져 있고 구식이다. 그가 알기로 사랑에 빠지는 것은 유행이 지나더라도 대여섯 번은 다시 돌아온다.

"시를 직접 쓰나?" 그가 묻는다.

"학교 다닐 때는 그랬어요. 그런데 별로 잘하진 못했어요. 지금은 시간이 없고요."

"열정은? 어떤 문학적 열정을 갖고 있지?"

그녀는 이상한 단어를 듣고 얼굴을 찡그린다. "2학년 때는 에이드리언 리치와 토니 모리슨과 앨리스 워커를 읽었어요. 상당히 몰두했죠. 하지만 그걸 열정이라고 할 수는 없어요."

그렇다면 열정적인 사람이 아니란 말인가. 그녀는 가장 우회적인 방식으로 그에게 경고를 하는 걸까?

"저녁식사를 준비하려고 하는데 같이 먹을까? 아주 간단한 거야."

결정하기 어려운 모양이다.

"어서, 그렇게 하겠다고 해!" 그가 말한다.

"좋아요. 하지만 전화부터 해야겠어요."

전화는 그의 생각보다 더 오래 걸린다. 나직하게 얘기하는 소리가 부엌에서 들려온다. 그러고는 침묵.

"장래 계획이 뭐야?" 그가 나중에 묻는다.

"연출과 디자인이에요. 지금 연극 학위 과정을 밟고 있거든요."

"그러면 낭만주의 시를 수강하는 이유는 뭐지?"

그녀는 코를 찡그리며 생각에 잠긴다. "상황이 그렇게 됐어요. 셰익스피어를 다시 수강하고 싶지 않았어요. 셰익스피어는 지난해에 들었거든요."

저녁으로 내놓으려고 하는 것은 정말 간단하다. 버섯 소스를 곁들인 앤초비 탈리아텔레 파스타가 전부다. 그는 그녀에게 버섯을 자르게 한다. 그녀는 그 외에는 의자에 앉아 그가 요리하는 것을 지켜본다. 그들은 두번째 와인을 따고 식당에서 식사를 한다. 그녀는 거침없이 먹는다. 그렇게 작은 체구치고는 왕성한 식욕이다.

"늘 요리를 하세요?" 그녀가 묻는다.

"나는 혼자 살아. 내가 요리를 하지 않으면 누가 하겠어."

"저는 요리하는 게 싫어요. 배워야겠죠."

"왜? 그게 정말로 싫으면 요리를 잘하는 남자와 결혼하면 되지."

그들은 같이 그 광경을 상상해본다. 대담한 옷을 입고 번쩍이는 보석을 걸고 맛있는 냄새를 맡으며 현관문을 열고 성큼성큼 들어서는 젊은 아내, 앞치마를 두르고 김이 나는 부엌에서 냄비를 젓고 있는 생기 없는 미스터 라잇Mr. Right. 역할이 뒤바뀌니, 부르주아 코미디의 소재다.

"이게 전부야." 그는 그릇이 비자 결국 이렇게 말한다. "사과나 요거트 외에는 디저트도 없어. 미안해. 손님이 올 줄 몰랐거든."

"좋았어요." 그녀는 잔을 비우고 일어선다. "고맙습니다."

"아직 가지 마." 그는 그녀의 손을 잡고 소파로 이끈다. "보여줄 게 있어. 춤 좋아해? 직접 추는 거 말고 보는 거 말이야." 그는 카세트테이프를 비디오기기에 넣는다. "노먼 맥라렌이라는 사람이 만든 영화야. 아주 오래된 거지. 도서관에서 찾아냈어. 어떤지 한번 봐."

그들은 나란히 앉아서 본다. 텅 빈 무대 위에서 스텝을 맞추는 두 명의 댄서. 스트로보 카메라로 녹화된 것이라서 그들의 움직임을 연상시키는 이미지가 그들 뒤로 날갯짓처럼 펼쳐진다. 그가 이십오 년 전에 처음 보았는데 아직도 매혹적인 영화다. 덧없는 현재의 순간과 그 순간의 과거성이 똑같은 공간에 포착된 영화.

그는 여자도 자기처럼 매혹되기를 바란다. 하지만 그녀는 그렇지 않은 것 같다.

영화가 끝나자 그녀는 일어서서 방안을 서성인다. 그녀는 피아노 뚜껑을 열고, 가운데 도를 치며 말한다. "피아노 치세요?"

"조금."

"클래식인가요, 재즈인가요?"

"불행히도 재즈는 아니야."

"저를 위해 한 곡 쳐주실래요?"

"지금은 안 돼. 친 지가 오래됐거든. 서로를 더 잘 알게 되면 다음번에 쳐줄게."

그녀는 그의 서재 쪽을 본다. "봐도 돼요?" 그녀가 말한다.

"불을 켜."

그는 음악을 튼다. 스카를라티의 소나타 중 〈고양이 푸가〉다.

"바이런에 관한 책이 많네요." 그녀가 서재에서 나오며 말한다. "제일 좋아하는 시인인가요?"

"바이런에 관한 작업을 하고 있거든. 그가 이탈리아에서 살던 시절에 관해서."

"그는 젊어서 죽지 않았던가요?"

"서른여섯이었지. 그들은 모두 젊어서 죽었어. 그렇지 않은 사람들은 고갈되거나 미쳐서 갇혔지. 하지만 바이런이 죽은 곳은 이탈리아가 아니야. 그는 그리스에서 죽었어. 스캔들을 피하려고 이탈리아로 가서 정착했지. 눌러앉았어. 그리고 마지막으로 거창한 연애를 했어. 그 시절 이탈리아는 영국인들이 자주 찾던 곳이었어. 그들은 이탈리아인들이 아직도 인간 본성에 가깝게 살고 있다고 믿었지. 전통에 덜 규제받고, 더 정열적으로 말이야."

그녀는 다시 한번 방안을 돈다. "이분이 부인인가요?" 그녀가 커피 테이블 위에 놓인 액자 앞에서 걸음을 멈추고 묻는다.

"어머니야. 젊었을 때 찍은 거야."

"교수님은 결혼하셨어요?"

"했지. 두 번. 하지만 지금은 아니야." 지금 나는 발길에 걸리는 대로 적당히 해결하지. 이렇게 말하지는 않는다. 지금 나는 창녀들하고 적당히 해결하지. 이렇게 말하지도 않는다.

"술 한잔 줄까?"

그녀는 술을 원하지 않지만, 커피에 위스키를 조금 타는 것은 마다하지 않는다. 그녀가 홀짝거리며 커피를 마실 때, 그는 몸을 옆으로 기대고 그녀의 볼을 만진다. "너는 무척 아름답구나." 그가 말한다. "네게 무모한 일을 제의하려고 해." 그는 다시 그녀를 만진다. "여기 있어. 오늘밤 나하고 같이 있어줘."

그녀는 커피잔 위로 그를 찬찬히 바라본다. "왜요?"

"그래야 하니까."

"왜 그래야 하죠?"

"왜냐고? 여자의 아름다움은 자기만의 것이 아니니까. 그건 여자가 세상에 가지고 오는 선물의 일부야. 여자는 그걸 나눌 의무가 있지."

그의 손은 아직도 그녀의 볼에 닿아 있다. 그녀는 물러나지 않는다. 하지만 굴복하지도 않는다.

"제가 이미 그걸 나눴다면 어떻게 되죠?" 그녀의 목소리에서 숨이 막혀하는 기미가 느껴진다. 구애를 받는 것은 언제나 짜릿하다. 짜릿하고, 감미롭고.

"그렇다면 더 넓게 나눠야지."

유혹 그 자체만큼이나 오래된 매끄러운 말들. 하지만 이 순간, 그는 그것들을 믿는다. 그녀는 자신을 소유하지 않는다. 아름다움은 자신을 소유하지 않는다.

"우리는 가장 아름다운 존재로부터 번식을 원한다." 그가 말한다. "아름다움의 장미가 죽지 않도록."*

좋은 수는 아니다. 그녀의 미소에서 장난스럽고 유동적인 특성이 사라진다. 한때는 사탄의 말을 그렇게도 번드르르하게 만들었던 약강오음보격은 이제 거리를 벌릴 뿐이다. 그는 다시 선생으로, 책의 남자, 문화 보고의 수호자로 돌아간다. 그녀가 컵을 내려놓는다. "가야 돼요, 기다리는 사람이 있어서요."

---

* 윌리엄 셰익스피어의 「소네트 1번」에서 인용.

구름이 걷히고 별들이 빛난다. "아름다운 밤이군." 그가 정원 문을 열며 말한다. 그녀는 위를 쳐다보지 않는다. "집에 데려다줄까?"

"아뇨."

"좋아. 그럼 안녕."

그는 손을 뻗어 그녀를 포옹한다. 잠시, 그는 자신의 몸에 닿는 그녀의 작은 가슴을 느낀다. 그리고 그녀는 그의 포옹에서 벗어나 가버린다.

3

거기서 그 일을 끝내야 한다. 하지만 그는 그러지 않는다. 일요일 오후, 그는 텅 빈 캠퍼스로 차를 몰고 가서 학과 사무실에 들어간다. 그는 서류함에서 멜러니 아이삭스의 등록 카드를 꺼내 집주소, 케이프타운 주소, 전화번호 등 개인적인 것들을 복사한다.

그는 전화번호를 돌린다. 여자 목소리가 대답한다.

"멜러니?"

"불러올게요. 누구시죠?"

"데이비드 루리라고 얘기해주세요."

멜러니Melanie와 멜로디. 부자연스러운 운韻. 그녀에게는 좋은 이름이 아니다. 두번째 음절에 강세를 준 멜라니meláni는 어둡다는 의미다.

"여보세요?"

그 한 마디에 어정쩡한 그녀의 마음이 실려 있다. 너무 어리다. 그녀는 그를 어떻게 대할지 모를 것이다. 그는 그녀를 내버려둬야 한다. 하지만 그는 무언가의 손아귀에 잡혀 있다. 아름다움의 장미. 그 시의 의미가 화살처럼 곧장 날아와 박힌다. 그녀는 그녀 자신의 것이 아니다. 어쩌면 그도 그 자신의 것이 아니다.

그가 말한다. "나가서 점심식사를 같이 하면 네가 좋아할지 모른다고 생각했어. 열두시에 데리러 가면 어떨까."

아직도 그녀가 거짓말을 하고 빠져나갈 시간은 있다. 그러나 그녀가 너무 당황한 나머지 그 순간이 그냥 지나간다.

그가 도착하자, 그녀는 아파트 건물 밖 인도에서 기다리고 있다. 그녀는 검은 스타킹과 검은 스웨터 차림이다. 그녀의 엉덩이는 열두 살 아이처럼 가냘프다.

그는 그녀를 데리고 후트베이로, 항구 쪽으로 데리고 간다. 차를 타고 가는 동안 그는 그녀의 마음을 편하게 해주려 애쓴다. 그는 그녀가 수강하는 다른 과목들에 대해 묻는다. 그녀는 연극 과목에서 배역을 맡고 있다고 말한다. 필수 과목 중 하나다. 그녀는 연습에 많은 시간을 할애하고 있다.

식당에서 그녀는 아무 식욕도 없이 침울하게 바다를 바라본다.

"무슨 일 있어? 나한테 하고 싶은 말 있어?"

그녀는 고개를 젓는다.

"우리 둘이 걱정돼?"

"그럴지도 모르죠." 그녀가 말한다.

"그럴 필요 없어. 내가 알아서 할게. 너무 멀리 가지 않도록 할게."

너무 멀리라니. 이런 일에서는 무엇이 멀리이고 무엇이 너무 멀리일까? 그녀의 너무 멀리는 그의 너무 멀리와 같을까?

비가 내리기 시작했다. 물결이 텅 빈 만灣을 가로질러 흔들린다. "갈까?" 그가 말한다.

그는 그녀를 데리고 그의 집으로 간다. 그는 거실 바닥에서, 창문에 부딪히는 빗소리에 맞춰, 그녀와 사랑을 나눈다. 그녀의 몸은 깨끗하고 단순하며 나름의 방식으로 완벽하다. 그녀는 내내 수동적이지만, 그는 그 몸짓에서 만족감을 느낀다. 너무 만족스러운 나머지 절정에 이르자 캄캄한 망각 속으로 굴러떨어진다.

정신이 들자 비가 그쳐 있다. 여자는 그의 아래에 누워 눈을 감고 손을 머리 위쪽에 대고 얼굴을 약간 찡그리고 있다. 그의 손은 까슬까슬한 스웨터 밑의 가슴을 만지고 있다. 그녀의 스타킹과 팬티가 바닥에 엉켜 있다. 그의 바지는 그의 발목에 걸쳐져 있다. 〈폭풍우가 지난 후〉, 그는 게오르게 그로스의 그림을 생각한다.

그녀는 얼굴을 돌리고 몸을 빼내어 옷을 들고 방을 나선다. 그녀는 몇 분 후 옷을 입고 돌아온다. "가야 해요." 그녀가 속삭인다. 그는 그녀를 붙잡으려 하지 않는다.

다음 날 아침, 그는 깊은 행복감을 느끼며 잠에서 깬다. 그 느낌은 없어지지 않는다. 멜러니는 강의실에 나타나지 않는다. 그는 자신의 연구실에서 꽃집에 전화를 한다. 장미로 할까? 아마 장미는 아니지. 그는 카네이션을 주문한다. "붉은색으로 할까요, 하얀색으로 할까요?" 여자가 묻는다. 붉은색? 하얀색? "핑크색으로 열두 송이 보내주세요." 그가 말한다. "제가 가진 게 열두 송이가 안 되는데. 섞어서 보낼까요?"

"섞어서 보내주세요." 그가 말한다.

화요일은 하루종일 비가 내린다. 서쪽에서 도시 위로 날아온 짙은 구름 때문이다. 하루 일과가 끝날 무렵 그는 커뮤니케이션 건물 로비를 지나다가, 출입구에서 비가 그치기를 기다리는 학생들 사이에서 그녀를 본다. 그는 그녀 뒤로 다가가서 어깨에 손을 얹는다.

"여기서 기다려." 그가 말한다. "집에 태워다줄게."

그는 우산을 갖고 돌아온다. 광장을 지나 주차장으로 가며 그는 그녀가 비에 맞지 않도록 그녀를 더 가까이 당긴다. 갑작스러운 돌풍이 우산을 뒤집어버린다. 그들은 차가 있는 곳까지 어색하게 뛰어간다.

그녀는 반질반질한 노란색 레인코트를 입었다. 그녀는 차 안에서 레인코트 모자를 내린다. 얼굴은 홍조를 띠고 있다. 그는 그녀의 가슴이 오르락내리락하는 것을 의식한다. 그녀는 윗입술에 묻은 빗방울 하나를 혀로 털어낸다. 아이구나! 그는 생각한다. 아이에 지나지 않는구나! 내가 무슨 짓을 하고 있는 걸까? 그러나 그의 가슴은 욕망으로 흔들린다.

그들은 교통량이 많은 늦은 오후의 거리를 달린다. "어제는 보고 싶었어." 그가 말한다. "괜찮은 거야?"

그녀는 아무 대답도 하지 않고 와이퍼 블레이드를 응시한다.

정지 신호등에 걸리자 그는 그녀의 차가운 손을 잡는다. "멜러니!" 그는 목소리를 낮춰 말한다. 그러나 그는 구애하는 방법을 잊어버렸다. 그의 귀에 들리는 목소리는 연인이 아니라 아이를 구슬리는 부모의 목소리다.

그는 그녀의 아파트 건물 앞에 차를 세운다. "고맙습니다." 그녀가 차문을 열며 말한다.

"들어오라고 하지도 않을 거야?"

"같이 사는 친구가 집에 있을 것 같아요."

"오늘 저녁은 어때?"

"오늘 저녁에는 연극 연습이 있어요."

"그러면 언제 다시 볼까?"

그녀는 대답하지 않는다. "고맙습니다." 그녀는 똑같은 말을 반복하고 빠져나간다.

—

수요일, 수업에 들어온 그녀는 늘 앉던 자리에 앉아 있다. 그들은 아직도 알프스산 속의 시인 워즈워스, 「서곡」의 6장을 공부하고 있다. 그는 큰 소리로 읽는다.

또한 우리는 텅 빈 능선에 서서
몽블랑 정상의 베일이 열리는 걸 처음으로 보았네.
그리고 다시는 경험할 수 없는 생생한 생각을
강탈해간 영혼 없는 이미지가
눈에 깃드는 걸 보고 슬펐네.

"그래서 장엄한 백색 산 몽블랑은 실망스러운 것이 됩니다. 왜 그럴까요? 특이한 동사 형태인 강탈해가다 usurp upon부터 생각해봅시다. 누구 사전 찾아본 사람 있나요?"

침묵.

"만약 찾아봤다면, 여러분은 강탈해가다는 끼어들다intrude 혹은 침입하다encroach upon라는 의미인 걸 알았을 겁니다. 강탈하다usurp는 말은 강탈해가다usurp upon의 완료 상태입니다. 강탈한다는 건 강탈하는 행위를 완성하는 겁니다.

워즈워스의 말을 풀어보면, 구름이 걷히고 봉우리가 드러나자, 그것을 보고 슬퍼했다는 말이 될 겁니다. 알프스로 여행을 간 사람으로서는 이상한 반응입니다. 왜 슬퍼할까요? 영혼 없는 이미지, 망막 위의 단순한 이미지가 지금까지 생생한 생각이었던 걸 침해하기 때문이라고 시인은 말합니다. 그러면 생생한 생각이란 무엇입니까?"

다시 이어지는 침묵. 그가 거기에 대고 얘기하는 공기 자체가 시트처럼 늘어져 있다. 산을 바라보는 남자, 무엇이 그렇게 복잡하지? 그들은 이렇게 불평하는 걸까? 그는 그들에게 어떤 해답을 제시할 수 있을까? 첫날 저녁, 멜러니에게 무슨 말을 했지? 계시의 섬광 없이는 아무것도 없다고 했다. 그런데 이 강의실 어디에 계시의 섬광이 있지?

그는 그녀를 휙 쳐다본다. 그녀는 고개를 숙이고 교재에 몰두하고 있거나 그런 것처럼 보인다.

"강탈하다usurp라는 똑같은 단어가 몇 행 건너서 다시 반복되고 있습니다. 강탈은 알프스 연작에서 가장 심오한 주제 중 하나입니다. 마음속의 위대한 원형들과 순수한 관념들이 단순한 감각 이미지에 강탈당하는 겁니다.

하지만 감각 경험에서 유리된 채 순수한 관념의 영역 속에서 일상적 삶을 살 수는 없습니다. 문제는 어떻게 하면 현실의 무차별적인 살육

34

으로부터 보호받으며, 상상력을 순수하게 유지할 수 있느냐가 아닙니다. 문제는 둘이 공존하는 방법을 찾을 수 있느냐는 것이어야 합니다.

599행을 보세요. 워즈워스는 감각 지각의 한계에 대해 묘사하고 있습니다. 그건 전에 간략하게 다뤘던 주제입니다. 감각기관들은 힘의 한계에 이르면 빛을 잃기 시작합니다. 그러나 소멸하는 순간 그 빛은 촛불 화염처럼 마지막으로 타오르며 눈에 보이지 않는 걸 얼핏 보여줍니다. 이 대목은 어렵습니다. 어쩌면 몽블랑을 본 순간과 상치되는지도 모릅니다. 그럼에도 불구하고 워즈워스는 균형을 향해 나아가고 있는 것 같습니다. 그건 구름에 감싸인 순수한 관념도 아니고, 망막 위에서 불타는, 명명백백한 사실로 우리를 압도하고 실망시키는 시각적 이미지도 아니고, 기억의 토양에 더 깊이 묻혀 있는 관념을 움직이거나 작동시키는 수단으로서의, 어떻게든 계속 달아나려고 하는 감각 이미지인 겁니다."

그는 말을 멈춘다. 멍한 표정들. 그가 너무 멀리, 너무 빨리 나아갔나보다. 어떻게 그들을 데려오지? 어떻게 그녀를 데려오지?

"그건 사랑에 빠지는 것과 같습니다. 여러분이 장님이라면, 애초에 사랑에 빠지는 일이 거의 없을 겁니다. 하지만 여러분은 정말로, 사랑하는 사람을 냉정하고 분명하게 시각적인 견지에서 보려고 할까요? 그 시선 위에 베일을 드리우고, 그녀가 원형적이고 여신 같은 형태 속에서 살아 있도록 하는 게 더 좋을지 모릅니다."

그런 의미가 워즈워스의 시에 내포되어 있다고 볼 수 없을지 모르지만, 적어도 그 말이 그들을 깨운다. 원형이라고? 그들은 속으로 이렇게 생각할지 모른다. 여신이라고? 저 사람이 무슨 말을 하고 있지? 이 늙은이가 사랑에 대해 뭘 알지?

기억이 물밀듯 밀려온다. 그가 거실 바닥에서 그녀의 스웨터를 들어 올리고 아담하고 완벽한 작은 가슴을 드러나게 했던 그 순간의 기억. 처음으로 그녀가 눈을 든다. 그녀의 눈이 그의 눈과 마주친다. 그녀는 순간적으로 모든 것을 알아챈다. 그녀는 당황하여 눈을 내리간다.

"워즈워스는 알프스에 관해 얘기하고 있습니다." 그가 말한다. "이 나라에는 알프스산은 없지만 드라켄즈버그산이나 더 작은 규모의 테이블산이 있습니다. 우리는 시인들을 따라, 모두 함께 들었던 워즈워스적인 계시의 순간을 희망하며 산에 오릅니다." 그는 이제 그저 얘기를 하면서 은폐하고 있다. "하지만 그런 순간들은 우리가 안에 지니고 다니는 상상력의 거대한 원형들을 향해 반만이라도 눈을 돌리지 않으면 찾아오지 않을 겁니다."

이젠 그만! 그는 자신의 목소리가 지겨워진다. 또한 이렇게 은밀한 말을 듣고 있어야 하는 그녀가 안됐다고 생각한다. 그는 강의를 끝내고, 그녀와 얘기를 할 수 있기를 바라며 머뭇거린다. 그러나 그녀는 학생들 속에 섞여 빠져나간다.

일주일 전만 해도 그녀는 그저 수업을 듣는 예쁜 학생이었다. 그런데 이제 그녀는 그의 삶에서 중요한 존재, 숨을 불어넣는 존재가 되었다.

—

학생회관 강당은 어둠에 잠겨 있다. 그는 눈에 띄지 않게 뒷좌석에 앉는다. 몇 줄 앞의 수위 제복을 입은 머리가 벗어진 남자를 제외하면 그가 유일한 관객이다.

그들이 연습하는 연극은 〈글로브살롱의 석양〉이다. 요하네스버그의 힐브라우에 있는 미용실을 배경으로 한 신생 남아프리카공화국의 코미디다. 무대 위에서 미용사가 아주 즐거운 표정으로 하나는 흑인이고 다른 하나는 백인인 두 손님의 머리를 손질해주고 있다. 세 사람 사이에 농담과 모욕이 오간다. 카타르시스가 주된 원리인 것 같다. 모든 조야한 낡은 편견들이 밖으로 드러나고 왁자지껄한 웃음에 씻겨내려간다.

네번째 인물이 무대에 등장한다. 고수머리를 하고 굽 높은 구두를 신은 여자다. "앉아요, 곧 해줄게요." 미용사가 말한다. "일자리 때문에 왔어요." 그녀가 대답한다. "광고를 보고요." 그녀의 억양은 틀림없는 카프스*다. 멜러니다. "아 그럼, 빗자루 들고 일 좀 해봐요." 미용사가 말한다.

그녀는 빗자루를 들고 비틀거리다가 세트를 앞으로 밀친다. 빗자루가 전깃줄에 엉킨다. 그다음엔 불꽃이 튀고 비명이 들리고 사람들이 우왕좌왕하기로 되어 있다. 하지만 뭔가 잘못된 것 같다. 감독이 무대 위로 성큼성큼 올라온다. 검은 가죽 점퍼를 입은 남자가 그녀의 뒤에서 벽 콘센트를 만지기 시작한다. "더 빨라야 해." 감독이 말한다. "좀더 막스 브라더스** 느낌으로." 그녀가 멜러니를 향해 말한다. "알겠어?" 멜러니가 고개를 끄덕인다.

---

* 케이프타운의 혼혈인들이 사용하는 아프리칸스어. 아프리칸스어는 남아프리카공화국이 네덜란드의 식민지이던 때부터 사용되다 토착화한 네덜란드어.

** 1930년대 미국에서 활동한 4인조 코미디 배우 그룹.

그의 앞에 있던 수위가 일어서서 무거운 한숨을 쉬며 강당을 나선다. 그도 가야 한다. 어둠 속에 앉아 여자를 몰래 엿보는 것은 꼴사나운 일이다(호색이라는 말이 저절로 떠오른다). 그러나 그가 곧 합류하게 될 늙은이들과 때묻은 비옷을 걸치고 깨진 의치를 하고 귓구멍에 털이 많은 부랑자들과 떠돌이들—그들도 한때는 수족이 번듯하고 눈이 초롱초롱한 신의 아이들이었다—이 감각의 달콤한 향연에서 마지막까지 자기 자리에 매달리는 것을 비난할 수 있을까?

무대 위에서 연극이 다시 시작된다. 멜러니는 빗자루를 밀친다. 쾅! 반짝! 놀란 비명. "제 잘못이 아니에요." 멜러니가 우는 소리로 말한다. "메이 가츠*, 왜 모든 게 늘 제 탓이어야 하죠?" 그는 조용히 일어나서 수위가 그랬듯 바깥의 어둠으로 나간다.

—

다음날 오후 네시, 그는 그녀의 아파트로 간다. 그녀는 구겨진 티셔츠와 자전거용 반바지를 입고, 그가 보기에 우습고 품위 없어 보이는, 만화에 나오는 땅다람쥐 모양의 슬리퍼를 신고 문을 연다.

그는 예고도 없이 그녀를 찾아갔다. 그녀는 너무 놀라서 자기한테 몸을 들이미는 침입자에게 저항할 생각조차 못한다. 그가 그녀를 품에 안자, 그녀의 수족이 마리오네트처럼 늘어진다. 곤봉처럼 무거운 말들이 그녀의 고운 귓바퀴 속으로 쿵쿵 떨어진다. "아니, 지금은 안 돼

---

* 아프리칸스어로 '젠장'.

요!" 그녀가 몸부림을 치며 말한다. "사촌이 돌아올 거예요!"

그러나 아무것도 그를 막지 못할 것이다. 그는 그녀를 침실로 들고 가서, 우스꽝스러운 슬리퍼를 벗기고, 그녀의 발에 입을 맞추며, 그녀가 불러일으키는 감정에 깜짝 놀란다. 무대 위의 환영과 관련이 있다—가발, 흔들리는 엉덩이, 상스러운 말. 이상한 사랑이다! 그러나 그것이 거품이 이는 파도의 여신, 아프로디테의 화살통에서 나온 것은 의심할 여지가 없다.

그녀는 저항하지 않는다. 입술을 피하고 얼굴을 돌리는 것이 전부다. 그녀는 그가 그녀를 침대에 눕히고 옷을 벗기게 놔둔다. 팔과 엉덩이를 들며 그를 도와주기까지 한다. 차가움의 작은 전율이 그녀의 몸을 스치고 지나간다. 알몸이 되자 그녀는 굴속에 들어가는 두더지처럼 누비이불 밑으로 들어가 그에게 등을 돌린다.

강간은 아니다. 그 정도까지는 아니지만 그럼에도 불구하고 원하지 않는 것, 전적으로 원하지 않는 것이다. 여우의 이빨이 목을 물어뜯으려고 할 때의 토끼처럼, 그 일이 진행되는 동안 축 늘어진 채 자기 안에 죽어 있기로 작정하기라도 한 것 같다. 그래서 그녀에게 행해지는 모든 것이 멀리서 행해지는 것처럼 느껴지도록.

"폴린이 금방 올 거예요." 그것이 끝나자 그녀가 말한다. "제발요. 가셔야 돼요."

그는 복종한다. 그러나 차에 도착하자 너무 낙담하고 너무 멍해져 운전대에 몸을 굽힌 채 움직이지 못하고 앉아 있다.

실수, 엄청난 실수. 이 순간 그녀는, 멜러니는 그것을, 그를 씻어내고 있음이 틀림없다. 그녀가 욕조에 물을 받아놓고 물속으로 들어가

몽유병자처럼 눈을 감고 있는 모습을 상상한다. 그도 썻고 싶다.

  땅딸막한 다리에 실용적인 정장 차림의 여자가 지나가더니 아파트 건물로 들어간다. 저 사람이 멜러니가 비난을 들을까봐 그렇게도 두려워하는 아파트에 같이 사는 사촌인 폴린일까? 그는 몸을 일으켜 차를 몰고 떠난다.

—

  다음날 그녀는 강의에 나오지 않는다. 중간고사를 보는 날이어서 불길한 결석이다. 그는 나중에 출석부를 점검하면서, 그녀가 출석했다고 표시하고 70점을 준다. 그리고 하단에 연필로 '잠정적'이라고 자신을 위한 메모를 써놓는다. 70점, 좋지도 않고 나쁘지도 않은 애매한 점수.

  그녀는 다음주 내내 강의에 나오지 않는다. 그는 거듭 전화를 건다. 받지 않는다. 그런데 일요일 밤, 초인종이 울린다. 머리에서 발끝까지 검은 옷을 입고, 자그마한 검은색 모직 모자를 쓴 멜러니다. 그녀의 얼굴은 긴장되어 있다. 그는 그녀가 화를 내고 한바탕 소동을 벌일 것에 마음의 준비를 한다.

  그러나 그런 일은 일어나지 않는다. 사실 당황한 쪽은 그녀다. 그녀는 그의 눈을 피하며 속삭인다. "오늘밤 여기서 자도 돼요?"

  "물론, 물론이지." 그의 가슴이 안도감으로 가득찬다. 그는 팔을 뻗어 그녀를 껴안고 차게 굳어 있는 그녀의 몸을 꼭 끌어당긴다. "들어와, 차를 끓여줄게."

  "아뇨, 차는 필요 없어요, 아무것도. 전 지금 녹초 상태예요. 그냥 자면 돼요."

그는 그의 딸이 쓰던 방에 잠자리를 마련해주고, 그녀에게 잘 자라는 키스를 한 뒤 방에서 나온다. 반시간 후 들어가 보니, 그녀는 옷을 다 입은 채로 잠에 푹 빠져 있다. 그는 그녀의 구두를 벗기고 이불을 덮어준다.

아침 일곱시, 첫 새가 지저귀기 시작할 무렵, 그는 방문을 두드린다. 그녀는 턱까지 이불을 끌어올린 채 초췌한 얼굴로 누워 있다.

그가 묻는다. "좀 어때?"

그녀는 어깨를 으쓱한다.

"무슨 일 있어? 얘기하고 싶어?"

그녀는 말없이 고개를 젓는다.

그는 침대에 앉아 그녀를 끌어당긴다. 그녀는 그의 품에 안겨 처량하게 흐느끼기 시작한다. 그런 상황에도 욕망이 출렁거린다. 그는 그녀를 달래려 애쓰며 속삭인다. "자, 자. 무슨 일인지 얘기해봐." "아빠에게 무슨 일인지 얘기해봐"라고 말할 뻔했다.

그녀는 마음을 가라앉히고 얘기를 하려고 한다. 하지만 코가 꽉 막혀 있다. 그는 그녀에게 화장지를 건넨다. 그녀가 말한다. "당분간 여기 있어도 될까요?"

"여기 있겠다고?" 그는 그녀의 말을 조심스럽게 반복한다. 그녀는 울음을 멈췄지만 여전히 괴로움에 오랫동안 몸을 들썩인다. "그게 좋은 생각일까?"

그녀는 그것이 좋은 생각인지 어떤지 말하지 않는다. 대신 그에게 몸을 더 밀착한다. 그녀의 따뜻한 얼굴이 그의 배에 닿는다. 이불이 옆으로 미끄러진다. 그녀는 민소매 티셔츠와 팬티만 입고 있다.

그녀는 이 순간 자신이 무슨 일을 하려고 하는지 알까?

학교 정원에서 처음 그녀에게 접근했을 때는 쉽게 시작해서 쉽게 끝나는 간단한 연애로 생각했다. 그런데 지금 그녀는 복잡한 상황을 안고 그의 집에 와 있다. 그녀는 무슨 장난을 하고 있을까? 그가 조심해야 한다는 것은 의심의 여지가 없다. 하지만 처음부터 조심했어야 했다.

그는 그녀 옆에 눕는다. 멜러니 아이삭스와 같은 집에서 사는 것은 그가 전혀 원치 않는 일이다. 그러나 이 순간, 그는 그 생각에 도취되어 있다. 그녀는 매일 밤 여기에 있을 것이다. 그는 매일 밤, 이렇게 그녀의 침대 속으로, 그녀 속으로 들어갈 수 있다. 언제나 그렇듯 사람들은 알아차릴 것이다. 수군거릴 것이고 스캔들이 생길 수도 있다. 하지만 그것이 뭐가 중요할까? 꺼지기 전에 마지막으로 타오르는 감각의 불길. 그는 이불을 부드럽게 옆으로 밀고 손을 뻗어 그녀의 가슴과 엉덩이를 쓰다듬는다. 그는 속삭인다. "물론이지. 여기 있어도 돼. 물론이야."

가까이에 있는 그의 침실에서 자명종이 울리는 소리가 들린다. 그녀는 그에게서 몸을 떼어내고 어깨까지 이불을 덮는다.

그가 말한다. "난 지금 나갈 거야. 강의가 있어. 좀더 자려고 해봐. 점심때 올 테니까 그때 얘기해." 그는 그녀의 머리를 쓰다듬고 그녀의 이마에 키스한다. 애인? 딸? 그녀는 무엇이 되려는 걸까? 그에게 무엇을 주려는 걸까?

점심때 그가 돌아오자, 그녀는 일어나서 부엌 식탁에 앉아 꿀을 바른 토스트를 먹으며 차를 마시고 있다. 아주 편안해 보인다.

"그래," 그가 말한다. "훨씬 좋아 보이네."

"나가신 뒤에 잤어요."

"이제 무슨 일인지 얘기해줄 거야?"

그녀는 그의 눈을 피한다. 그녀가 말한다. "지금은 안 돼요. 가야 해요. 늦었어요. 다음에 설명해드릴게요."

"다음이 언제야?"

"오늘 저녁, 연습이 끝나고요. 괜찮아요?"

"그래."

그녀는 일어서서 컵과 접시를 들고 개수대에 갖다놓는다(하지만 설거지를 하지는 않는다). 그리고 돌아서서 그를 바라보고 말한다. "정말로 괜찮으시겠어요?"

"그래, 괜찮아."

"제가 강의를 많이 빼먹은 걸 알고 있다고 말씀드리고 싶었어요. 하지만 연극이 제 시간을 모두 잡아먹고 있어요."

"알겠어. 연극이 우선이라는 말이지. 더 일찍 얘기했더라면 좋았을 거야. 내일은 강의에 나올 거야?"

"네. 약속할게요."

그녀는 약속한다. 하지만 강제로 집행할 수는 없는 약속이다. 그는 짜증이 나고 신경이 거슬린다. 그녀는 너무 많은 면죄부를 누리며 못되게 행동하고 있다. 그녀는 그를 이용하는 법을 배우는 중이다. 그리고 어쩌면 그를 더 이용할 것이다. 하지만 그녀가 많은 면죄부를 누렸다면, 그는 더 많은 면죄부를 누렸다. 그녀가 못되게 행동한다면, 그는 더 못되게 행동했다. 그들이 어떤 식으로든 함께한다면, 그들이 정말로 함께한다면, 그는 앞에서 끄는 사람이고 그녀는 따라가는 사람이다. 그것을 잊어선 안 된다.

4

그는 딸의 방에서 다시 한번 그녀와 사랑을 한다. 좋다. 처음처럼 좋다. 그는 그녀의 몸이 움직이는 방식을 이해하기 시작한다. 그녀의 몸은 재빠르고, 경험을 하고 싶어 안달이다. 만약 그가 그녀의 충만한 성욕을 감지하지 못한다면, 그것은 단지 그녀가 아직 젊기 때문이다. 그녀가 그를 더 가까이 끌어들이기 위해 다리를 그의 엉덩이에 감던 것이 기억에 또렷하게 남는다. 그는 그녀의 허벅지 안쪽 힘줄이 그에게 밀착되자 쾌감과 욕망이 솟구치는 것을 느낀다. 어렵겠지만, 우리에게 미래가 있을지 누가 아는가. 그는 이렇게 생각한다.

나중에 그녀가 묻는다. "이런 걸 자주 해요?"

"뭘?"

"학생들과 자는 거요. 어맨다하고도 잤어요?"

그는 대답하지 않는다. 어맨다는 그의 수업을 듣는, 가느다란 금발의 학생이다. 그는 어맨다에게는 흥미가 없다.

그녀가 묻는다. "왜 이혼하셨어요?"

"두 번 이혼했지. 두 번의 결혼에 두 번의 이혼."

"첫 부인은 어떻게 됐어요?"

"얘기하자면 길어. 나중에 얘기해줄게."

"사진 있어요?"

"나는 사진을 모으지 않아. 여자를 모으지도 않고."

"저를 모으는 건 아녜요?"

"아니지, 당연히 아니지."

그녀는 일어나서 방안을 걸어다니며 옷을 주워든다. 마치 혼자 있는 것처럼 수줍어하지도 않는다. 그는 남의 눈을 의식하며 옷을 입고 벗는 여자들에게 더 익숙하다. 하지만 그에게 익숙한 여자들은 젊지도 않고 완벽한 몸매를 갖고 있지도 않다.

—

같은 날 오후 누군가가 그의 연구실 문을 두드린다. 그리고 전에 본적 없는 젊은이가 들어온다. 그는 권하지도 않았는데 의자에 앉아서 안을 둘러보더니 책장을 보고서 감탄하듯 고개를 끄덕인다.

키가 크고 강단 있게 생겼으며 가느다란 염소수염을 기르고 한쪽 귀에 귀고리를 했다. 검은 가죽 점퍼에 검은 가죽 바지를 입은 그는 대부분의 학생들보다 더 나이들어 보인다. 문제아 같다.

남자가 말한다. "그래 당신이 그 교수군. 데이비드 교수. 멜러니가 당신에 대해 얘기해줬지."

"그래. 자네한테 무슨 얘기를 했지?"

"당신이 멜러니한테 씹질을 했다고."

긴 침묵이 흐른다. 그는 생각한다. 그래, 자업자득이다, 나는 짐작했어야 했다. 그런 여자를 거저 얻을 순 없지.

그가 말한다. "자네는 누군가?"

방문객은 그의 질문을 무시하고 계속 말한다. "당신은 자신이 영리하다고 생각하는 모양이지. '진짜 여자들'의 남자라고 생각하겠지. 당신이 무슨 짓을 하는지 당신 부인이 알아도 여전히 영리해 보일까?"

"그만하면 됐네. 원하는 게 뭐지?"

이젠 말이 더 빨리 나온다. 악의를 띠고. "됐다는 소리는 집어치워. 사람들의 삶 속에 들어갔다가 편할 때 빠져나갈 수 있다고 착각하지 말란 말이야." 그의 검은 안구에서 빛이 일렁인다. 그는 몸을 앞으로 숙이더니 두 손으로 양옆을 쓸어버린다. 책상 위에 있던 서류들이 날아간다.

그는 일어선다. "그만하면 됐어! 이만 나가주게."

"이만 나가주게!" 젊은이가 그의 말을 흉내내며 조롱한다. "그래." 그는 일어서서 문을 향해 어슬렁어슬렁 걸어간다. "굿바이, 칩스 교수!* 하지만 두고 보자고!" 그런 다음 그는 사라진다.

---

* 영국 소설가 제임스 힐턴의 장편소설 『굿바이, 미스터 칩스!』를 차용한 표현. 고전어 교사인 칩스 선생은 마흔이 넘은 나이에 젊은 여성과 사랑에 빠지고, 학생들에게는 존경스러운 스승의 모습을 보여준다.

그는 생각한다. 깡패. 그녀는 깡패와 엮었고, 이제 나도 그녀의 깡패와 엮였다! 그의 속이 울렁거린다.

그는 밤늦게까지 자지 않고 그녀를 기다리지만, 멜러니는 오지 않는다. 그 대신 거리에 세워놓은 그의 차가 파손된다. 타이어는 바람이 빠지고, 열쇠 구멍에는 접착제가 발라져 있고, 앞유리에는 신문이 붙고, 페인트는 긁혀 있다. 열쇠를 바꾸는 데 600랜드가 들어간다.

열쇠장이가 묻는다. "누구의 소행인지 짚이는 데가 있습니까?"

"전혀." 그는 무뚝뚝하게 대답한다.

—

이런 쿠 드 맹*이 있은 후, 멜러니는 그에게서 거리를 유지한다. 그는 놀라지 않는다. 만약 그가 창피를 당했다면 그녀도 창피할 것이다. 하지만 그녀는 월요일에 강의실에 나타난다. 그녀 옆에는 검은 옷을 입은 남자친구가 건방진 자세로 호주머니에 손을 넣고 편한 자세로 의자에 앉아 있다.

보통 때 학생들은 얘기를 하며 소란스럽다. 그런데 오늘은 조용하다. 그는 무슨 일이 벌어지고 있는지 그들이 안다고는 생각하지 않지만 그들은 분명히, 그 침입자를 그가 어떻게 처리하는지 보려고 기다리고 있다.

그는 정말 어떻게 할 것인가? 그의 차를 그렇게 한 것으로 충분하지

---

* 프랑스어로 '기습'.

않다는 것은 분명했다. 분명히 올 것이 더 있다. 그가 무엇을 어떻게 할 수 있을까? 이를 악물고 당하는 것 외에 무엇이 있을까?

그는 강의 노트를 보며 이렇게 말한다. "오늘도 바이런을 계속 공부하겠습니다. 지난주에 공부한 것처럼, 악명과 스캔들은 바이런의 삶뿐만 아니라 대중이 그의 시를 받아들이는 방식에도 영향을 미쳤습니다. 사람들은 인간 바이런을 그의 시적 창조물인 해럴드, 맨프레드, 심지어 돈 후안과 뒤섞어 받아들였습니다."

스캔들, 그것이 오늘의 주제라니 애석한 일이지만 그렇다고 임시변통으로 다른 것을 채울 상황도 아니다.

그는 멜러니를 슬쩍 쳐다본다. 그녀는 대개 부지런히 필기를 한다. 그런데 오늘은 마르고 기진맥진해 보이고, 책 위에 움츠리고만 있다. 머리와는 달리 그의 가슴은 그녀에게 간다. 그는 생각한다. 내 품에 안겼던 가엾은 작은 새!

그는 그들에게 「라라」를 읽어오라고 했다. 그의 강의 노트는 「라라」와 관련된 것이다. 그 시를 피할 방법이 없다. 그는 큰 소리로 읽는다.

그는 숨쉬는 이 세계에서 이방인으로 서 있었다,
다른 곳으로부터 내던져진 잘못된 영혼.
스스로 위험을 만들었지만 요행으로 그것을 피했던
어두운 상상의 산물.

"누가 이 시를 해석해보겠어요? '잘못된 영혼'이란 누구입니까? 왜 그는 자신을 '산물'이라고 했을까요? 그는 어떤 세계에서 왔습니까?"

그는 학생들의 무지에 놀라지 않은 지 오래다. 후기기독교적, 후기 역사적, 후기문자적인 그들은 이제 막 알을 깨고 나왔다고 해도 이상하지 않다. 그래서 그는 천국에서 쫓겨난 타락한 천사들에 대해서도, 바이런이 어디서 그 천사들에 관한 것을 읽었는지에 대해서도, 그들이 알고 있기를 기대하지 않는다. 그가 기대하는 것은 그들이 적당히 추측해서 운좋게 그것이 맞아떨어지고, 그가 정답을 향해 나아갈 수 있도록 해주는 것이다. 하지만 그들이 오늘은 침묵으로 일관한다. 그들 가운데 앉은 이방인의 둘레에 쳐진 집요한 침묵. 그들은 이방인이 거기에 앉아서 듣고, 판단하고, 조롱하는 한 말하지도 않을 것이고 그가 하는 대로 따라오지도 않을 것이다.

그가 말한다. "루시퍼입니다. 하늘에서 내던져진 천사입니다. 우리는 천사들이 어떻게 사는지 모르지만, 그들에게 산소가 필요 없다는 가정을 할 수는 있습니다. 검은 천사 루시퍼는 집에서는 숨을 쉴 필요가 없습니다. 그런데 그는 난데없이 우리가 사는 이상한 '숨쉬는 세계'로 내던져진 겁니다. '잘못된'이란 말의 뜻은 그 자신의 길을 선택하고, 스스로를 위험에 빠트리며, 위험하게 살아가는 존재라는 말입니다. 조금 더 읽어봅시다."

그 젊은이는 단 한 번도 책을 보지 않는다. 대신 입술에 엷은 미소를 띠고, 어쩌면 어리둥절한 미소를 띠고, 그가 하는 말을 듣는다.

그는 때때로
다른 사람을 위해 자기 것을 단념할 수 있었다.
하지만 그것은 동정 때문도 아니고, 의무감 때문도 아니고,

자기 외에는 누구도 그 일을 할 수 없다는
은밀한 자부심에서 생긴
이상한 왜곡된 생각 때문이었다.
그런데 이 충동은 유혹의 시간이 되자
그의 영혼을 범죄로 이끌고 말았다.

"그렇다면 이 루시퍼는 어떤 존재입니까?"

학생들은 그때쯤 그들 사이에, 즉 그와 그 젊은이 사이에 흐르는 기류를 느꼈음이 틀림없다. 그 질문은 젊은이를 향하고 있다. 그 젊은이는 잠에서 깨어난 사람처럼 대답한다. "그냥 하고 싶은 걸 하는 존재죠. 좋은지 나쁜지 상관하지 않고, 그냥 하는 거죠."

"맞습니다. 좋든 나쁘든 그냥 하는 겁니다. 그는 원리가 아니라 충동에 따라서 행동합니다. 그는 그 충동의 근원이 어디에 있는지 모릅니다. 몇 행 더 읽어봅시다. '그의 광기는 머리가 아니라 가슴에서 나온 것이었다.' 미친 가슴이라니. 어떤 것이 미친 가슴이죠?"

그는 너무 많은 것을 묻고 있다. 그는 그 젊은이가 자신의 직관력을 더 밀고 나가고 싶어한다는 것을 느낀다. 그는 자신이 오토바이나 야한 옷 이상의 것을 알고 있음을 과시하고 싶어한다. 어쩌면 사실일지도 모른다. 어쩌면 그는 미친 가슴이 무엇인지 알지도 모른다. 하지만 여기, 이 교실의 낯선 사람들 앞에서는 말이 나오지 않을 것이다. 그는 고개를 젓는다.

"걱정하지 마세요. 이 시는 우리에게 미친 가슴을 가진 이 존재, 체질적으로 뭔가가 잘못된 이 존재를 비난하라는 게 아닙니다. 반대로,

이해하고 동정하라고 권하는 겁니다. 그러나 동정에는 한계가 있습니다. 왜냐하면 그는 우리 가운데 살고는 있지만 우리 중의 하나가 아니기 때문입니다. 그는 정확하게, 스스로가 칭한 대로 하나의 산물, 즉 괴물입니다. 마지막으로, 바이런은 그를 사랑하는 게 가능하지 않다는 걸 암시합니다. 더 깊고, 더 인간적인 의미에서 가능하지 않은 겁니다. 결국 그는 고독이라는 형벌을 받을 수밖에 없을 겁니다."

그들은 고개를 숙이고 그가 한 말을 적는다. 바이런이든 루시퍼든 카인이든 그들에게는 모두 똑같다.

그들은 시를 끝마친다. 그는 「돈 후안」 1편을 읽어오라고 하고 강의를 일찍 끝낸다. 그는 학생들 머리 너머로 그녀를 부른다. "멜러니, 얘기 좀 할까?"

그녀는 해쓱하고 지친 얼굴로 그 앞에 선다. 그의 마음이 다시 그녀를 향해 나아간다. 둘만 있다면 안아주고 기분을 북돋아줄 텐데. 그리고 내 작은 비둘기라고 부를 텐데.

대신, 그는 말한다. "내 연구실로 갈까?"

그녀의 남자친구가 뒤를 따른다. 그는 그녀를 데리고 계단을 올라 그의 연구실로 간다. "여기서 기다리게." 그는 젊은이에게 이렇게 말하고 문을 닫는다.

멜러니는 고개를 숙이고 그 앞에 앉는다. 그가 말한다. "얘야, 지금 상황이 어렵다는 건 알아. 나는 그걸 더 어렵게 만들고 싶지는 않아. 하지만 선생으로서 얘기하는 거야. 나는 학생들 모두에게 책임이 있어. 네 남자친구가 캠퍼스 밖에서 무슨 짓을 하든 그건 그의 몫이야. 하지만 그가 내 수업을 방해하게 할 수는 없어. 내 말을 그에게 전해.

그리고 넌 공부에 더 많은 시간을 쏟아야겠어. 수업도 더 규칙적으로 참석하고 말이야. 그리고 지난번에 보지 않은 시험도 치러야 해."

그녀는 당황한, 심지어 충격받은 표정으로 그를 마주 쳐다본다. 당신이 나를 모든 사람으로부터 차단시켰어요. 당신이 내게 당신의 비밀을 떠맡도록 만들었어요. 나는 더이상 학생만은 아니에요. 어쩜 나한테 그렇게 얘기할 수 있어요? 그녀는 이렇게 말하고 싶어하는 것 같다.

그녀의 목소리는 너무 가라앉아 거의 들리지도 않는다. "시험은 못 쳐요. 공부를 하지 않았어요."

그가 말하고자 하는 것은 점잖게 얘기할 수 있는 것이 아니다. 그가 할 수 있는 것은 오직 그녀가 이해하기를 바라며 신호를 보내는 것뿐이다. "멜러니, 다른 사람들처럼 그냥 시험을 치러. 준비가 되어 있고 되어 있지 않고는 중요하지 않아. 중요한 건 그걸 끝내는 거야. 날짜를 잡자. 다음주 월요일 점심시간 어때? 그러면 주말에 공부를 할 수 있잖아."

그녀는 턱을 들고 도전적으로 그의 눈을 쳐다본다. 그녀는 말을 알아듣지 못했거나 그 제의를 거부하고 있다.

그는 반복한다. "월요일, 여기 내 연구실에서 치르는 거야."

그녀는 일어나서 어깨에 가방을 멘다.

"멜러니, 나한테는 책임이 있어. 적어도 내 말을 따르는 시늉이라도 해. 필요 이상으로 상황을 복잡하게 만들지 마."

책임. 그녀는 대답을 함으로써 그 말에 위엄을 부여하지 않는다.

—

그날 저녁 그는 콘서트에 갔다가 돌아오는 길에 신호등에서 차를 세운다. 오토바이가 소리를 내며 지나간다. 검은색 듀카티 오토바이에 검은 옷을 입은 두 사람이 타고 있다. 그들은 헬멧을 쓰고 있지만 그는 그들을 알아본다. 멜러니는 무릎을 넓게 벌리고 골반은 아치 모양으로 한 채 뒷좌석에 앉아 있다. 갑작스러운 욕정의 전율이 그를 잡아당긴다. 그는 생각한다. 나는 거기에 있었지! 그때 오토바이가 속도를 높여 그녀를 데리고 사라진다.

5

다음주 월요일, 그녀는 시험을 보러 오지 않는다. 대신 그의 우편함에 공식적인 수강 취소 카드가 들어 있다. M 아이삭스(학번771010ISAM)는 커뮤니케이션 312 과목 수강을 즉각 취소했음.

한 시간도 채 지나지 않아 그의 연구실로 전화가 걸려온다. "루리 교수십니까? 잠깐 얘기할 수 있을까요? 제 이름은 아이삭스입니다. 여기는 조지입니다. 아시다시피 제 딸 멜러니가 교수님 과목을 수강하고 있습니다."

"말씀하세요."

"교수님, 우릴 도와주실 수 있나요. 멜러니는 이제껏 아주 착실한 학생이었습니다. 그런데 지금 와서 모든 걸 그만두겠다는 겁니다. 우리에게는 너무 큰 충격입니다."

"저로서는 이해할 수 없군요."

"공부를 그만두고 직장을 잡고 싶답니다. 하지만 삼 년이나 잘만 다니던 학교를 끝나기 직전에 그만두다니 큰 낭비인 것 같아요. 교수님, 그애가 정신을 차리도록 얘기를 좀 해주실 수 있나요?"

"멜러니한테 직접 얘기해보셨습니까? 이런 결정을 하게 된 원인이 뭔지 아십니까?"

"아내와 제가 주말 내내 전화를 붙잡고 얘기했지만, 무슨 일인지 알 수가 없었습니다. 그애가 연극에 너무 빠져 무리하고 스트레스를 받았는지도 모르겠습니다. 그애는 언제나 그런 것들을 심각하게 생각합니다. 교수님, 그게 그애의 천성입니다. 심하게 빠진다니까요. 하지만 교수님이 그애한테 얘기해주신다면, 어쩌면 그애가 마음을 고쳐먹을 수도 있을 겁니다. 그애는 교수님을 아주 존경하고 있습니다. 우리는 그애가 그동안 공부한 것을 쓸데없이 내동댕이치는 걸 원치 않습니다."

오리엔탈플라자에서 산 싸구려 금색 구슬을 달고 다니고 워즈워스가 약점인 멜러니Melanie - 멜라니meláni는 모든 것을 심각하게 생각한다. 그가 어떻게 짐작할 수 있었으랴. 그 외에도 그가 짐작하지 못한 무엇이 있을까?

"아이삭스 씨, 제가 멜러니에게 얘기할 만한 사람인지 모르겠습니다."

"교수님이 적격자입니다! 말씀드렸다시피 교수님을 아주 존경하고 있거든요."

그는 이렇게 말해야 한다. 존경이라고요? 아이삭스 씨, 당신은 한참 뒤처져 있군요. 당신의 딸은 몇 주 전, 그것도 충분한 이유로 나에 대한 존경심을 잃었습니다. 하지만 그는 대신 이렇게 말한다. "제가 할 수 있는 일을 찾아보겠습니다."

그는 나중에 생각한다. 결국은 들통날 거야. 또한 멀리 조지에 있는 그녀의 아버지 아이삭스도 그가 어물쩍거리며 한 이 거짓말을 잊지 못할 거야. 제가 할 수 있는 일을 찾아보겠습니다. 왜 솔직하게 얘기하지 않았던가? 그는 이렇게 얘기했어야 했다. 나는 사과 속에 든 벌레 같은 인간입니다. 당신에게 고통을 가한 당사자인 내가 무슨 일을 할 수 있겠습니까?

그는 아파트로 전화를 걸고 그녀의 사촌 폴린과 얘기한다. 폴린은 차가운 목소리로 멜러니는 전화를 받을 수 없다고 말한다. "전화를 받을 수가 없다니 무슨 말이죠?" "당신과 얘기하기를 원치 않는다는 뜻입니다." "그럼 수강 취소 때문에 전화했다고 전해주세요. 너무 성급한 행동이라고 전해주세요."

수요일 강의는 엉망이다. 금요일은 더 나쁘다. 출석률이 저조하다. 말 잘 듣고 수동적이고 온순한 학생들만 참석했다. 이유는 한 가지밖에 없다. 소문이 퍼져나갔음이 틀림없다.

그는 학과 사무실에 갔다가 뒤에서 그를 찾는 소리를 듣는다. "루리 교수님을 어디서 만날 수 있습니까?"

"접니다." 그는 생각 없이 말한다.

말을 한 남자는 작고 호리호리하며 어깨가 굽었다. 몸집에 비해 너무 큰 남색 정장을 입고 있다. 그에게서 담배 냄새가 난다.

"루리 교수님? 전화로 얘기했었죠. 아이삭스입니다."

"네, 처음 뵙겠습니다. 제 연구실로 갈까요?"

"그럴 필요는 없습니다." 그 남자는 말을 멈추고 심호흡을 하며 마음을 가라앉힌다. 그리고 교수라는 말에 강한 악센트를 주며 입을 뗀다. "교수님, 당신이 아무리 유식하다고 해도 당신이 한 행위는 옳지 못합니다." 그는 말을 멈추고 고개를 젓는다. "옳지 못하단 말입니다."

두 사무원은 호기심을 숨기려고도 하지 않는다. 과 사무실에는 학생들도 있다. 낯선 사람이 목소리를 높이자 그들은 조용해진다.

"우리가 당신들 손에 아이들을 맡기는 건 당신들을 믿을 수 있다고 생각하기 때문입니다. 만약 우리가 대학을 믿지 못한다면 누구를 믿겠습니까? 우리는 우리 딸을 독사의 소굴로 보낸다고는 결코 생각하지 않았어요. 루리 교수님, 당신이 고매하고 권력 있고 온갖 학위를 다 갖고 있을지도 모르지만 내가 당신이라면, 하느님 맙소사, 나는 나 자신이 아주 부끄러울 거예요. 만약 내가 상황을 잘못 짚었다면, 이제 당신이 얘기할 차례입니다. 하지만 당신 얼굴을 보니 그렇지 않은 것 같군요."

이제 그의 차례임이 분명하다. 할말이 있으면 하라. 하지만 혀는 굳고 귀에 피가 몰려 쿵쿵 울린다. 독사. 그가 어떻게 그 말을 거부할 수 있을까?

그는 작은 소리로 말한다. "미안합니다, 처리할 일이 있어서요." 나무로 된 물건처럼, 그는 돌아서서 떠난다.

아이삭스는 그를 따라오며 사람들로 붐비는 통로에서 소리친다. "교수님! 루리 교수님! 당신은 그렇게 달아날 수 없소! 지금 말하는데, 이걸로 끝난 게 아니오!"

—

그 일은 그렇게 시작된다. 다음날 아침, 놀랄 만큼 빠르게, 부총장실 (학무)로부터 통지가 날아온다. 대학의 행동 수칙 3조 1항에 의거, 그에 대한 고발이 들어왔음을 알리는 통지다. 가능한 한 빠른 시일 내에 부총장실로 연락하라는 내용이다.

기밀이라고 찍힌 봉투에는 행동 수칙이 복사되어 들어 있다. 3조는 인종, 민족, 종교, 성, 성적 지향, 혹은 신체장애 때문에 당하는 피해나 괴롭힘에 관한 것이다. 3조 1항은 교수가 학생에게 피해를 입히거나 괴롭히는 경우에 대한 내용이 명시되어 있다.

두번째 서류에는 학칙과 위원회의 권한이 기술되어 있다. 그는 그것을 읽는다. 그의 가슴이 기분 나쁘게 쿵쿵 뛴다. 그는 반쯤 읽다가 집중력을 잃는다. 그는 일어서서 연구실 문을 잠근 뒤 서류를 들고 앉아 무슨 일이 있었는지 상상해보려 한다.

멜러니가 그렇게 했을 리는 없다. 그는 확신한다. 그녀는 너무 순진하고, 자신의 힘에 대해 너무 모른다. 몸에 맞지 않는 옷을 입은 그 작은 남자가 뒤에 있음이 틀림없다. 그와 그녀의 보호자 격인 못생긴 사촌 폴린이 그랬을 것이다. 그들은 끈질긴 설득 끝에 결국 그녀를 데리고 대학 본부로 갔을 것이다.

그들은 틀림없이 이렇게 했을 것이다. "우리는 고발하고 싶습니다."

"고발한다고요? 어떤 고발이죠?"

"사적인 내용입니다."

멜러니가 당황해서 말을 잃고 서 있는 동안 사촌 폴린이 끼어들었을 것이다. "교수한테 당한 성희롱 사건입니다."

"저쪽 사무실로 가세요."

그 사무실에 간 아이삭스는 더 대담해졌을 것이다. "우리는 당신네 교수들 중 하나를 고발하고자 합니다."

그들은 절차에 따라 응답했을 것이다. "충분히 생각해보셨습니까? 이게 당신이 진정으로 원하는 겁니까?"

"그럼요, 우리는 우리가 원하는 게 뭔지 알고 있습니다." 그는 자기 말을 반박할 테면 해보라는 눈초리로 그의 딸을 쳐다보며 그렇게 말했을 것이다.

작성해야 하는 서류가 있다. 서류 양식과 펜이 그들 앞에 놓인다. 그녀의 손이 그 펜을 집어든다. 그가 키스를 했던 그 손, 그가 자세히 알고 있는 그 손. 멜러니 아이삭스, 원고의 이름이 조심스럽게 대문자로 쓰인다. 아래 칸으로 내려가 채울 곳을 찾으며 그 손이 흔들린다. 그녀의 아버지가 니코틴에 전 손가락으로, 저기 하고 가리킨다. 그 손이 머뭇거리다가 그곳을 찾아 X표를 한다. 자퀴즈*의 당당한 십자가. 그리고 피고인의 이름을 쓰는 공간. 그 손이 쓴다. 데이비드 루리, 교수. 마지막으로 페이지 하단에 적히는 날짜와 그녀의 서명. 아라비아풍의 M, 위쪽으로 대담한 호 모양을 이룬 l, 아래쪽으로 획이 그어진 I, 마지막을 장식하는 화려한 s.

일이 끝난다. 종이 위에 나란히 적힌 두 이름, 그와 그녀의 이름. 침대 속의 두 사람, 더이상 연인이 아닌 적.

---

* 프랑스어로 '고발인'.

—

그가 부총장실로 전화하자 업무 외 시간인 다섯시에 약속이 잡힌다.

그는 다섯시에 복도에서 기다린다. 말쑥하고 젊어 보이는 아람 하킴이 나와 그를 데리고 들어간다. 사무실에는 벌써 두 사람이 와 있다. 학과장인 일레인 윈터, 그리고 대학 내 차별위원회의 의장인 사회과학부의 파로디아 라술.

하킴이 말한다. "데이비드, 시간이 늦었으니 바로 본론으로 들어갑시다. 어떻게 하면 이 문제를 가장 잘 해결할 수 있을까요?"

"고소 내용이 뭔지 알려주시는 것부터 시작하시죠."

"좋습니다. 우리는 멜러니 아이삭스의 고발 건에 대해 얘기를 나누고 있습니다. 또한 멜러니 씨와 관련된 것으로 보이는 변칙 행위가 발견되었습니다. 일레인?" 그는 일레인 윈터를 쳐다본다.

일레인 윈터는 그의 말을 받는다. 그녀는 그를 좋아한 적이 없다. 그녀는 그를 빨리 없어지면 없어질수록 더 좋은 과거의 유물이라고 생각한다. "데이비드, 멜러니 씨의 출결에 관해 의문이 있습니다. 내가 전화로 물어본 바에 의하면, 그 학생은 지난달에 두 번밖에 출석하지 않았다고 합니다. 그런데 그게 사실이라면 이미 보고되어 있어야 합니다. 그 학생 말로는 중간고사도 보지 않았다고 합니다." 그녀는 자기 앞에 놓인 서류를 바라본다. "그러나 당신 기록에 의하면 그녀의 출석률은 완전무결합니다. 그리고 그 학생은 중간고사에서 70점을 받았습니다." 그녀는 그를 놀리듯 말한다. "멜러니 아이삭스가 두 명이 아니라면……"

그가 말한다. "한 명밖에 없습니다. 난 변명할 게 없습니다."

하킴이 자연스럽게 끼어든다. "여러분, 지금 여기는 구체적인 문제를 다룰 때도 아니고 다룰 곳도 아닙니다." 그는 다른 두 사람을 바라본다. "우리가 할 일은 절차를 분명하게 하는 겁니다. 데이비드, 이 문제를 철저하게 비밀에 부쳐 처리하겠다는 점은 말하지 않아도 알겠죠. 그 점은 내가 보장합니다. 당신 이름도 보호받을 것이고, 멜러니 씨의 이름도 보호받을 겁니다. 위원회가 구성될 겁니다. 위원회가 할 일은 어떤 징계 조치를 취할 근거가 있는가를 결정하는 겁니다. 그리고 당신이나 당신 변호사는 위원회 구성에 이의를 제기할 수 있습니다. 위원회는 카메라 앞에서 진행될 겁니다. 위원회가 결정 사항을 총장에게 올리고, 총장이 이를 실행할 때까지는 이전과 마찬가지로 지내면 됩니다. 멜러니 씨는 당신이 가르치는 과목 수강을 공식적으로 취소했습니다. 당신은 그 학생과 접촉하지 말아야 합니다. 파로디아, 일레인, 내가 빼먹은 게 있나요?"

입을 꼭 다문 라술 박사는 고개를 젓는다.

"데이비드, 성희롱 문제는 복잡합니다. 불행할 뿐만 아니라 복잡하기까지 합니다. 하지만 우리의 진행 절차는 공정하다고 생각합니다. 그래서 차근차근 규칙에 따라서 일을 진행할 겁니다. 진행 절차를 이해하고, 어쩌면 법률적인 조언을 구하는 것도 괜찮을 것 같습니다."

그가 대답을 하려는데 하킴이 손으로 제지하며 말한다. "데이비드, 심사숙고해보세요."

그는 그만하면 충분하다고 생각한다. "나한테 뭘 어떻게 하라고는 얘기하지 말아요. 난 어린애가 아닙니다."

그는 화가 나서 자리를 뜬다. 그러나 건물은 잠겨 있고 수위는 퇴근하고 없다. 뒷문도 잠겨 있다. 하킴이 그를 내보내줘야 한다.

비가 내린다. "내 우산을 같이 써요." 하킴이 말한다. 그리고 그의 차까지 갔을 때 이렇게 말한다. "데이비드, 나는 개인적으로 당신이 참 안됐다고 생각해요. 정말입니다. 이런 일들은 지옥처럼 느껴질 수도 있습니다."

그는 하킴을 몇 년 동안 알고 지냈다. 한창 테니스를 치던 시절에는 함께 테니스를 치기도 했다. 하지만 지금은 친구 같은 걸 찾을 기분이 아니다. 그는 짜증스러운 듯 어깨를 움찔하고 차 안으로 들어간다.

사건은 비밀에 부쳐진다고 했지만 당연히 그렇게 되지 않는다. 사람들이 수군거린다. 그렇지 않다면 왜, 그가 교수휴게실에 들어가면 갑자기 하던 얘기가 멈추고, 지금까지 완벽하게 절친한 관계를 유지하던 연하의 이성 동료가 그를 쳐다보지도 않고 찻잔을 들고 나가버리겠는가? 그리고 왜 보들레르를 처음으로 강의하는 날 출석한 학생이 두 명밖에 되지 않았겠는가?

그는 생각한다. 밤낮으로 돌아가며 명성을 갈아대는 소문의 방앗간. 구석에서, 전화로, 닫힌 문 뒤에서 회의를 여는 정의의 공동체. 기쁨에 들뜬 속삭임들. 샤덴프로이데*. 판결부터 내리고, 재판은 나중에 한다.

그는 고개를 꼿꼿이 들고 커뮤니케이션과 건물 복도를 걸어다니려고 한다.

그는 그의 이혼을 처리해준 변호사와 얘기한다. 변호사가 말한다.

---

* 독일어로 '남의 불행을 보고 느끼는 기쁨'.

"우선 사실을 분명히 합시다. 그 얘기가 얼마까지 사실입니까?"

"전부 사실입니다. 나는 학생과 연애중이었습니다."

"진지했습니까?"

"진지하다는 게 문제를 더 나쁘게 만들거나 더 좋게 만듭니까? 일정한 나이가 지나면 모든 연애는 진지한 겁니다. 심장마비처럼 말이죠."

"전략상 여자 변호사를 구하시는 게 좋을 것 같습니다." 그는 두 사람의 이름을 알려준다. "개인적으로 합의를 보는 게 좋겠어요. 대학 당국이 그 학생이나 가족을 설득해서 고발을 취하하도록 하고, 대신 어떤 행동을 보여주는 게 좋을 겁니다. 한동안 휴직을 하시는 게 좋겠어요. 그게 최대한의 희망일 것 같아요. 옐로카드를 받아들이세요. 그리고 피해를 최소화하고 스캔들이 잠잠해지기를 기다리세요."

"어떤 행동을 보여주라는 겁니까?"

"심리요법인 감수성 훈련, 공공 봉사, 심리 상담 등 협상할 수 있는 어떤 것이든 하세요."

"심리 상담? 나한테 심리 상담이 필요하단 말입니까?"

"내 말을 오해하지 마세요. 내가 말하는 건 심리 상담이 합의 사항 중 하나일 수도 있다는 겁니다."

"나를 교정하려고? 나를 치료하려고? 내 적절치 못한 욕망을 치료하려고?"

변호사는 어깨를 으쓱한다. "뭐든."

그주는 캠퍼스에서 강간에 대한 경각심을 강조하는 기간이다. WAR, 즉 '강간에 반대하는 여자들의 연대Women Against Rape'는 '최근의 피해자들'과 연대해 이십사 시간 경계의 필요성을 강조한다. '여자들 말문을 열다'라는 제목이 달린 팸플릿이 그의 연구실 문 밑으로 들어온다. 종이 밑에는 연필로 이렇게 적혀 있다. '카사노바, 너는 끝났다.'

그는 전처 로절린드와 저녁식사를 한다. 그들은 헤어진 지 팔 년이 되었다. 그들은 서서히, 그리고 신중하게, 다시 일종의 친구가 되어가고 있다. 전쟁war 베테랑들. 로절린드가 아직도 근처에 산다는 사실이 그에게 위안을 준다. 어쩌면 그녀도 그에게 똑같은 감정을 느낄지 모른다. 욕실에서 미끄러지거나 혈변을 보는 등 최악의 상황이 닥치면 의지할 수 있는 사람일 테니까.

그들은 이스턴케이프의 농장에 사는 루시에 대해 얘기한다. 루시는 그가 첫번째 결혼에서 얻은 유일한 자식이다. 그는 말한다. "곧 그애를 보게 될 것 같아. 여행을 갈까 생각중이야."

"학기중에?"

"학기는 거의 끝났어. 두 주만 지나면 끝이야."

"당신이 겪는 문제와 상관있어? 문제가 있다고 들었는데."

"어디서 들었어?"

"데이비드, 사람들이 쑥덕거리고 있어. 모두가 가장 최근의 당신 사건에 대해서 알고 있어. 가장 자극적인 것까지 말이야. 사건을 쉬쉬할 사람은 아무도 없어. 당신 말고는 아무도. 이게 얼마나 어리석어 보이는지 말해줄까?"

"아니, 하지 마."

"난 해야겠어. 어리석고 추하기까지 해. 나는 당신이 섹스를 어떻게 처리하는지 몰라. 알고 싶지도 않고. 하지만 이건 올바른 방식이 아니야. 당신 지금 몇 살이야? 쉰둘? 당신은 젊은 여자가 그런 나이의 남자하고 자는 걸 좋아할 거라고 생각해? 당신은 그 여자가 그걸 하는 당신 모습을 바라보며 좋아할 것 같아? 그런 생각 해본 적 있어?"

그는 아무 말이 없다.

"데이비드, 나한테서 동정을 기대하지 마. 다른 사람한테서도 동정을 기대하지 마. 동정심도 없고, 자비심도 없어. 이날, 이 시대에는 없어. 모든 사람이 당신에게 손가락질을 할 거야. 그러지 않을 이유가 있어? 정말로 어떻게 그럴 수가 있지?"

그녀의 옛날 목소리가 다시 나온다. 그들의 결혼생활 막바지에 그를 격렬하게 비난하면서 쏟아붓던 그 목소리. 로절린드도 그것을 눈치챘을 것이다. 하지만 어쩌면 그녀의 말에도 일리가 있다. 어쩌면 젊은 사람들은 나이든 사람들의 정열로부터 보호받을 권리가 있는지도 모른다. 결국 그래서 매춘부가 필요한 것인지 모른다. 꼴불견의 황홀경을 참아달라고.

로절린드는 말을 계속한다. "여하간, 루시를 만날 거라면서."

"응, 조사가 끝나는 대로 차를 몰고 가서 당분간 그애와 지내려고."

"조사라고?"

"다음주에 위원회가 열리거든."

"그것 참 빠르네. 루시를 만난 후에는 어떻게 할 거야?"

"모르겠어. 대학에서 받아줄지도 모르겠고, 내가 돌아가고 싶어할지도 모르겠어."

로절린드는 고개를 젓는다. "수치스러운 결말이네. 그렇게 생각하지 않아? 당신이 이 여자한테서 얻은 게 그만한 가치가 있었는지는 묻지 않겠어. 어떻게 시간을 보낼 거야? 연금은 어떻게 되는 거야?"

"그들과 합의해야겠지. 한푼도 주지 않고 날 잘라낼 수는 없을 거야."

"그럴 수 없다고? 그렇게 자신하지 마. 그 여자, 아니 당신 애인 몇 살이야?"

"스무 살. 자기 마음을 알 정도로 충분한 나이지."

"그 여자가 수면제를 먹었다는 말이 있던데, 사실이야?"

"수면제에 대해서는 몰라. 그건 날조 같군. 누가 당신한테 수면제 얘기를 했지?"

그녀는 질문을 무시한다. "그 여자가 당신을 사랑했던 거야? 그러다가 당신이 차버렸고?"

"아냐. 둘 다 아냐."

"그렇다면 왜 이런 고발이 들어왔지?"

"누가 알겠어? 그애는 나한테 털어놓지 않았어. 내가 알 수는 없지만, 장막 뒤에서 모종의 암투가 있었을 거야. 남자친구는 질투심에 불타고, 부모는 화가 났을 테니까, 그애가 막판에 무너졌을 게 틀림없어. 난 정말 깜짝 놀랐거든."

"데이비드, 당신은 알았어야 해. 다른 사람의 아이와 관계하기에는 나이가 너무 많다는 걸 말이야. 최악의 상황을 예상했어야 해. 여하간, 너무 창피하게 됐어. 정말로."

"당신은 내가 그애를 사랑하는지 묻지 않았어. 그것도 물어봐야 되는 거 아냐?"

"좋아. 당신은 당신의 이름을 진흙탕 속에 끌고 다니는 이 젊은 여자를 사랑해?"

"그녀는 책임이 없으니 비난하지 마."

"그녀를 비난하지 말라니! 당신은 대체 누구 편이야? 당연히 난 그 여자를 비난하지! 당신도 비난하고 그 여자도 비난해. 모든 게 처음부터 끝까지 수치스러워. 수치스럽고 저속하고. 이런 말 해도 나는 당신한테 미안하지 않아."

옛날 같았으면 그는 이쯤에서 뛰쳐나갔을 것이다. 하지만 오늘밤은 그러지 않는다. 그들은, 그와 로절린드는 서로에 대해 둔감해졌다.

다음날, 로절린드가 전화를 건다. "데이비드, 오늘자 〈아거스〉 봤어?"

"아니."

"마음 다부지게 먹어. 당신에 관한 기사가 났어."

"무슨 얘긴데?"

"당신이 읽어봐."

3면에 기사가 실려 있다. '성희롱 혐의를 받고 있는 교수'라는 제목이 달려 있다. 그는 처음 몇 줄을 대충 읽는다. '……은 성희롱 혐의로 징계위원회에 소환될 예정이다. 부정한 장학금 수여, 학생 기숙사에서 운영되는 섹스 단체 등 일련의 스캔들에 휘말린 CTU 당국은 최근의 사건에 대해 함구중이다. 영국의 자연시인 윌리엄 워즈워스에 관한 저서를 집필한 53세의 루리는 만나볼 수 없었다.'

윌리엄 워즈워스(1770~1850), 자연시인. 데이비드 루리(1945~?), 윌리엄 워즈워스 비평가이자 망신살이 뻗친 사도. 어린 아가는 축복받은 존재라네. 그는 버림받은 자가 아니라네. 아가는 축복받은 존재라네.*

---

* 「서곡」 2권 '학창 시절'에서 인용.

6

청문회는 하킴의 사무실 옆의 위원회실에서 열린다. 진상조사위 위원장을 맡고 있는 종교학 교수인 마나스 마타바니 교수가 직접 그를 안내하여 탁자의 끝에 앉게 한다. 그의 왼편에는 그의 비서인 하킴과 학생으로 보이는 젊은 여자가 앉아 있다. 그의 오른편에는 마타바니의 위원회에 속한 세 위원이 앉아 있다.

조바심은 일지 않는다. 반대로, 자신감을 느낀다. 그의 심장은 고르게 뛰고, 잠도 잘 잤다. 허영, 노름꾼의 위험한 허영. 허영과 독선. 그는 이렇게 생각한다. 그는 잘못된 자세로 이것에 임하려고 한다. 그러나 상관없다.

그는 위원들에게 고개를 끄덕인다. 두 사람을 안다. 파로디아 라술과 공대 학장인 데즈먼드 스워츠. 그의 앞에 놓인 서류에 따르면, 세번째 사람은 경영대학에서 강의를 하는 사람이다.

마타바니가 운을 뗀다. "루리 교수님, 여기에 모인 사람들에게는 아무런 권한이 없습니다. 할 수 있는 게 있다면 권고뿐입니다. 또한 당신은 이 위원회의 구성에 이의를 제기할 수 있습니다. 그래서 묻겠습니다. 여기 모인 위원 중 당신에게 편견을 가질 만한 사람이 있습니까?"

그가 대답한다. "적법성이라는 측면에서는 이의가 없습니다. 철학적인 의미에서는 유보적이지만 그건 제 생각에 관련이 없겠죠."

이리저리 움직이는 소리. "적법성 쪽으로 국한시키는 것이 좋겠습니다. 당신은 위원회의 구성에 이의가 없다고 했습니다. 차별반대연합에서 파견된 학생이 참관하는 데 이의가 있습니까?"

"나는 위원회가 두렵지 않습니다. 참관인도 두렵지 않습니다."

"좋습니다. 우선 당면한 문제를 처리하죠. 고발인은 연극을 전공하는 멜러니 아이삭스 씨입니다. 여러분은 그녀가 작성한 진술서를 보고 계십니다. 진술서를 요약할 필요가 있겠습니까? 루리 교수님?"

"위원장님, 멜러니 씨는 참석하지 않는 겁니까?"

"멜러니 씨는 어제 위원회에 출석했습니다. 다시 말씀드리지만, 이 위원회는 재판이 아니고 조사가 목적입니다. 우리가 따르는 절차는 재판정과는 다릅니다. 그게 당신한테 문제가 됩니까?"

"아닙니다."

마타바니가 계속한다. "당신이 연관된 두번째 혐의는 교직원이 교무처를 통해 제기한 겁니다. 멜러니 씨가 받은 학점의 적법성에 관한 겁니다. 멜러니 씨는 강의에 전부 출석하지도 않았고 과제를 제출하지도 않았으며 시험을 전부 치르지도 않았는데, 학점을 받았습니다."

"그게 전부인가요? 그게 혐의입니까?"

"그렇습니다."

그는 심호흡을 한다. "이 위원회 위원들께서는 이의를 제기할 것도 없는 똑같은 얘기를 되풀이하면서 시간을 낭비하는 것보다는 다른 일에 더 유용하게 시간을 활용할 수 있을 겁니다. 나는 두 가지 혐의에 유죄를 인정합니다. 판결을 내리십시오. 그리고 각자의 삶으로 돌아갑시다."

하킴이 마타바니 쪽으로 몸을 숙인다. 그들 사이에 소곤거리는 소리가 오간다.

하킴이 말한다. "루리 교수님, 다시 말씀드리지만 이건 진상조사위입니다. 우리가 할 일은 양쪽 얘기를 듣고 권고하는 겁니다. 우리에게는 결정을 내릴 권한이 없습니다. 다시 묻겠습니다. 절차에 익숙한 다른 사람이 당신을 대변하는 게 좋지 않겠습니까?"

"나는 대변인이 필요 없습니다. 나 자신을 완벽하게 대변할 수 있습니다. 내가 유죄를 인정했음에도 의견 청취를 계속해야 할까요?"

"우리는 당신에게 상황을 설명할 기회를 주고 싶습니다."

"나는 내 입장을 얘기했습니다. 나는 유죄를 인정합니다."

"무엇에 대한 유죄입니까?"

"나한테 제기된 모든 혐의에 대해서 말입니다."

"루리 교수님, 우리를 제자리에서 맴돌게 하시는군요."

"멜러니 씨가 주장하는 모든 것과 허위 기록 혐의를 인정한다는 말입니다."

파로디아 라술이 끼어든다. "루리 교수님, 당신은 멜러니 씨의 진술을 인정한다고 말씀하시는데, 진술서를 읽어보셨나요?"

"멜러니 씨의 진술서를 읽고 싶지 않습니다. 그냥 인정합니다. 나는 멜러니 씨가 거짓말을 할 아무런 이유를 알지 못합니다."

"하지만 진술서를 읽어보지 않고 그걸 인정하는 건 신중하지 못한 행동 아닐까요?"

"아닙니다. 삶에는 신중한 것보다 더 중요한 게 있습니다."

파로디아 라술은 의자에 등을 기댄다. "루리 교수님, 너무 돈키호테 식이세요. 하지만 감당할 수 있으시겠어요? 당신 자신으로부터 당신을 보호할 의무가 오히려 우리에게 있는 것 같아 보이니 말입니다." 그녀는 하킴에게 쌀쌀한 미소를 지어 보인다.

"당신은 법률적인 자문을 구하지 않았다고 하셨습니다. 예를 들어 목사 혹은 상담사와 상의해보셨나요? 상담을 받을 준비가 되어 있으십니까?"

경영대학에서 온 젊은 여자가 묻는다. 그는 신경이 곤두서는 것을 느낀다. "아닙니다. 상담을 받지도 않았고 그럴 생각도 없습니다. 나는 성인입니다. 상담을 받을 만큼 유연하지도 않습니다. 나는 상담 영역의 밖에 있습니다." 그는 마타바니를 향해 말한다. "나는 유죄를 인정했습니다. 이런 얘기를 계속해야 할 또다른 이유가 있습니까?"

마타바니와 하킴 사이에 귓속말이 오간다.

마타바니가 말한다. "루리 교수의 진술에 대해 논의하기 위해 휴회하자는 제의가 들어왔습니다."

모두 고개를 끄덕인다.

"루리 교수님, 논의하는 동안 잠깐 자리를 비켜주시겠습니까? 판 빅

씨도 그렇게 해주세요."

그와 학생 참관인은 하킴의 사무실로 물러난다. 그들 사이에는 아무 말도 오가지 않는다. 그 학생은 어색해하는 것이 분명하다. '카사노바, 너는 끝났다.' 카사노바를 마주한 지금, 그녀는 카사노바에 대해 무슨 생각을 할까?

그들은 다시 불려간다. 분위기가 좋지 않다. 언짢은 분위기다. 그에게는 그렇게 보인다.

마타바니가 말한다. "다시 시작하겠습니다. 루리 교수님, 당신은 당신한테 제기된 혐의들을 인정한다고 말씀하시는 거죠?"

"나는 멜러니 씨가 진술한 건 뭐든 인정합니다."

"라술 박사님, 하시고 싶은 말씀 있으세요?"

"네. 루리 교수의 반응에 이의를 제기하고 싶습니다. 제 생각에 그의 태도는 근본적으로 분명치 않습니다. 루리 교수는 혐의를 받아들인다고 말합니다. 하지만 그가 실제로 인정하는 게 뭔지 알아보려고 하면, 우리한테 돌아오는 건 미묘한 조롱뿐입니다. 그런 태도는 그가 혐의들을 명목상으로만 인정한다는 걸 암시하는 것 같습니다. 이처럼 함축적인 의미들이 있는 사건에서, 대학의 구성원은—"

그것이 그냥 지나가게 할 수는 없다. 그는 말허리를 자른다. "이 사건에는 함축적인 의미가 없습니다."

그녀는 능숙하게 목소리를 높여 그를 누르고 말을 계속한다. "일반 대중은 루리 교수가 인정하는 게 구체적으로 무엇이며, 따라서 그가 무엇 때문에 견책을 받는지 알 필요가 있습니다."

마타바니가 덧붙인다. "그가 견책을 받는다면 그렇다는 말이겠죠."

"물론 그가 견책을 받는다면 그렇다는 말입니다. 만약 우리의 마음이 맑고 투명하지 않다면, 그리고 루리 교수가 견책을 받는 이유를 권고사항에 맑고 투명하게 해두지 않으면 우리는 의무를 다하지 못하는 겁니다."

"라술 박사님, 나는 우리의 마음이 맑고 투명하다고 믿습니다. 문제는 루리 교수의 마음이 맑고 투명한가 하는 겁니다."

"바로 그겁니다. 제가 말하고자 하는 걸 정확히 표현하셨습니다."

입을 다무는 것이 더 현명하겠지만, 그는 그렇게 하지 않는다. 그는 말한다. "파로디아, 내 마음속에서 일어나는 일은 내 일이지 당신 일이 아닙니다. 솔직히 말해, 당신이 내게서 원하는 건 내 반응이 아니라 고백이겠죠. 그러나 고백은 하지 않겠습니다. 나는 내가 갖고 있는 권리를 행사해 유죄를 인정했습니다. 혐의대로 유죄를 인정합니다. 그게 내 답변입니다. 그게 내가 할 수 있는 최대한의 것입니다."

"위원장님, 이의 있습니다. 이 문제는 단순한 절차의 문제를 넘어서는 것 같습니다. 루리 교수는 유죄를 인정했습니다. 하지만 저는 궁금합니다. 그는 책임을 인정하는 걸까요? 아니면 이 사건이 번거로운 절차 속에서 잊히기를 바라며 마지못해 그런 시늉을 하는 걸까요? 만약 그가 단지 시늉만 하는 거라면, 우리는 가장 심한 벌을 내려야 한다고 생각합니다."

마타바니가 말한다. "라술 박사님, 다시 한번 당신에게 말씀드리는데, 벌을 내리는 건 우리가 아닙니다."

"그렇다면 가장 심한 벌을 내리도록 권고해야 합니다. 루리 교수를 즉각 해고하고 모든 혜택과 특권을 몰수하라고 해야 합니다."

"데이비드?" 지금까지 아무 말도 하지 않던 데즈먼드 스워츠가 말한다. "데이비드, 최선의 방식으로 상황을 처리하고 있다고 확신하나요?" 스워츠는 위원장을 바라본다. "위원장님, 루리 교수가 회의실 밖으로 나갔을 때 말씀드렸던 것처럼, 우리는 대학 공동체의 일원으로서 동료를 이렇게 형식적인 방식으로 냉혹하게 처리해서는 안 됩니다. 데이비드, 이 모임을 연기시킨 뒤에 시간을 갖고 생각하고 자문을 구해 보는 게 어때요?"

"왜요? 내가 뭘 생각해야 하죠?"

"당신이 처해 있는 상황의 심각성에 대해서요. 나는 당신이 그걸 이해하고 있는지 잘 모르겠어요. 단도직입적으로 얘기해서, 당신은 직장을 잃을 위기에 처해 있어요. 요즘 그건 가벼운 일이 아닙니다."

"그렇다면 나한테 무슨 충고를 하시겠습니까? 라술 박사가 미묘한 조롱이라고 부르는 걸 내 목소리에서 제거할까요? 참회의 눈물을 흘릴까요? 어떻게 해야 충분할까요?"

"데이비드, 당신은 믿기 어려울지 모르지만, 여기 있는 우리는 당신의 적이 아니에요. 우리 모두는 약해질 때가 있는 법이에요. 인간일 뿐이니까요. 당신의 경우는 특별한 게 아닙니다. 우리는 당신이 일을 계속할 수 있는 길을 찾아주고 싶어요."

하킴이 끼어든다. "데이비드, 우리는 당신이 악몽에서 벗어나는 길을 찾아주고 싶어요."

그들은 친구들이다. 약점으로부터 그를 구하고, 악몽으로부터 그가 깨어나게 하고 싶어한다. 그들은 그가 길거리에서 빌어먹는 것을 보고 싶어하지 않는다. 그들은 그가 강의실로 돌아가기를 원한다.

그는 말한다. "모두가 선의로 말씀하시는데 여성의 목소리는 없군요."
침묵이 이어진다.

그가 말한다. "좋아요, 고백하죠. 얘기는 어느 날 저녁 시작됩니다. 날짜는 생각나지 않지만 오래전은 아닙니다. 나는 대학 정원을 걷고 있었습니다. 사건의 당사자인 젊은 여성 멜러니 씨도 마침 그곳을 걷고 있었습니다. 우리의 길이 겹쳤습니다. 우리는 얘기를 했습니다. 그 순간, 시인이 아니기에 묘사할 수는 없지만 어떤 일이 일어났습니다. 에로스가 들어왔다고 말하는 것으로 충분할 겁니다. 그후로 나는 똑같은 사람이 아니었습니다."

경영대학에서 온 여자가 조심스럽게 묻는다. "당신이 무엇과 똑같지 않았다고요?"

"나는 나 자신이 아니었습니다. 나는 더이상, 인생의 막바지에 이른 오십대의 디보르세*가 아니었습니다. 나는 에로스의 노예가 되었습니다."

"이걸 변명이라고 하는 겁니까? 절제할 수 없는 충동이었다, 그 말입니까?"

"이건 변명이 아닙니다. 당신들은 고백을 원하고, 나는 고백을 하는 겁니다. 충동적으로 말하자면, 그건 절제할 수 없는 것과는 멀었습니다. 말하기 부끄럽지만, 나는 과거에도 여러 차례 똑같은 충동을 거부했던 적이 있습니다."

스워츠가 말한다. "학자적인 삶에는 본질적으로 희생이 요구된다고

_____
* 프랑스어로 '이혼남'.

생각하지 않나요? 전체의 이익을 위해서 어떤 것에 대한 만족을 단념해야 한다고 생각하지 않나요?"

"그 말은 연령 차이가 나는 사람들 사이의 접촉을 염두에 두고 하는 말이겠죠?"

"아니, 반드시 그럴 필요까지는 없어요. 하지만 선생인 우리는 힘을 가진 자예요. 어쩌면 힘의 관계와 성의 관계가 섞이는 것에 대한 금지겠죠. 이 사건이 그랬던 것 같으니까요. 아니면 극도로 조심해야 한다는 말이죠."

파로디아 라술이 끼어든다. "위원장님, 우리는 다시 제자리를 맴돌고 있습니다. 그렇습니다, 그는 유죄라고 얘기하고 있습니다. 그러나 구체적인 걸 짚고 들어가보면, 루리 교수는 젊은 여자에 대한 성폭행이 아니라 저항할 수 없었던 충동 어쩌고 하는 걸 고백이랍시고 하고 있습니다. 그 때문에 생긴 고통이나, 극히 일부분에 불과한 이 사건을 비롯한 오랜 착취의 역사에 대해서는 일언반구도 없습니다. 바로 이게 내가 루리 교수와 계속 얘기하는 게 쓸데없는 일이라고 말하는 이유입니다. 우리는 그의 혐의 인정을 액면 그대로 받아들이고 그에 따라 권고해야 합니다."

성폭행, 그는 그 말이 나오기를 기다리고 있었다. 정의감에 떠는 목소리로 뱉어진 말. 그녀는 그에게서 무엇을 보기에 그렇게 울분을 터뜨리는 걸까? 작고 연약한 고기떼 속에 있는 상어? 아니면 다른 것을 상상하는 걸까? 기골이 장대한 몸으로 아이나 마찬가지인 소녀를 덮치고, 아우성을 지르는 그녀의 입을 큼직한 손으로 막아 질식시키는 남자? 얼마나 터무니없는가! 그때, 그는 그들이 바로 어제 이 방에 모였으며, 키가 그의 어깨에도 채 닿지 않는 멜러니가 그들 앞에 있었다는 사실을 떠올린다. 불균형하다는 것을 그가 어떻게 부정할 수 있을까?

경영대학에서 온 여자가 말한다. "라술 박사의 의견에 동의합니다. 루리 교수가 덧붙이고 싶은 말이 없다면, 결론을 내려야 한다고 생각합니다."

스워츠가 말한다. "위원장님, 그러기 전에 마지막으로 루리 교수에게 간청하고 싶습니다. 어떤 형태든 성명서를 작성할 용의가 있습니까?"

"왜죠? 내가 성명서를 작성하는 게 어째서 그렇게도 중요한 겁니까?"

"과열된 상황을 식히는 데 도움이 되니까요. 이상적으로는, 언론에 오르내리지 않고 이 문제를 해결했다면 좋았을 겁니다. 하지만 그러지 못했어요. 언론에 알려지면서, 우리의 통제력을 벗어나는 함축적인 의미를 갖게 되었습니다. 모두의 눈이 대학에 쏠려, 우리가 이 일을 어떻게 처리하는지 지켜보고 있습니다. 데이비드, 당신의 말을 들으니 당신이 부당한 취급을 받고 있다고 생각하는 것 같군요. 그건 정말 오해입니다. 이 위원회에 속한 우리는 당신이 직장을 잃지 않도록 모종의 타협점을 찾아내려 합니다. 그래서 당신에게 공개적인 성명서를 작성할 용의가 있느냐고 물은 겁니다. 우리가 견책에 의한 해고라는 가장 심한 제재보다 좀더 가벼운 걸 권고할 수 있도록 말이죠."

"나더러 머리를 조아리고 용서를 구하라는 말이죠?"

스워츠는 한숨을 쉰다. "데이비드, 우리 일에 대해 빈정거리는 건 도움이 되지 않아요. 당신의 상황을 다시 생각해볼 수 있도록 적어도 휴회는 받아들이세요."

"성명서에 어떤 내용이 들어가기를 바랍니까?"

"당신이 잘못했다고 인정하는 것입니다."

"나는 그걸 인정했습니다. 기꺼이 말입니다. 나한테 제기된 모든 혐의를 인정합니다."

"데이비드, 우리와 말장난하지 말아요. 혐의를 인정하는 것과 당신이 잘못했다고 인정하는 것 사이에는 차이가 있어요. 당신도 그걸 알잖아요."

"내가 잘못했다고 인정하면 당신들이 만족하겠습니까?"

파로디아 라술이 말한다. "아닙니다. 그럼 앞뒤가 바뀌는 셈이죠. 우선 루리 교수가 성명서를 작성해야 합니다. 그다음에야 제재 완화책으로 그걸 받아들일지 결정할 수 있습니다. 우리는 성명서에 들어가야 할 내용에 대해서는 협상할 수 없습니다. 성명서는 루리 교수 자신의 말로, 루리 교수에게서 나와야 합니다. 그런 다음에야, 그게 그의 가슴에서 우러나오는 건지 알 수 있습니다."

"당신은 내가 사용하는 단어들을 보고, 그게 내 가슴에서 우러나오는 건지 간파할 수 있다고 자신합니까?"

"우리는 당신이 어떤 태도를 취하는지 볼 겁니다. 당신이 뉘우치는지 두고 볼 겁니다."

"좋습니다. 나는 멜러니 씨와 관계를 맺을 때 내 지위를 이용했습니다. 그건 잘못된 것이었고, 나는 그걸 뉘우치고 있습니다. 당신한테는 그걸로 충분치 않습니까?"

"루리 교수님, 문제는 그게 나한테 충분한지가 아니라, 당신에게 충분한지입니다. 그게 당신의 진실된 감정을 반영합니까?"

그는 고개를 젓는다. "나는 그 말을 했습니다. 이제 당신은 그 이상을 원하고 있습니다. 당신은 나한테 그 말의 진정성을 보여달라고 요구하고 있습니다. 그건 터무니없는 것입니다. 그건 소관 사항이 아닙니다. 나는 할 만큼 했습니다. 처음으로 돌아가서 규칙대로 합시다. 나는 유죄를 인정합니다. 그게 내가 할 수 있는 최대한의 말입니다."

마타바니가 위원장으로서 말한다. "좋습니다. 루리 교수에게 더 이상 질문할 게 없다면 교수님께 참석해주신 데 감사의 말씀을 드리고 보내드리겠습니다."

—

그들은 처음에 그를 알아보지 못한다. 그가 계단을 반쯤 내려갔을 때 저 사람이야! 하는 소리가 들리더니 발소리가 몰려온다.

그들은 계단 밑에서 그를 따라잡는다. 한 사람은 천천히 가라고 그의 웃옷을 잡아당기기도 한다.

한 사람이 말한다. "루리 교수님, 잠깐만 얘기할 수 있습니까?"

그는 무시하고 사람이 많은 로비로 들어간다. 사람들은 키 큰 남자가 쫓기는 광경을 바라본다.

누군가가 그의 길을 막는다. 그녀가 말한다. "잠깐만요!" 그는 얼굴을 돌리고 손을 뻗는다. 플래시가 터진다.

한 여자가 주위를 빙빙 돈다. 땋은 머리를 호박 구슬로 묶어 얼굴 양쪽으로 늘어뜨린 여자가 가지런한 하얀 이를 내보이며 웃는다. 그녀가 말한다. "잠시 얘기 좀 할까요?"

"무슨 얘기요?"

녹음기가 튀어나온다. 그는 그것을 밀쳐버린다.

여자가 말한다. "어떻게 됐느냐에 대해서요."

"뭐가 어떻게 돼요?"

카메라 플래시가 다시 터진다.

"위원회 얘기인 거 알잖아요."

"그것에 대해서는 말할 수 없소."

"좋아요, 그렇다면 뭘 말할 수 있으시죠?"

"말하고 싶은 게 아무것도 없소."

어슬렁거리던 사람들과 호기심이 생긴 사람들이 주위에 모이기 시작한다. 그 자리를 뜨려면 그들을 밀치고 가야 할 것이다.

여자가 녹음기를 바짝 들이대며 묻는다. "유감으로 생각합니까? 당신이 했던 일을 후회합니까?"

그가 말한다. "아니요, 나는 이번 경험으로 풍부해졌소."

여자의 얼굴에 미소가 감돈다. "그래서 다시 그렇게 하겠어요?"

"나한테 기회가 또 있을 것 같지는 않소."

"하지만 또다른 기회가 생기면?"

"그건 제대로 된 질문이 아니오."

그녀는 작은 기계의 배를 더 많은 말로 채우고 싶지만, 어떻게 하면 그로부터 그 이상의 무분별한 말을 끌어낼 수 있을까, 잠시 어쩔 줄 모른다.

"그 경험으로 어떻게 됐다고요?" 누군가가 소토 보체*로 말하는 것이 들린다.

"풍부해졌대요."

킥킥거리는 소리가 들린다.

누군가가 그 여자에게 소리친다. "사과했느냐고 물어봐요."

"이미 물어봤어요."

고백, 사과. 왜 이렇게 굴욕감을 주려고 난리일까? 갑자기 조용해진다. 그들은 이상한 짐승을 구석에 몰아놓고 어떻게 끝낼지 모르는 사냥꾼들처럼, 그의 주위를 빙글빙글 돈다.

—

다음날 학생신문에 '이제 누가 바보인가?'라는 표제가 붙은 사진이 실린다. 눈은 위로 향한 채 카메라를 잡으려고 손을 뻗친 그의 모습이다. 그 자세 자체만으로도 우스꽝스럽기 짝이 없다. 하지만 더욱 가관인 것은 어떤 젊은 남자가 입이 찢어지게 웃으며, 뒤집힌 쓰레기통을 그 위에 들고 있다는 것이다. 원근법의 장난인지 쓰레기통이 그의 머리 위에 바보 모자**처럼 놓여 있다. 그런 이미지에 대항해 무슨 승산이 있을까?

그 기사에는 '판결에 대해서 입을 다문 위원회'라는 표제가 달려 있다. "커뮤니케이션과 교수인 데이비드 루리의 성희롱과 비행을 조사중인 위원회는 어제 내려진 판결에 대해서 입을 다물었다. 마나스 마타

---

* 이탈리아어로 '작고 조용한 목소리'.

** 수업에 뒤처지거나 게으른 학생이 벌칙으로 쓰는 고깔모자. 쿳시의 창작 노트를 보면 처음에는 중국의 문화혁명 때 지식인들에게 씌우던 고깔모자를 연상했던 것으로 보인다.

바니 위원장은 조사 결과를 총장에게 송부했다고만 밝혔다.

청문회가 끝난 후 WAR 회원들과 설전을 벌이며, 루리 교수(53)는 여학생들과의 경험이 자신을 '풍부하게' 만들었다고 말했다.

낭만주의시 전문가인 루리 교수의 강의를 듣는 학생들이 그를 고발하면서 처음으로 문제가 불거졌다."

—

그는 집에서 마타바니의 전화를 받는다. "데이비드, 위원회에서는 권고사항을 위로 송부했어. 그런데 총장이 나한테 마지막으로 자네와 얘기를 해보라고 했어. 자네가 자네뿐만 아니라 우리 쪽 입장을 만족시킬 만한 성명서를 발표한다면, 극단적인 조치를 취하진 않을 생각이야."

"마나스, 이미 다 얘기했잖아. 나는—"

"잠깐만. 내 말 마저 들어. 내 앞에 우리의 요구사항에 맞을 만한 성명서 초안이 있어. 아주 짧아. 읽어볼까?"

"읽어보게."

마타바니가 읽는다. "나는 대학이 위임한 권위를 남용했을 뿐만 아니라, 고발인의 인권을 심각하게 침해했음을 무조건 인정합니다. 양쪽모두에게 충심으로 사과하고 어떤 벌이든 달게 받겠습니다."

"어떤 벌이든? 그게 무슨 말이야?"

"내가 이해하기론, 자네를 해고하지는 않을 거라는 거야. 아마 휴직을 권고할 거야. 결국 자네가 강의에 복귀하는 건 자네 자신의 의사와 학장, 학과장의 결정에 달려 있겠지."

"그거야? 그게 일괄 거래란 말이지?"

"내가 이해하기론 그래. 만약 자네가 이 성명서에 동의하면, 제재 완화를 탄원하는 게 되고, 총장은 그런 뜻으로 받아들일 용의가 있어."

"무슨 뜻으로?"

"사과의 뜻."

"마나스, 우리는 어제 참회에 대해서 얘기했어. 나는 내가 생각하는 바를 얘기했어. 그렇게 하지 않을 거야. 나는 학칙에 따라 공식적으로 구성된 법정에 출석했어. 나는 세속적인 법정 앞에서 유죄라는 걸 세속적으로 인정했어. 유죄 인정만으로 충분해야 해. 참회는 여기서도 아니고 저기서도 아니야. 참회는 다른 세계, 이야기의 다른 영역에 속하는 거야."

"데이비드, 자네는 문제를 혼동하고 있어. 자네더러 뉘우치라는 게 아냐. 우리는 자네 동료로서, 그게 아니라면 자네 말대로 세속적인 법정의 위원들로서, 자네의 영혼에서 무슨 일이 일어나는지 전혀 몰라. 다만 성명서를 발표하라는 주문을 하는 것뿐이야."

"진심이 아닐지도 모르는 사과문을 발표하라는 거야?"

"판단의 척도는 자네가 진심인지 아닌지가 아냐. 그건 자네 양심이 알아서 할 문제지. 문제는 자네가 공적으로 자신의 잘못을 인정하고 그걸 개선할 방도를 취할 준비가 되어 있느냐 하는 거야."

"이제는 우리가 정말로 머리를 쥐어뜯고 있군. 당신들은 나한테 혐의를 제기했고, 나는 그 혐의를 인정했어. 당신들이 나한테서 필요로 하는 건 그게 전부야."

"아냐. 그 이상을 원해. 엄청나게 많지는 않지만, 더 많지. 자네가 그렇게 해주면 문제는 해결되는 거야."

"미안하지만 그럴 수 없어."

"데이비드, 내가 자네를 자네로부터 계속 보호해줄 수는 없어. 나는 지쳤어. 다른 위원들도 그래. 다시 생각해볼 시간이 필요해?"

"아니."

"좋아. 그러면 자네가 총장의 통고를 받게 될 거라는 말 외에는 더 이상 할말이 없네."

7

일단 떠나기로 결심하자, 그를 붙들 수 있는 것은 아무것도 없다. 그는 냉장고를 비우고 문을 잠그고 점심때쯤 고속도로 위에 있다. 오츠호른에서 하룻밤을 묵고 동이 트자마자 출발한다. 반나절이 지나자 그는 이스턴케이프의 그레이엄스타운과 켄턴 사이에 위치한 그의 목적지인 샐럼에 가까워지고 있다.

딸의 작은 농장은 그 도시에서 몇 마일 떨어진, 굽이진 비포장도로 끝에 자리잡고 있다. 대부분 경작이 가능한 5헥타르의 땅, 풍차 펌프, 마구간, 헛간, 그리고 아연 철판 지붕에 툇마루식 베란다가 딸린, 노란색 페인트가 칠해진 나지막한 농가가 있다. 철조망과 한련과 제라늄이 앞쪽 경계선을 이루고 있고, 나머지는 모래와 자갈뿐이다.

차도에는 낡은 폭스바겐 콤비*가 세워져 있다. 그는 그 뒤에 차를 댄다. 베란다 그늘에서 루시가 나온다. 한순간, 그는 그녀를 알아보지 못한다. 일 년 만이다. 그녀는 몸이 불어 있다. 그녀의 엉덩이와 가슴은 이제(그는 거기에 가장 맞는 말을 찾으려고 한다) 넉넉해졌다. 그녀는 맨발로 사뿐사뿐 걸어와 양팔을 벌려 그를 안고 볼에 입을 맞춘다.

얼마나 좋은 딸인가. 그는 그녀를 안으며 생각한다. 긴 여행 끝에 얼마나 좋은 환영인가!

크고 어두컴컴하고 한낮에도 차가운 집은 대가족 시대와 손님들이 수레에 가득 타고 오던 시대에 지어진 것이다. 육 년 전, 루시는 코뮌, 즉 가죽 제품과 햇볕에 말린 도기를 그레이엄스타운에 내다팔고, 옥수수밭 이랑에 대마를 심는 공동체의 일원으로 이곳에 이주했다. 코뮌이 와해되고 함께하던 사람들이 뉴베세즈다로 옮겨간 후에도, 루시는 친구 헬렌과 함께 작은 농장에 남았다. 그녀는 이곳과 사랑에 빠졌다고 말했다. 제대로 농사를 짓고 싶다고도 했다. 그는 그녀가 농지를 구입하는 것을 도와주었다. 이제 그녀는 여기서 꽃무늬 드레스를 입고 맨발로 걸어다닌다. 집안에서는 빵 굽는 냄새가 진동한다. 그녀는 더이상 농장에서 놀이를 하는 어린애가 아니라 완전한 시골 여자다. 부어프러**.

그녀가 말한다. "헬렌 방에서 주무세요. 아침에 햇볕이 들거든요. 올 겨울에는 아침마다 얼마나 추웠는지 상상도 못하실 거예요."

그가 묻는다. "헬렌은 어떠니?" 헬렌은 목소리가 굵고, 살결이 거칠고, 루시보다 나이가 많고, 몸집이 크고 슬퍼 보이는 여자다. 그는 루

---

* 남아프리카공화국에서 승합차를 일컫는 말.
** 아프리칸스어로 '농부의 아내'.

시가 그녀의 어떤 점을 좋아하는지 이해할 수가 없었다. 그는 속으로 루시가 더 좋은 사람을 찾거나, 더 좋은 사람이 그녀를 찾았으면 싶다.

"헬렌은 4월부터 요하네스버그에 가 있어요. 저는 일꾼들 외엔 내내 혼자 지냈어요."

"나한테는 그 얘기 하지 않았잖니. 혼자 살면 불안하지 않니?"

루시가 어깨를 으쓱한다. "개들이 있어요. 개들은 아직 쓸모가 있어요. 많을수록 더 도움이 되죠. 여하튼 도둑이 들면 두 사람이 한 사람보다 더 나을 것도 없어요."

"그 말은 아주 철학적인데."

"네. 모든 게 실패로 돌아가면 철학적이 될 수밖에 없죠."

"하지만 너한테는 무기가 있잖니."

"라이플총이 있어요. 보여드릴게요. 이웃에게서 샀어요. 사용해본 적은 없지만, 갖고는 있어요."

"좋아. 무장한 철학자라. 마음에 든다."

개들과 총, 오븐 속의 빵과 흙속의 농작물. 도시 지식층인 그와 그녀의 어머니가 시대에 역행하는 억세고 젊은 개척자를 낳다니 신기하다. 하지만 그녀를 낳은 것은 어쩌면 그들이 아닐지 모른다. 어쩌면 역사가 더 큰 몫을 했을지도 모른다.

그녀는 그에게 차를 준다. 배가 고프다. 그는 집에서 만든 백년초 잼을 바른 두툼한 빵 조각을 두 개나 허겁지겁 먹는다. 그는 자기를 바라보는 그녀의 눈을 의식한다. 조심해야겠다. 아이한테는 부모의 몸이 그렇게 허겁지겁 움직이는 것을 보면 상당히 흉하게 느껴질 테니.

그녀의 손톱도 그리 깨끗하지는 못하다. 시골의 먼지는 고결하겠지,

그는 이렇게 생각한다.

그는 헬렌의 방에 짐을 푼다. 서랍장은 비어 있다. 커다란 낡은 옷장에는 남색 작업복만 걸려 있다. 만약 헬렌이 멀리 있다면 잠시 동안만은 아닐 것 같다.

루시는 그를 데리고 집 주변을 보여준다. 그녀는 물을 낭비하지 말고 정화조를 오염시키지 말라고 그에게 주의를 준다. 이미 알고 있지만 그는 잠자코 듣는다. 그런 다음 그녀는 개 우리를 보여준다. 지난번에 왔을 때는 우리가 하나밖에 없었다. 지금은 콘크리트 바닥에 아연도금을 한 기둥과 지주와 굵은 철망으로 단단하게 지어진 다섯 채의 우리가 자그마한 유칼립투스 그늘에 서 있다. 개들은 그녀를 보고 좋아서 난리다. 도베르만, 독일 셰퍼드, 리지백, 불테리어, 로트바일러. 그녀가 말한다. "모두 경비견이에요. 일하는 개들이죠. 단기간 계약으로 들어와요. 두 주도 되고 한 주도 되고 때로는 주말만 머물기도 해요. 여름휴가 때는 반려견도 들어와요."

"고양이는? 너 고양이도 좋아하잖아?"

"웃지 마세요. 고양이 쪽으로 확장하는 것도 생각하고 있거든요. 아직 준비가 덜 됐어요."

"아직도 시장에 네 노점이 있니?"

"네, 토요일 아침에 모시고 갈게요."

이것이 그녀가 삶을 꾸려가는 방식이다. 개를 돌보고 꽃과 채소를 팔아서. 이보다 더 단순한 것은 없을 것이다.

"개들이 싫증을 내지 않니?" 그는 머리를 발에 댄 채 일어날 생각도 하지 않고 음산한 눈으로 그들을 바라보는 황갈색 불도그 암컷을 가리킨다.

"케이티요? 유기견이에요. 주인들이 놓고 도망갔어요. 몇 달 치 돈을 떼먹고요. 저 개를 어떻게 해야 할지 모르겠어요. 새 주인을 찾아줘야죠. 시무룩한 게 탈이지만 다른 건 괜찮아요. 날마다 운동을 시켜요. 저나 페트루스가요. 그게 계약의 일부거든요."

"페트루스라고?"

"만나실 거예요. 페트루스는 저의 새 조수예요. 사실 3월부터는 공동 주인이 돼요. 대단한 사람이에요."

그는 그녀와 함께, 오리 가족이 평화롭게 물위를 오가는, 둑이 흙으로 된 댐과 꿀벌통이 있는 곳을 지나 콜리플라워, 감자, 비트 뿌리, 근대, 양파 등 겨울 채소와 꽃밭이 있는 정원을 지나 산책을 한다. 그들은 농장 가장자리에 있는 펌프와 저수지를 찾아간다. 지난 이 년 동안 비가 많이 와서 수위가 높아진 상태다.

그녀는 이런 문제들에 대해서 거침없이 얘기한다. 새로운 유형의 개척자 농부. 옛날에는 가축과 옥수수. 지금은 개와 수선화. 사물들은 변화를 거듭할수록 더욱더 그대로 있다. 비록 예전보다는 수수한 형태일지언정 역사는 스스로를 반복한다. 어쩌면 역사는 교훈을 얻었는지도 모른다.

그들은 물고랑을 따라서 돌아온다. 루시의 발가락이 붉은 땅에 닿으며 선명한 자국을 남긴다. 새로운 삶에 뿌리내린 단단한 여자. 좋다! 만약 이것이, 이 딸이, 이 여인이 그가 뒤에 남기는 것이라면, 그는 부끄러워할 필요가 없다.

그는 집에 돌아와서 말한다. "나를 즐겁게 해줄 필요는 없다. 책을 가져왔으니 책상과 의자만 있으면 된다."

"무슨 특별한 걸 연구하세요?" 그녀가 조심스럽게 묻는다. 그들은 대개 그가 하는 일에 대해서는 얘기하지 않는다.

"계획이 있거든. 바이런의 마지막 몇 년에 관한 거야. 책은 아니야. 과거에 썼던 종류의 책도 아니야. 무대에 올릴 거라고나 할까. 말과 음악이 들어가고, 인물들이 얘기하고 노래하고."

"아직도 그쪽에 꿈이 있으신 줄 몰랐어요."

"내키는 대로 해볼 생각이었다. 하지만 다른 이유도 있다. 사람은 뒤에 뭔가를 남기고 싶어하지. 아니면 적어도 남자는 뒤에 뭔가를 남기고 싶어한다고 말해야 맞을까. 여자한테는 그게 더 쉽잖아."

"왜 여자한테는 더 쉬워요?"

"그 자체의 생명을 가진 뭔가를 생산할 수 있으니까."

"아버지가 되는 건 거기에 해당되지 않나요?"

"아버지가 되는 것…… 어머니와 비교해서, 아버지라는 게 내게는 다소 추상적으로 느껴진다. 하지만 나중에 어떻게 되나 보자. 뭔가가 나오면, 네가 맨 처음 듣게 될 테니까. 처음이자 어쩌면 마지막이 될지도 모르지."

"음악도 직접 작곡하시려고요?"

"음악은 대부분 빌릴 거야. 나는 빌려 쓰는 게 아무렇지도 않거든. 처음에는 화려한 오케스트라를 필요로 하는 주제가 될 거라고 생각했어. 예를 들어 슈트라우스의 음악처럼 말이야. 그건 내 능력을 벗어나는 것이었겠지. 그런데 지금은 내 마음이 다른 방향으로 기울고 있어. 바이올린, 첼로, 오보에 혹은 바순 등 간단하게 몇 가지 악기만 동원하는 쪽으로 말이야. 하지만 모든 게 아직 머릿속에만 있어. 한 줄도 쓰지 못한 상태다. 정신이 없었거든. 너도 아마 내 문제에 대해 들었을 거다."

"엄마가 전화로 말해줬어요."

"그래, 지금은 그 얘기 하지 말자. 다른 때 하자."

"대학을 영원히 떠나셨어요?"

"사직을 했지. 사직하라는 압력을 받았지."

"그리울까요?"

"그립겠냐고? 모르겠다. 나는 선생으로는 대단한 사람이 아니었어. 학생들과 점점 조화가 되지 않더구나. 그들은 내가 얘기하는 걸 들으려고도 하지 않았다. 그래서 어쩌면 그립지는 않을 것 같다. 어쩌면 거기서 풀려난 걸 즐길 것 같구나."

한 남자가 출입구에 서 있다. 남색 작업복 바지를 입고 고무장화를 신고 양털 모자를 쓴, 키가 큰 남자다. "페트루스, 들어와요. 우리 아버지예요."

페트루스는 장화의 먼지를 턴다. 그들은 악수를 한다. 주름지고 거친 얼굴, 기민한 눈. 마흔? 마흔다섯?

페트루스는 루시를 향해 돌아서서 말한다. "소독약, 소독약 때문에 왔어요."

"트럭에 있어요. 내가 가지고 올 테니까 여기서 기다리세요."

그는 페트루스와 단둘이 있게 된다. 그는 침묵을 깨려고 말한다. "당신이 개들을 돌봐준다면서요."

페트루스가 크게 미소 짓는다. "개를 돌보고 정원에서 일합니다. 네,

정원사이자 도그맨입니다." 그는 잠시 생각한다. "도그맨." 그는 그 말을 반복하며 음미한다.

"나는 방금 케이프타운에서 왔습니다. 내 딸이 여기에 혼자 있다는 게 걱정될 때가 있습니다. 외진 곳이라서요."

페트루스가 말한다. "그래요, 위험하죠." 그는 잠시 말을 멈춘다. "요즘에는 모든 게 위험하죠. 하지만 내 생각에 이곳은 괜찮아요." 그는 다시 웃는다.

루시는 작은 병을 들고 돌아온다. "티스푼 하나에 물을 10리터 섞는다는 건 알고 있겠죠."

"네, 알아요." 페트루스는 몸을 굽히고 낮은 출입구를 나선다.

그가 한마디한다. "페트루스는 좋은 사람인 것 같다."

"빈틈이 없는 사람이죠."

"이 농장에서 사니?"

"그 집 식구는 마구간으로 쓰던 곳에서 살아요. 제가 전기를 넣어줬어요. 아주 편안한 곳이에요. 애들레이드에 또다른 부인과 아이들이 있대요. 일부는 다 컸대요. 가끔 그쪽으로 가서 지내다 와요."

그는 루시가 자기 일을 하도록 멀리 켄턴 도로까지 산책을 나간다. 차가운 겨울날, 희끄무레한 잔디가 드문드문 나 있는 붉은 언덕 너머로 벌써 해가 지고 있다. 그는 생각한다. 척박한 땅, 척박한 토양, 피폐한 곳. 염소나 기를 법한 곳. 루시는 정말로 여기서 그녀의 삶을 살고자 하는 걸까? 그는 그것이 단지 하나의 단계이기를 희망해본다.

몇몇 아이가 학교에서 돌아오며 그를 지나친다. 그는 그들에게 인사한다. 그들도 인사한다. 시골적인 방식. 벌써 케이프타운은 과거로 물러나고 있다.

불현듯 그 여자에 대한 기억이 되돌아온다. 젖꼭지가 오뚝 선 단정하고 작은 가슴, 그녀의 부드럽고 납작한 배. 욕망의 물결이 그를 훑고 지나간다. 그것이 무엇이었든, 아직 끝나지 않았음은 확실하다.

그는 집으로 돌아와 짐 푸는 것을 마친다. 여자와 같이 산 것은 오래전 일이다. 그는 몸가짐에 유의해야 할 것이고, 단정해야 할 것이다.

넉넉하다는 말은 루시에게 과분한 말이다. 그녀의 몸은 틀림없이 곧 불어날 것이다. 사람들이 사랑의 들판에서 물러날 때 그러는 것처럼, 될 대로 되라고 내버려두며. 케 드브뉘 스 프롱 폴리, 세 슈뵈 블롱, 수르실 부테?*

저녁은 조촐하다. 수프, 빵, 그리고 고구마. 그는 평소에는 고구마를 좋아하지 않지만 루시는 레몬 껍질과 버터와 올스파이스 향료를 넣어 맛있게, 아니 그 이상으로 만든다.

"얼마나 계실 거예요?"

"일주일? 일주일이라고 해둘까? 그렇게 오랫동안 날 참아줄 수 있겠니?"

"계시고 싶은 만큼 계세요. 심심해하실까봐 걱정이네요."

"심심하진 않을 거야."

"일주일 후에는 어디로 가실 거죠?"

"아직 모르겠다. 어쩌면 계속 돌아다닐지도. 오래오래."

"여기 계셔도 괜찮아요."

---

* 샤를 보들레르의 「악의 꽃」에 나오는 시구로, 프랑스어로 '고운 이마와 금발과 둥근 눈썹은 어디로 갔는가'라는 의미.

"애야, 그렇게 말해줘서 고맙지만, 나는 네 우정을 간직하고 싶다. 방문이 너무 길어지면 우정이 훼손되거든."

"그걸 방문이라고 하지 않으면 어때요? 차라리 피난이라고 하면 어때요? 무기한의 피난이라면 받아들이시겠어요?"

"망명이라는 의미니? 루시, 상황이 그렇게 나쁜 건 아니다. 나는 도망다니는 사람이 아니야."

"엄마 말로는 상황이 골치 아프게 됐다고 하던데요."

"내가 자초한 일이었다. 타협하자는 제의가 들어왔는데, 내가 거부했거든."

"어떤 타협이었죠?"

"재교육. 성격 개조. 완곡한 말로 상담이라고 하더라."

"너무 완벽하셔서 어떤 상담도 받을 수 없다는 건가요?"

"그게 마오쩌둥 시절의 중국처럼 느껴져. 철회, 자아비판, 공개 사과. 나는 구세대라서, 차라리 벽에 서서 총살을 당하는 게 낫다. 그렇게 끝났다."

"총살을 당해요? 학생과 연애를 했다고요? 아버지, 조금 지나치다고 생각하지 않으세요? 늘 있는 일이잖아요. 제가 학생이었을 때도 그랬어요. 그들이 모든 사건을 기소하면, 그 직업은 남아나지 않을 거예요."

그는 어깨를 으쓱한다. "지금은 청교도의 시대야. 사생활은 공적인 일이 되지. 성추문에 대한 관심과 감정은 고상한 것이 되고. 사람들은 가슴을 쥐어뜯고, 뉘우치고, 가능하면 눈물까지 흘리는 구경거리를 원했어. 사실상 TV 쇼를 원한 거지. 나는 거기에 따르지 않으려 했고."

그는 이렇게 덧붙이려 했다. "솔직히 말하면, 그들은 나를 거세시키고 싶어했다." 하지만 그런 말을 딸에게 할 수는 없다. 다른 사람의 귀에 어떻게 들릴까 생각해보니, 그의 모든 열변이 감상적이고 과도하게 들린다.

"그래서 자기주장을 굽히지 않으셨고, 그들도 그랬다는 거군요. 그렇게 된 건가요?"

"비슷했지."

"아버지, 그렇게 고집을 부리시면 어떡해요. 고집부리는 게 영웅적인 건 아니잖아요. 아직도 생각해볼 시간은 있나요?"

"아니, 판결은 최종적인 것이다."

"항소도 하지 않아요?"

"항소는 하지 않으려고 한다. 나는 불평하는 게 아냐. 도덕적인 타락이라는 혐의에 유죄를 인정하고 다른 사람들로부터 동정심이 쏟아지기를 바랄 수는 없거든. 어느 정도 나이가 들면 그런 법이야. 어느 정도 나이가 들면 그저 더이상 매력이 없는 거야, 바로 그거야. 그저 받아들이고 나머지 인생을 살아가는 거야. 형기를 채우면서."

"참 안됐군요. 여기 계시고 싶은 만큼 계세요. 이유가 뭐든지요."

—

그는 일찍 잠자리에 든다. 한밤중, 개들이 짖는 소리에 잠에서 깬다. 특히 한 마리가 쉬지 않고 끈덕지게, 기계적으로 짖는다. 다른 개들도 따라서 짖다가 잠잠해진다. 그러다가 패배를 인정하기 싫은지 다시 짖는다.

"매일 밤 그러니?" 그는 아침에 루시에게 말한다.

"익숙해지실 거예요. 죄송해요."

그는 고개를 젓는다.

8

이스턴케이프 고지대의 겨울 아침이 얼마나 추운지 잊고 있었다. 그
는 거기에 맞는 옷을 가져오지 않았다. 루시의 스웨터를 빌려 입어야
한다.

그는 손을 호주머니에 넣고 화단 사이를 걸어다닌다. 보이지는 않지
만 켄턴 도로로 차가 요란하게 지나가며 적막한 대기에 소리의 여운을
남긴다. 기러기들이 진형을 이루며 머리 위로 지나간다. 시간을 어떻
게 보내지?

루시가 뒤에서 말한다. "산책하실래요?"

그들은 개를 세 마리 데리고 간다. 목줄을 맨 도베르만 강아지 두 마
리를 루시가 끌고, 유기견인 불도그 암컷이 뒤를 따른다.

암캐가 귀를 머리에 바짝 붙이며 똥을 싸려고 한다. 아무것도 나오

지 않는다.

루시가 말한다. "저 개는 문제가 있어요. 약을 먹여야겠어요."

암캐는 혓바닥을 내밀고 그런 모습을 보이는 게 창피한지 주위를 둘러보며 계속 용을 쓴다.

그들은 길을 떠나 관목지를 통과해 다시 듬성듬성한 소나무숲으로 접어든다.

루시가 말한다. "그 여자와는 심각했어요?"

"로절린드가 그 얘기는 해주지 않았니?"

"자세히 해주진 않았어요."

"그애는 이 부근에 있는 조지 출신이야. 내 강의를 들었지. 학생으로는 중간밖에 못 갔지만, 아주 매력적이었어. 심각했느냐고? 모르겠다. 심각한 결과를 초래한 것만은 틀림없다."

"하지만 이제 끝난 거죠? 아직도 그 여자를 원하는 건 아니죠?"

끝났는가? 그는 아직도 원하는가? "연락이 끊겼지."

"그 여자는 왜 아버지를 고발했나요?"

"그 친구가 나한테 얘기해주지는 않았다. 물어볼 기회가 없었어. 그 친구는 곤란한 처지에 있었다. 애인인지 전 애인인지 모르는 젊은 남자가 그 친구를 윽박지르고 있었고, 강의실에서도 부담스러웠을 거다. 게다가 부모도 그 일에 대해 알게 되어 케이프타운으로 왔으니 압력이 심했을 거야."

"그리고 아버지도 있었고요."

"그래, 나도 있었지. 내가 쉬운 상대는 아니었을 거야."

그들은 'SAPPI 회사─무단 침입자는 기소될 것임'이라는 표지가 붙은 문에 도착한다. 그들은 돌아선다.

루시가 말한다. "값을 톡톡히 치르셨군요. 그 여자는 나중에 되돌아보면서 아버지를 너무 나쁘게 생각하지는 않을 거예요. 여자들은 놀랍게도 용서를 잘하거든요."

침묵이 이어진다. 자식인 루시가 그에게 여자들에 대해 얘기해주려는 걸까?

루시가 묻는다. "재혼에 대해 생각해보셨어요?"

"나와 같은 세대의 사람과 말이지? 루시, 나는 결혼에 맞는 사람이 아니었다. 너도 봤잖아."

"그래요, 하지만—"

"하지만 뭐? 하지만 계속 아이들을 잡아먹는 건 어울리지 않는다는 말이니?"

"그런 말이 아니었어요. 시간이 갈수록 더 쉬워지기는커녕 더 어려워질 거라는 뜻이었어요."

그와 루시는 그의 사생활에 대해 얘기해본 적이 없다. 그것이 쉬운 일이 아니라는 게 드러난다. 하지만 그녀가 아니라면 누구에게 얘기할 수 있을까?

그가 말한다. "'충족되지 않은 욕망을 키우는 것보다는 요람 속의 어린애를 죽이는 게 더 낫다'는 블레이크의 말 기억나니?"

"왜 그걸 제게 말씀하시는 거죠?"

"충족되지 않은 욕망은 젊은 사람들에게도 그렇지만 나이든 사람들에게도 추해질 수 있지."

"그래서요?"

"나와 가까웠던 모든 여자는 내게 나 자신에 대해 가르침을 줬다. 그런 점에서 그들은 나를 더 좋은 사람으로 만들어줬지."

"반대의 경우도 마찬가지라고 하지 않으시면 좋겠네요. 그 여자들도 아버지 덕분에 더 좋은 사람이 되었다고 말이죠."

그는 그녀를 날카롭게 바라본다. 그녀가 미소를 짓는다. "그냥 농담으로 한 말이에요."

그들은 포장된 길을 따라 되돌아온다. 농지로 들어가는 분기점에 전에 보지 못한 '소철 꽃가지'라고 페인트로 쓴 표지판이 있고 거기에 화살표로 '1KM'라고 표시되어 있다.

그가 말한다. "소철? 소철은 불법인 줄 알았는데."

"야생 상태에서 캐내는 건 불법이죠. 저는 씨로 길러요. 보여드릴게요."

그들은 계속 걸어간다. 강아지들은 줄에서 벗어나려고 안간힘을 쓴다. 암컷은 숨을 헐떡이며 뒤를 따라온다.

"넌 어떠냐? 이게 네가 원하는 인생이니?" 그는 정원과 지붕이 햇빛에 반짝이는 집을 향해 손을 저으며 말한다.

"저거면 돼요." 루시가 조용히 대답한다.

—

토요일, 장날이다. 루시는 약속한 대로 다섯시에 그를 깨워 커피를 준다. 그들은 옷을 껴입고 정원으로 간다. 페트루스는 벌써 할로겐램프를 비추며 꽃을 자르고 있다.

그는 페트루스가 하는 일을 하겠다고 자청한다. 하지만 금세 손이 너무 시려 다발을 묶을 수 없다. 그는 삼끈을 페트루스에게 다시 넘겨주고, 대신 포장하는 일을 한다.

언덕에 동이 트고 개가 움직이기 시작하는 일곱시쯤 일이 끝난다. 꽃 상자와 감자, 양파, 배추가 콤비에 실린다. 루시가 운전하고 페트루스는 뒤에 남는다. 히터는 작동하지 않는다. 그녀는 침침한 앞유리창을 통해 앞을 보며 그레이엄스타운 도로를 달린다. 그는 옆에 앉아 그녀가 만든 샌드위치를 먹는다. 콧물이 떨어진다. 그녀가 그 모습을 보지 못했으면 싶다.

그렇게 시작된 새로운 모험. 그가 옛날에 학교와 발레 수업과 서커스와 스케이트장에 태워다주던 딸이 이제는 그를 데리고 나가서, 그에게 삶과 이처럼 생소하고 다른 세상을 보여준다.

던킨스퀘어에서는 노점상들이 벌써 가대식 탁자를 세우고 물건을 내놓고 있다. 고기 타는 냄새가 난다. 차가운 안개가 도시 위에 떠 있다. 사람들은 손을 비비고 발을 구르며 욕지거리를 한다. 루시는 우호적이고 사근사근한 분위기로부터 거리를 둔다. 그는 안심한다.

그들이 있는 곳은 농산물 구역인 듯하다. 그들 왼쪽에는 아프리카 여자 세 명이 우유와 마사*와 버터를 팔려고 전을 벌였다. 젖은 보자기로 덮은 통에는 수프용 뼈도 있다. 그들의 오른쪽에는 루시가 미엠스 아줌마, 쿠어스 아저씨라고 부르는 늙은 아프리카너** 부부와 눈만 내놓는 모자를 쓴, 열 살도 안 되어 보이는 어린 조수가 있다. 그들도 루

---

* 아프리칸스어로 '신 우유'.
** 남아프리카공화국의 네덜란드계 백인.

시처럼 감자와 양파를 팔려고 한다. 그러나 그들에게는 병에 든 잼과 조림, 말린 과일, 부쿠 차, 허니부시 차, 약초도 있다.

루시는 캠핑 의자를 두 개 갖고 왔다. 그들은 첫손님을 기다리며 보온병에서 커피를 따라 마신다.

이 주 전, 그는 교실에서 이 나라의 싫증난 젊은이들에게 마시다 drink와 다 마시다drink up, 태워지다burned와 탔다burnt의 차이를 설명하고 있었다. 결론까지 다다른 행동을 의미하는 완료형. 그런 것 모두가 얼마나 아득하게 느껴지는지! 나는 산다I live, 나는 살아왔다I have lived, 나는 살았다I lived.

큰 바구니에 쏟아놓은 루시의 감자는 깨끗하게 씻겨 있다. 쿠어스와 미엠스의 감자에는 아직도 흙이 군데군데 묻어 있다. 루시는 아침나절에 500랜드 가까이 번다. 그녀의 꽃은 꾸준히 팔린다. 열한시가 되자 그녀는 값을 낮춰 나머지를 처분한다. 고기와 우유를 파는 곳에서도 거래가 활발하다. 하지만 옆에서 웃음기 없이 굳은 얼굴로 나란히 앉아 있는 노부부의 판매 실적은 별로 신통치 않다.

루시의 고객 중 많은 사람들이 그녀의 이름을 안다. 대부분 중년 여자들인데, 그녀를 대하는 태도에는 마치 그녀의 성공이 그들의 성공이라도 되는 것처럼 예의바름이 느껴진다. 그녀는 매번 그를 소개한다. "케이프타운에서 오신 저의 아버지 데이비드 루리 씨입니다." 그들은 대답한다. "루리 씨, 딸이 자랑스럽겠어요." 그가 대답한다. "네, 대단히 자랑스럽습니다."

루시가 누군가를 소개한 후 말한다. "베브는 동물보호소를 운영하고 있어요. 때때로 제가 도와주기도 해요. 괜찮으시면 돌아가는 길에 한번 들렀다 갈까 해요."

그는 베브 쇼가 마음에 들지 않는다. 검은 주근깨가 있고, 뻣뻣한 머리를 짧게 깎고, 목이 없는 것처럼 땅딸막하고, 부산한 여자다. 그는 몸을 가꾸지 않는 여자들을 좋아하지 않는다. 그것이 그가 전에 루시의 친구들을 못마땅해한 이유다. 자랑스러워할 것은 없다. 그의 마음에 정착해 확고하게 자리잡은 편견이니까. 그의 마음은 나태하고 빈곤하며 정처 없는 낡은 생각들의 대피처가 되어 있다. 그는 그것들을 몰아내고 그곳을 깨끗하게 쓸어내야 한다. 하지만 그는 그렇게 하고 싶지 않거나 그러기에 충분한 관심이 없다.

—

한때는 그레이엄스타운에서 활발히 활동하던 자선단체인 동물복지연합은 문을 닫아야 했다. 하지만 베브 쇼가 이끄는 소수의 자원봉사자들은 아직도 옛 건물에서 동물병원을 운영한다.

루시는 그가 기억할 수 있는 한 아주 오래전부터 동물애호가들과 가깝게 지내왔다. 그는 그들한테 악감정이 없다. 그런 사람들마저 없다면 이 세상은 틀림없이 더 나쁜 곳이 될 것이다. 그래서 베브 쇼가 현관문을 열자, 그는 기분좋은 얼굴을 한다. 그러나 실제로는 그들을 반기는 고양이 오줌과 개의 옴과 자이스 살균제 냄새가 역겹다.

그 집은 그가 상상했던 것과 똑같다. 볼품없는 가구, 어지러운 장식품들(도자기로 된 양치기 소녀 인형들, 워낭, 타조 깃털로 만든 파리채), 잡음이 나는 라디오, 새장에서 지저귀는 새들, 어디에서나 발에 걸리적거리는 고양이들. 베브 쇼만 있는 게 아니다. 똑같이 땅딸막한 빌 쇼도 거기에 있다. 사탕무같이 붉은 얼굴에 머리가 하얗다. 그는 목 깃이 헐렁한 스웨터를 입고, 부엌 식탁에서 차를 마시고 있다. 빌이 말한다. "앉으세요, 앉으세요, 데이브. 차 한 잔 마시면서 편하게 있다 가세요."

긴 아침나절을 보낸 그는 피곤하다. 이런 사람들과 시시한 얘기를 할 기분이 아니다. 그는 루시를 슬쩍 쳐다본다. 그녀가 말한다. "우리는 가야 돼요, 빌. 약 가져가려고 들른 것뿐이에요."

그는 창문을 통해 쇼의 뒤뜰을 바라본다. 벌레 먹은 사과가 떨어지는 사과나무, 우거진 잡초, 함석판과 나무 팔레트와 낡은 타이어로 된 울타리 안에서 이리저리 돌아다니는 닭들과 구석에서 졸고 있는, 이상하게 영양처럼 생긴 동물.

루시는 나중에 차에서 말한다. "어떻게 생각하세요?"

"무례하게 말하고 싶지는 않다. 독특한 문화더구나. 그들에게는 아이가 없니?"

"없어요, 아이는 없어요. 베브를 과소평가하지 마세요. 그녀는 바보가 아니에요. 좋은 일을 굉장히 많이 해요. 그녀는 몇 년 동안 D 빌리지*에 가고 있어요. 처음에는 동물복지연합 때문에 갔고, 지금은 독자적으로 가죠."

"승산이 없는 싸움이겠구나."

"네, 맞아요. 더이상 기금이 없어요. 동물은 이 나라의 우선 사항에

---

* 그레이엄스타운 외곽에 있는 아프리카인들의 거주지.

들어 있지 않거든요."

"그녀가 낙담해 있겠구나. 너도 그렇고."

"그렇기도 하고 안 그렇기도 하죠. 그게 중요한가요? 그녀가 도와주는 동물들은 낙담하지 않아요. 오히려 안도감을 느끼죠."

"그렇다면 훌륭하다. 그런데 애야, 미안하지만 나는 그런 일에 관심을 갖는 게 어렵다. 너나 베브가 하는 일은 칭찬할 만하다. 하지만 내게는 동물복지에 관계된 사람들은 특이한 종류의 기독교인들 같아 보인다. 모든 사람이 너무 즐겁고 너무 선의를 갖고 있어서, 얼마 후에는 몸이 근질거려 밖으로 나가 강간을 하고 약탈을 하고 싶을 것 같아. 아니면 고양이를 발로 차버리든가."

그는 그런 자신의 감정 폭발에 깜짝 놀란다. 그는 기분이 나쁜 상태가 아니다. 조금도 그렇지 않다.

"제가 더 중요한 일을 해야 한다고 생각하시는 거죠." 루시가 말한다. 그들은 시야가 확 트인 도로 위에 있다. 그녀는 그를 쳐다보지 않고 운전한다. "제가 딸이기 때문에 더 좋은 일을 하며 살아야 한다고 생각하시는 거죠."

그는 이미 고개를 젓고 있다. 그는 중얼거린다. "아니…… 아니…… 아니야."

"제가 정물화를 그리거나 러시아어를 배워야 한다고 생각하시는 거겠죠. 그 사람들이 저를 더 높은 차원의 삶으로 이끌지 않을 테니, 베브와 빌 쇼 같은 친구들을 좋지 않게 생각하시는 거죠."

"루시, 그건 사실이 아니다."

"하지만 그건 사실이에요. 그들은 나를 더 높은 차원의 삶으로 이끌지 않아요. 그 이유는 더 높은 차원의 삶이 없기 때문이에요. 이게 현재로서는 유일한 삶이에요. 그것을 우리는 동물들과 공유하고요. 베브 같은 사람들이 모범을 보이는 건 그거예요. 저는 그 모범을 따르려고 해요. 인간이 갖고 있는 특권 일부를 동물들과 공유하려는 거예요. 저는 개나 돼지 같은 다른 존재로 다시 태어나 우리 밑에 사는 개나 돼지처럼 살고 싶지 않아요."

"루시, 화내지 마라. 그래, 나는 이게 유일한 삶이라는 데는 동의한다. 동물에 관해서 얘기하자면, 아무렴 동물들을 친절하게 대해야지. 하지만 균형을 잃지는 말자. 우리는 동물과는 다른 차원의 피조물이다. 꼭 더 높다는 뜻은 아니고, 그저 다를 뿐이다. 따라서 동물들을 친절하게 대하려면, 죄의식을 느끼거나 보복이 두려워서가 아니라 단순한 관용에서 그렇게 하자."

루시는 숨을 깊게 들이마신다. 그녀는 그의 훈계에 반응할 것처럼 하다가 그만둔다. 그들은 침묵 속에서 집에 도착한다.

9

 그는 TV로 축구를 보며 거실에 앉아 있다. 점수는 0 대 0이다. 어느 쪽도 이기는 데 관심이 없어 보인다.

 그는 소토어와 코사어를 번갈아가며 하는 중계방송을 한 마디도 알아듣지 못한다. 그는 음량을 최대한 낮춘다. 남아프리카의 토요일 오후, 남자들과 그들의 쾌락에 바쳐지는 시간. 그는 잠이 든다.

 깨어나니 페트루스가 맥주병을 들고 그의 곁 소파에 앉아 있다. 그가 음량을 높여놓았다.

 페트루스가 말한다. "부시벅스, 제가 응원하는 팀이에요. 부시벅스 대 선다운스."

 선다운스가 코너킥을 찬다. 골문 앞에서 격전이 벌어진다. 페트루스는 머리를 움켜쥐며 신음소리를 낸다. 먼지가 가라앉자 부시벅스의 골키퍼가 가슴에 볼을 안고 땅에 나동그라져 있다. 페트루스가 말한다. "저 골키퍼가 아주 잘해요! 잘합니다! 훌륭한 골키퍼죠. 팀에서 그를 붙잡아둬야 해요."

경기는 득점 없이 끝난다. 페트루스는 채널을 돌린다. 이번에는 작은 체구의 복서들이 나오는 복싱 경기다. 키가 너무 작아서 심판의 가슴에도 못 미칠 정도다. 그들은 빙글빙글 돌고, 뛰고, 서로를 공격한다.

그는 일어나서 어슬렁거리며 집 안쪽으로 간다. 루시는 침대에 누워 책을 읽고 있다. "뭘 읽고 있니?" 그녀는 이상한 표정으로 그를 바라보더니, 귀에서 귀마개를 뺀다. "뭘 읽고 있니?" 그는 했던 말을 반복한 다음 다른 말을 꺼낸다. "우리 잘 안 돼가는 거지? 내가 떠날까?"

그녀는 미소를 지으며 책을 옆에 놓는다. 그가 기대했던 것과는 다른 『에드윈 드루드의 비밀』*이다. 그녀가 말한다. "앉으세요."

그는 침대에 앉아서 그녀의 맨발을 한가롭게 만진다. 균형이 잡힌 잘생긴 발. 엄마를 닮은 좋은 골격. 살이 찌고 볼품없는 옷을 입고 있지만 매력적인 한창때의 여자.

"아버지, 제 입장에서 보면 완벽하게 잘돼가고 있어요. 저는 아버지가 여기 계셔서 좋아요. 시골생활에 익숙해지시려면 상당한 시간이 걸릴 거예요. 그뿐이에요. 할일을 찾으시면 그렇게 지루하지 않으실 거예요."

그는 멍하니 고개를 끄덕인다. 그녀는 매력적이지만, 그것이 남자들에게는 닿지 않는 것이다. 그의 탓일까? 아니면 어차피 그렇게 됐을

---

* 찰스 디킨스의 미완성 추리소설.

까? 그의 딸이 태어난 날부터, 그는 그녀를 향해 가장 자연스럽고, 가장 아낌없는 사랑만을 느꼈다. 그 사랑이 너무 지나쳤을까? 그녀는 그것을 짐이라고 생각했을까? 그것이 그녀를 억눌렀을까? 그녀는 그것을 더 어두운 쪽으로 생각했을까?

그는 루시가 그녀의 연인들과는 어떤지, 그녀의 연인들은 그녀와 어떤지 궁금하다. 그는 생각이 흘러가는 대로 구불구불한 길을 따라가는 것을 두려워한 적이 없다. 지금도 두렵지 않다. 그가 정열적인 여성을 낳았을까? 그녀는 감각적인 영역에서는 어떤 경험을 하고 어떤 경험을 안 했을까? 그와 그녀는 그런 것에 대해서도 얘기를 나눌 수 있을까? 루시는 꽉 막힌 삶을 살지 않았다. 아무도 그러지 않는 시대에, 그들은 왜 터놓고 얘기하지 못하고 선을 그어야 할까?

그는 혼란스러운 생각으로부터 돌아오며 말한다. "내가 할 일을 찾게 되면 그렇다는 말이겠지. 추천할 거라도 있니?"

"개 돌보는 일을 도와줄 수 있어요. 개밥용 고기를 잘라주세요. 저는 그 일이 어렵더라고요. 그리고 페트루스도 있어요. 페트루스는 자기 땅을 개간하느라 바쁘거든요. 그를 도와주셔도 괜찮아요."

"페트루스를 도와주다니, 그거 괜찮다. 거기에 깃든 신랄한 역사적 의미가 좋다. 네 생각에는 내가 일을 해주면 그가 나한테 품삯을 줄 것 같니?"

"그에게 물어보세요. 틀림없이 줄 거예요. 그는 1헥타르의 땅과 제 땅의 일부를 사기에 충분한 농지 자금을 받았어요. 제가 말씀드리지 않았던가요? 댐이 경계선이에요. 우리는 댐을 나눠 갖고, 거기서부터 울타리까지는 모든 게 그의 소유죠. 그에게는 봄에 새끼를 낳을 암소가 한 마리 있어요. 부인은 둘이나 있고요. 부인 한 명과 여자친구 한 명이라고 해야 할지 모르죠. 만약 그가 일을 잘 처리하면 집을 지을 기금도 따낼 수 있어요. 그러면 마구간에서 나올 수 있을 거예요. 이스턴 케이프의 기준에서 보면 그는 부자예요. 품삯을 달라고 하세요. 그에게는 그럴 돈이 있어요. 저는 더이상 그에게 품삯을 주며 일을 시킬 여력이 없는 것 같아요."

"좋다, 개밥용 고기를 자르고, 페트루스에게 일을 해주겠다고 제의하지. 또다른 게 있니?"

"병원 일을 거드실 수도 있어요. 그들에게는 자원봉사자들이 몹시 필요하거든요."

"베브 쇼를 도와주라는 말이구나."

"네."

"그녀와 내가 마음이 맞을 것 같지는 않구나."

"서로 마음이 맞을 필요는 없어요. 그냥 도와주시면 돼요. 하지만 돈을 받을 생각은 하지 마세요. 그 일은 선의로 하셔야 해요."

"루시, 나는 좀 의심스럽다. 사회봉사가 아닐까 하는 의심이 든다. 과거의 잘못된 행위를 보상하려고 하는 사람 같지 않을까 싶다."

"아버지, 병원에 있는 동물들은 아버지가 왜 그 일을 하는지 물어보지 않을 테니까 걱정 마세요. 그들은 묻지도 않을 거고, 관심도 없을 거예요."

"좋다, 그 일을 하마. 하지만 내가 더 좋은 사람이 될 필요가 없다는 조건에서 하겠다. 나는 개조될 준비가 되어 있지 않다. 나는 지금의 나 자신이고 싶어. 그런 입장에서 그 일을 하마." 그의 손이 아직도 그녀의 발에 머물러 있다. 이제 그는 그녀의 발목을 꽉 잡는다. "알아들었니?"

그녀는 그가 달콤하다고밖에 할 수 없는 미소를 짓는다. "계속 못되기로 작정하셨군요. 돌아버리고, 못되고, 알고 지내기에는 위험한 사람.* 제가 장담하는데 아무도 아버지한테 변하라고 하지 않을 거예요."

그녀는 자기 어머니가 그랬던 것처럼 그를 놀린다. 다른 것이 있다면 그녀의 재치는 더 날카롭다. 그는 언제나 재치 있는 여자들에게 끌렸다. 재치와 아름다움. 아무리 좋게 보려고 해도 멜라니**에게서 재치를 찾을 수는 없었다. 하지만 아름다움은 충분했다.

다시 그것이 그의 몸을 훑고 지나간다. 관능의 미세한 전율. 그는 루시가 그를 쳐다보는 것을 의식한다. 그는 그것을 숨길 수 없는 것 같다. 흥미롭다.

그는 일어서서 뜰로 나간다. 더 어린 강아지들은 그를 보자 좋아라 한다. 그들은 우리 속에서 낑낑대며 앞뒤로 왔다갔다한다. 하지만 늙은 불도그 암컷은 거의 움직이지 않는다.

그는 암캐 우리에 들어가서 문을 닫는다. 그 개는 머리를 치켜들고 그를 쳐다보고는 다시 떨어뜨린다. 늙은 젖꼭지가 늘어져 있다.

그는 쭈그리고 앉아 개의 귀 뒷덜미를 간질인다. 그가 속삭인다. "우리는 버림받은 걸까?"

그는 개 옆의 바닥에 눕는다. 위에는 창백한 푸른 하늘이 있다. 그의

---

* 바이런의 연인 캐럴라인 램이 바이런을 가리켜 했던 말.
** 멜라니의 이름을 일부러 멜라니라고 발음함으로써 '어둡다'는 뜻을 가진 단어 '멜라니(meláni)'를 연상시킨다.

수족이 늘어진다.

루시가 이런 그의 모습을 본다. 그는 잠이 들었음이 틀림없다. 그의 눈에 처음 들어온 것은 그녀가 물통을 들고 우리 안에 들어와 있고, 암캐가 일어나서 그녀의 발에 대고 코를 쿵쿵거리는 광경이다.

루시가 말한다. "친구를 사귀는 건가요?"

"얘는 친구하기가 쉽지 않다."

"가엾은 케이티는 슬퍼하고 있어요. 아무도 자기를 원하지 않는다는 사실을 알아요. 그런데 아이러니는 어미와 같이 살면 좋아라 할 새끼들이 도처에 있다는 거예요. 하지만 그들에게는 어미를 초대할 권한이 없어요. 그들은 가구의 일부이자 경보 시스템의 일부일 뿐이니까요. 그들은 우리를 신처럼 대하는데, 우리는 그들을 물건으로 대하죠."

그들은 우리를 떠난다. 암캐가 털썩 주저앉아 눈을 감는다.

그가 말한다. "교회 성직자들이 그들에 관해서 오래 토론한 끝에, 결국 그들에게는 바른 영혼이 없다는 쪽으로 결론을 내렸단다. 그들의 영혼은 몸에 붙어 있어서, 몸이 죽으면 같이 죽는다는 거지."

루시가 어깨를 으쓱한다. "저한테도 영혼이 있는지 모르겠어요. 설령 그걸 본다 해도 알아보지 못할 것 같아요."

"그건 사실이 아니다. 네가 영혼이야. 우리는 모두 영혼이야. 우리는 태어나기 전에 영혼이었어."

그녀는 그를 이상하다는 듯 쳐다본다.

"저 개를 어떻게 할 셈이니?" 그가 말한다.

"케이티요? 별수없다면 제가 키워야죠."

"안락사는 시키지 않니?"

"저는 그렇게 하지 않아요. 베브는 그렇게 하죠. 다른 누구도 하고 싶어하지 않는 일이죠. 그래서 그분이 그걸 떠맡은 거예요. 몹시 괴로워하세요. 아버지는 그분을 과소평가하고 있어요. 그분은 아버지가 생각하시는 것보다 더 흥미로운 사람이에요. 아버지의 기준으로 평가해도 그래요."

그의 기준? 그게 무엇일까? 추한 목소리를 가진 땅딸막한 여자들은 무시당할 만하다고 생각하는 것? 슬픔의 그림자가 그에게 내려온다. 우리 안에 혼자 있는 케이티를 위한, 그 자신을 위한, 모든 사람을 위한 거다. 그는 억누르지 않고 한숨을 깊게 쉰다.

그가 말한다. "루시, 날 용서해다오."

"용서해요? 뭣 때문에요?" 그녀는 조롱하듯 가볍게 웃는다.

"세상에 너를 나오게 하는 일을 떠맡은 두 사람 중 하나로서 너한테 더 좋은 안내자가 못 되니 말이다. 하지만 베브 쇼를 도와주긴 하겠다. 그녀를 베브라고 부르지 않아도 된다는 조건으로 말이다. 우스꽝스러운 이름이야. 그 이름을 들으면 소떼가 떠오른다니까. 언제부터 시작할까?"

"제가 전화할게요."

10

병원 밖에는 동물복지연합 W.O. 1529라고 적힌 간판이 있다. 그 아래에 적힌 업무시간은 테이프로 가려져 있다. 문 앞에는 사람들이 줄을 서서 기다리고, 어떤 사람들은 동물을 데리고 있다. 그가 차에서 나오자마자, 아이들이 그를 둘러싸고 돈을 달라고 조르거나 멍하니 쳐다본다. 그는 붐비는 사람들을 헤치고 들어간다. 주인들한테 제지당한 개 두 마리가 으르렁거리며 서로 물어뜯으려고 하는 바람에 갑작스러운 소동이 인다.

아무것도 놓여 있지 않은 작은 대기실은 만원이다. 들어가려면 누군가의 다리를 넘어가야 한다.

"쇼 여사님은 어디 있죠?"

한 늙은 여자가 비닐 커튼이 쳐진 출입문 쪽을 고개로 가리킨다. 그 여자는 짧은 밧줄로 염소를 매어 잡고 있다. 염소는 긴장한 눈으로 개들을 쳐다보다가 딱딱한 바닥을 발굽으로 구른다.

베브 쇼는 지린내가 얼얼하게 나는 안쪽 사무실에 있다. 그녀는 상단이 철판으로 된 탁자에서 일을 하고 있다. 리지백과 자칼의 교배종인 듯한 어린 개의 목을 펜슬라이트로 들여다보고 있다. 주인임이 분명한 맨발의 아이가 탁자 위에 무릎을 꿇고 개의 머리를 팔에 끼고 입을 벌려 잡고 있다. 낮게 으르렁거리는 소리가 목구멍에서 나오고, 힘이 센 뒷다리가 긴장한다. 그는 어정쩡한 자세로 그 실랑이에 끼어들어, 개가 엉덩이를 깔고 앉도록 뒷다리를 함께 누른다.

베브 쇼가 말한다. "고마워요." 그녀의 얼굴이 붉어진다. "매복치에 종기가 생겼네. 우리한테는 항생제가 없단다―보이치에*, 움직이지 않게 잡아!―그래서 세모날로 절개하고 좋아지기만을 바라야지."

그녀는 랜싯으로 개의 입안을 살핀다. 개가 아주 크게 몸부림치면서 그에게서 빠져나가더니 아이한테서도 거의 벗어날 뻔한다. 그는 탁자에서 내려오려고 버둥거리는 개를 움켜잡는다. 순간, 분노와 두려움으로 가득한 개의 눈이 그의 눈을 노려본다.

베브 쇼가 말한다. "옆으로, 이렇게." 그녀는 낮게 어르는 소리를 내며 전문가답게 개를 넘어뜨려 옆으로 돌린다. 그녀가 말한다. "벨트." 그가 개의 몸에 벨트를 두르자, 그녀가 죔쇠를 채운다. "됐어요." 베브 쇼가 말한다. "위로가 되는 생각, 단호한 생각을 하세요. 그들은 당신이 하는 생각을 냄새로 알 수 있어요."

---

* 아프리칸스어로 '얘야'.

그는 온 힘을 다해 개를 누른다. 조심스럽게 아이는 낡은 천을 감은 손으로 개의 입을 다시 벌리려 한다. 개의 눈에 두려움이 가득하다. 사람이 하는 생각을 냄새로 알 수 있다니, 무슨 가당찮은 소리! "괜찮아, 괜찮아!" 그가 부드럽게 말한다. 베브 쇼가 랜싯으로 입안을 다시 살핀다. 개가 캑캑거리고 몸이 굳어지다가 긴장을 푼다.

그녀가 말한다. "이제 자연스럽게 치유되길 기다려야죠." 그녀는 벨트의 죔쇠를 풀어준 뒤 코사어처럼 들리는 말로 아이에게 떠듬떠듬 무슨 말을 한다. 개는 탁자 밑에 위축되어 서 있다. 탁자 표면에는 피와 침이 묻어 있다. 베브는 그것을 닦는다. 아이는 개를 달래서 데리고 나간다.

"루리 씨, 고마워요. 당신이 있어서 좋았어요. 당신이 동물을 좋아하는 게 느껴지네요."

"내가 동물을 좋아한다고요? 그들을, 아니 그들의 일부를 먹으니 좋아하는 게 틀림없죠."

그녀의 머리 전체가 작게 곱슬이 져 있다. 직접 헤어 세팅기로 머리를 말까? 그럴 것 같지는 않다. 그렇게 하려면 매일 몇 시간이 필요할 것이다. 그렇다면 원래 타고난 머리인 것이 틀림없다. 그는 그런 테시투라*를 가까이서 본 적이 없다. 그녀의 귀에 난 실핏줄은 붉은색과 자주색 세공처럼 뚜렷하다. 코에 난 실핏줄도 마찬가지다. 턱은 파우터비둘기**의 그것처럼 가슴에 바로 닿아 있다. 너무 매력 없는 앙상블.

그녀는 그의 말을 생각해본다. 그가 어떤 어조로 그 말은 했는가는

* 이탈리아어로 '직조물'.
** 다리가 길고 불룩 나온 가슴팍에 턱이 닿는 양비둘기의 일종.

놓친 것 같다.

그녀가 말한다. "그래요, 이 나라에서는 동물을 많이 잡아먹죠. 그게 우리한테 별로 좋은 것 같지는 않아요. 우리가 그걸 동물들에게 어떻게 설명할 수 있을지 모르겠어요." 그런 다음 이렇게 말한다. "다음 차례로 넘어갈까요?"

설명한다고? 언제? 심판의 날에? 그는 더 듣고 싶은 호기심이 생긴다. 하지만 지금은 때가 아니다.

다 자란 수컷 염소다. 거의 걷지를 못한다. 누렇고 자주색인 고환 한쪽이 풍선처럼 부풀어 있다. 다른 쪽에는 피와 흙이 잔뜩 엉겨 있다. 개들한테 물어뜯겨서 그렇게 됐다고 여자 노인이 말한다. 하지만 염소는 여전히 밝고 쾌활하고 호전적인 것 같다. 베브 쇼가 진찰하는 동안, 염소의 콩알 같은 똥이 바닥으로 후두둑 떨어진다. 여자는 염소의 머리맡에 서서 뿔을 움켜쥐고 혼내는 시늉을 한다.

베브 쇼는 면봉으로 고환을 만진다. 염소가 발길질을 한다. "다리를 묶으실 수 있겠어요?" 그녀는 이렇게 묻고는 어떻게 해야 하는지 알려준다. 그는 오른쪽 뒷다리를 오른쪽 앞다리에 묶는다. 염소는 다시 발길질을 하려다 비틀거린다. 그녀는 면봉으로 상처를 부드럽게 소독한다. 염소가 몸을 떨며 음매 하고 운다. 낮고 거친 추한 소리.

흙이 떨어지자 상처에 붙어 허공에 머리를 흔들어대는 하얀 유충들이 보인다. 그는 진저리를 친다. 베브 쇼가 말한다. "금파리예요. 적어도 일주일은 됐군요." 그녀는 입을 오므린다. 그녀는 여자에게 말한다. "좀더 일찍 데리고 왔어야 했어요." 여자가 말한다. "그래요, 매일 밤 개들이 와요. 너무너무 안 좋아요. 저런 수컷을 500랜드나 주고 샀다니까요."

베브 쇼는 허리를 편다. "어떻게 해야 할지 모르겠군요. 나는 절제 수술을 해본 적이 없어요. 목요일에 닥터 우스투이젠이 올 때까지 기다릴 수도 있겠죠. 여하튼 저 염소는 고자가 될 거예요. 저 여자분이 그걸 원할까요? 그리고 항생제 문제도 있어요. 저분이 항생제에 돈을 쓰려고 할까요?"

그녀는 다시 염소 옆에 무릎을 꿇는다. 그녀는 염소의 목에 코를 문지르고 자신의 머리로 염소의 목을 아래에서 위로 부드럽게 쓰다듬는다. 염소는 몸을 떨지만 가만히 있다. 그녀는 여자에게 뿔을 놔주라고 말한다. 여자가 그 말을 따른다. 염소는 움직이지 않는다.

그녀가 속삭인다. "친구야, 네 생각은 어때?" 그는 그녀가 말하는 소리를 듣는다. "네 생각은 어때? 이걸로 충분해?"

염소는 최면을 당한 것처럼 꼼짝 않고 서 있다. 베브 쇼는 염소를 머리로 계속 쓰다듬고 있다. 그녀는 자신만의 황홀경에 들어선 듯하다.

그녀는 정신을 가다듬고 일어선다. 그녀는 여자에게 말한다. "애석하지만 너무 늦었어요. 저는 상태를 호전시킬 수 없어요. 목요일에 의사가 오기를 기다리거나, 아니면 저한테 맡기세요. 제가 조용히 끝내줄 수는 있어요. 염소는 내가 그렇게 하게 둘 거예요. 그렇게 할까요? 제가 여기에 맡고 있을까요?"

여자가 머뭇거리더니 고개를 젓는다. 그녀가 문 쪽으로 염소를 잡아당기기 시작한다.

베브 쇼가 말한다. "나중에 다시 가져갈 수 있어요. 끝나도록 도와주자는 것뿐이에요." 그녀는 목소리를 억제하려고 하지만 그는 거기서 패배의 말투를 듣는다. 염소도 그 말투를 듣는다. 염소는 자신을 묶은 띠에서 벗어나려고 발길질을 하고 몸을 비틀고 난리를 친다. 무지무지하게 부푼 불알이 뒤에서 흔들린다. 여자가 끈을 풀어 옆으로 던진다. 그리고 그들은 가버린다.

그가 묻는다. "방금 무슨 일이 일어난 거죠?"

베브 쇼는 얼굴을 가리고 코를 푼다. "아무것도 아니에요. 나쁜 경우를 대비해 리설을 충분히 갖고 있거든요. 하지만 주인에게 억지로 그렇게 하라고 할 수는 없어요. 그들의 동물이니까, 그들은 제 나름의 방식으로 도살하고 싶어하죠. 참 안됐어요! 그렇게 용감하고, 번듯하고, 자신감 있는 착한 녀석인데!"

리설Lethal*이란 약 이름일까? 제약회사가 그런 이름을 붙였을 법도 하다. 갑작스러운 어둠. 레테Lethe의 강**에서 내려온 어둠.

그가 말한다. "어쩌면 염소는 당신이 추측하는 것 이상으로 이해하고 있을지 몰라요." 놀랍게도 그는 그녀를 위로하려고 한다. "어쩌면 그걸 이미 겪었는지도 모르죠. 말하자면 선험적 지식을 갖고 태어났을지도 모른다는 말이죠. 여기는 아프리카잖아요. 여기에는 태초부터 염소들이 있었어요. 철은 어디에 쓰고, 불은 어디에 쓴다고 그들에게 설명해줄 필요는 없어요. 그들은 염소한테 죽음이 어떻게 닥치는지 알고 있어요. 그들은 그렇게 준비가 된 상태에서 태어나는 거죠."

그녀가 말한다. "그렇게 생각하세요? 저는 모르겠어요. 우리 중 그 누구도 아무런 보호도 받지 않고, 죽어갈 준비가 되어 있다고는 생각

---

* 영어로 '치명적인'.
** 그리스신화에 나오는 망각의 강.

하지 않아요."

상황이 하나둘 이해되기 시작한다. 그는 작고 못생긴 이 여자가 하는 일을 어렴풋이 이해한다. 이 을씨년스러운 건물은 치료하는 곳—그녀의 진료는 그러기에는 너무 아마추어 같다—이 아니라 마지막 수단이다. 그는 어떤 얘기를 떠올린다. 누구 얘기였던가? 성 후버트였던가? 사냥꾼의 개들을 피해, 숨을 헐떡이며 정신없이 성당 안으로 뛰어 들어간 사슴에게 피난처를 마련해줬던 사람의 이야기다. 터무니없게도, 괴로워하는 아프리카 동물들의 짐을 덜어준답시고 뉴에이지 신비주의로 가득한, 수의사가 아닌 사제 베브 쇼. 루시는 그가 그녀에게 흥미를 느낄 것이라고 했다. 하지만 루시가 틀렸다. 흥미는 이럴 때 쓰는 말이 아니다.

그는 최선을 다해 일을 도우며 수술실에서 오후를 보낸다. 마지막 일이 끝나자, 베브 쇼는 그에게 마당을 보여준다. 새장에는 날개 한쪽이 부러진 새끼 물수리 한 마리뿐이다. 나머지는 개들이다. 루시의 집에 있는 것처럼 관리가 잘된 순종들이 아니라 비쩍 마른 잡종들이 두 개의 우리에 터져버릴 만큼 가득하다. 흥분해서 짖어대고 낑낑거리고 날뛰고 난리다.

그는 그녀가 사료를 부어주고 물통을 채우는 것을 돕는다. 그들은 10킬로그램짜리 자루 두 개를 비운다.

그가 묻는다. "이런 걸 무슨 돈으로 삽니까?"

"도매로 사죠. 우리는 기금을 모으고 기부금을 받아요. 공짜로 거세를 해주고 보조금을 받아요."

"거세는 누가 하죠?"

"우리의 수의사인 닥터 우스투이젠이 하죠. 하지만 일주일에 한 번 와서 오후 진료만 봐요."

그는 개들이 먹는 모습을 지켜본다. 그들이 싸우지 않는다는 것이 놀랍다. 작고 약한 개들은 자기 처지를 받아들이며 스스로를 억제하고 물러서서 자기 차례를 기다린다.

베브 쇼가 말을 잇는다. "문제는 숫자가 너무 많다는 거예요. 물론 그들은 이해하지 못하죠. 그들에게 얘기해줄 방법도 없고요. 너무 많 다는 건 그들 기준이 아니라 우리 기준이에요. 그들은 가만 놔두면, 지 구에 가득찰 때까지 번식을 계속할 거예요. 그들은 새끼를 많이 낳는 게 나쁘다고 생각하지 않죠. 많을수록 더 좋은 거죠. 고양이도 마찬가 지고요."

"쥐도 그래요."

"쥐도 그렇죠. 그러니까 생각나는데, 집에 가면 벼룩이 붙어 있는지 잘 살펴보세요."

먹을 것을 실컷 먹고 행복해져 눈이 빛나는 개 한 마리가 철망을 통 해 그의 손가락에 코를 대고 킁킁대더니 핥는다.

그가 말한다. "동물들은 아주 평등하군요. 계급도 없고요. 남의 엉덩 이에 코를 대고 킁킁거리기에 자기가 너무 지체 높고 힘이 세다고 생 각하는 녀석도 없고요." 그는 웅크리고 앉아서 그 개로 하여금 그의 얼 굴과 숨결의 냄새를 맡도록 한다. 그럴 리가 없겠지만, 그 개한테는 지 적인 구석이 있는 것만 같다. "여기 있는 개들은 다 죽게 되나요?"

"아무도 원하지 않는 개들이에요. 보내줘야죠."

"그리고 당신이 그 일을 하는 사람이고."

"네."

"괜찮나요?"

"괜찮지 않죠. 많이요. 그렇지만 저는 아무런 신경을 쓰지 않는 사람이 저를 위해 그 일을 대신하는 건 원치 않아요. 당신이라면 어떻겠어요?"

그는 아무 말이 없다가, 입을 뗀다. "내 딸이 왜 나를 당신한테 보냈는지 아세요?"

"당신이 곤경에 처해 있다고 하더군요."

"그저 곤경이 아니라 치욕이라고 해야겠죠."

그는 그녀를 자세히 바라본다. 그녀는 불안해 보인다. 하지만 그것은 그의 상상일지 모른다.

그가 말한다. "당신은 그걸 알면서도 아직도 내가 쓸모 있다고 생각해요?"

"만약 당신이 그럴 준비가 되어 있다면……"

그녀는 손을 벌렸다가 맞잡았다가 다시 벌린다. 그녀는 무슨 말을 할지 모른다. 그는 그런 그녀를 내버려둔다.

—

전에는 잠시 동안만 딸의 집에 머무르곤 했다. 이제 그는 그녀의 집과 그녀의 삶을 공유하고 있다. 그는 옛 습관이 슬그머니 기어나오지 않도록 조심해야 한다. 다 쓴 화장지를 교체하고, 안 쓰는 전등을 끄고, 소파에 올라앉은 고양이를 쫓아내는 일들과 같은 부모의 습관. 그는 그것을 노년을 위한 연습이라고 스스로를 타이른다. 맞추는 연습, 양로원을 위한 연습.

그는 피곤한 척하고 저녁을 먹은 후 방으로 물러난다. 루시가 움직이는 소리가 희미하게 들려온다. 서랍 여닫는 소리, 라디오 소리, 전화로 얘기하는 소리 등등. 그녀는 요하네스버그에 전화를 걸어 헬렌과 얘기하는 걸까? 그가 여기 있다는 사실이 그들을 갈라놓은 걸까? 그들은 그가 여기에 있는 동안에도 감히 같은 침대를 쓰려고 할까? 밤중에 침대가 삐걱거리는 소리에 당황할까? 동작을 멈출 정도로 당황할까? 하지만 그가 여자들이 어떻게 관계를 하는지에 대해 무엇을 아는가? 어쩌면 여자들은 침대를 삐걱거리게 할 필요가 없을지 모른다. 그리고 그가 특히 두 사람, 루시와 헬렌에 대해 아는 게 뭔가? 어쩌면 그들은 아이들이 그러는 것처럼, 연인이라기보다는 자매처럼 껴안고 만지고 깔깔거리며 소녀 시절로 돌아가 같이 잠을 자는 걸지도 모른다. 침대를 같이 쓰고, 욕조를 같이 쓰고, 생강 쿠키를 같이 굽고, 서로의 옷을 입어보고. 레즈비언의 사랑. 몸무게가 불어나는 것에 대한 변명.

사실을 말하자면 그는 그의 딸이 다른 여자와 정열에 휩싸여 있는 모습을 생각하고 싶지 않다. 그것도 못생긴 여자와 말이다. 하지만 딸의 연인이 남자라면 기분이 더 좋을까? 그가 정말로 루시한테 원하는 것은 무엇일까? 그녀가 영원히 아이로 남고, 영원히 순진하고, 영원히 그의 것이 되라는 것은 아니다. 그것은 분명히 아니다. 하지만 그는 아버지다. 그것은 운명이다. 아버지는 나이를 먹을수록 마음이 점점 더 딸한테 간다. 그것은 어쩔 수 없다. 그녀는 그의 두번째 구원이 된다. 다시 태어난 그의 청춘의 신부. 동화에서 보면 여왕들은 죽을 때까지 딸들을 괴롭히던데, 놀랄 일은 아니다!

그는 한숨을 쉰다. 가엾은 루시! 가엾은 딸들! 얼마나 기막힌 운명이고, 얼마나 무거운 짐이란 말인가! 아들들에게도 틀림없이 시련은 있을 것이다. 하지만 그는 그것에 대해서는 잘 모른다.

잠을 잘 수 있으면 좋겠다. 하지만 그는 춥고 전혀 졸립지 않다.

그는 일어나서 어깨에 재킷을 걸치고 침대로 다시 들어간다. 그리고 바이런이 1820년에 쓴 편지들을 읽는다. 살찐 서른두 살의 중년 남자 바이런은 라벤나에서 귀치올리 가족과 살고 있다. 자기만족에 빠져 있고 다리가 짧은 애인 테레사, 그리고 능글맞고 악의적인 그녀의 남편. 여름 더위, 늦은 오후의 차, 시골의 쑥덕공론, 거의 입을 가리지도 않고 하는 하품. '여자들은 빙 둘러 앉아 있고, 남자들은 따분한 파로 게임을 한다.' 바이런은 이렇게 썼다. 간통으로 드러나는 결혼생활의 따분함. '나는 언제나 열정에 대한 진실되거나 격렬한 즐거움의 고비가 서른 살이라고 생각했다.'

그는 다시 한숨을 쉰다. 가을이 오고 겨울이 오기까지 여름은 얼마나 짧은가! 그는 자정을 지나서까지 계속 읽는다. 하지만 그래도 잠을 잘 수 없다.

11

수요일이다. 그는 일찍 일어난다. 하지만 루시가 그보다 먼저 일어나 있다. 그녀는 댐 위에 떠 있는 기러기들을 바라보고 있다.

그녀가 말한다. "아름답지 않나요? 해마다 찾아와요. 세 마리가 똑같이요. 저렇게 찾아주니, 저는 복 받은 것 같아요. 선택받은 것 같아서요."

셋. 그것이 일종의 해결책이 될 수도 있을까. 그와 루시와 멜러니. 혹은 그와 멜러니와 소라야.

그들은 함께 아침식사를 하고, 도베르만 두 마리를 데리고 산책을 나간다.

루시가 느닷없이 묻는다. "이곳에서 사실 수 있을 것 같아요?"

"왜? 새로운 도그맨이 필요하니?"

"아뇨, 그걸 생각했던 건 아니고요. 하지만 아버지는 틀림없이 로즈 대학교에 직장을 잡을 수 있을 거예요. 거기 아는 분도 있을 테고, 거기가 아니라면 포트엘리자베스에서라도."

"얘야, 나는 그렇게 생각하지 않는다. 나는 더이상 상품가치가 없어. 스캔들이 나를 따라다니며 붙어 있을 거다. 내가 직장을 잡는다면 그건 눈에 띄지 않는 직장이 되어야 할 거야. 아직도 그런 게 있는지 모르지만 장부 정리나 개집 지키는 일 같은 거 말이다."

"하지만 수근거리는 걸 막으려면 당당히 맞서야 하지 않을까요? 달아나기만 하면 뒷공론은 늘어나기만 하지 않을까요?"

어려서 루시는 조용하고 나서지 않고 그를 주시하기만 하는 어린애였다. 그가 알기론, 그녀는 그에 대한 판단을 내리지 않았다. 이제 이십대 중반이 된 그녀는 분리되기 시작했다. 개, 정원 일, 점성술 책자, 성별을 가리기 힘든 옷. 그는 그것들 하나하나에서 계획적이고 의도적인 독립선언을 본다. 그리고 남자에게 등을 돌린 것도 마찬가지다. 자신의 삶을 살아가고, 그의 그늘에서 벗어나는 것. 좋다! 찬성이다!

그가 말한다. "네 생각에는 내가 그러는 것 같니? 범죄 현장으로부터 달아난 것 같니?"

"물러나셨잖아요. 여하튼 실제로 무슨 차이가 있죠?"

"얘야, 넌 요점을 놓치고 있다. 네가 나한테 하라고 하는 건 더이상할 수 없는 거다, 바스타*. 우리가 사는 시대에는 안 되지. 내가 그렇게 하려고 해도 들어주지 않을 거야."

---

* 아프리칸스어로 '됐어' '그걸로 충분해'.

"그렇지 않아요. 아버지가 자신을 일컫는 것처럼 아버지가 도덕적 공룡이라고 할지라도, 그 공룡이 무슨 얘기를 하는지 듣고 싶은 호기심은 있는 법이에요. 저만 해도 호기심이 있어요. 문제가 뭔가요? 한번 들어보게요."

그는 망설인다. 그녀는 정말로 그가 은밀한 것들을 더 꺼내서 들려주기를 원하는 걸까?

그가 말한다. "내 문제는 욕망의 권리에 관한 것이다. 작은 새들조차 전율하게 만드는 신神에 대한 거다."

그는 그 여자의 아파트, 그녀의 침실에 있는 자기 모습을 떠올린다. 밖에는 비가 퍼붓고 있다. 구석의 히터에서는 석유 냄새가 난다. 그는 무릎을 꿇고, 그녀의 옷을 벗긴다. 그동안 그녀의 팔은 죽은 사람의 팔처럼 늘어져 있다. 나는 에로스의 노예였다. 이것이 그가 말하고 싶은 것이다. 하지만 그에게 그런 뻔뻔스러움이 있는가? 나를 통해 행동한 것은 신이었다. 무슨 허영이란 말인가! 하지만 전적으로 거짓말은 아니다. 이 비참한 일에는, 꽃을 피우기 위해 최선을 다하는 어떤 관대한 것이 있었다. 다만 그 시간이 그렇게 짧으리라는 것을 알았더라면!

그는 다시 시도해본다. 더 천천히. "네가 어릴 적 우리가 아직 케닐워스에 살았을 때, 옆집 사람들이 골든리트리버를 키웠지. 기억하는지 모르겠구나."

"희미하게요."

"수컷이었다. 그 개는 암컷 옆에만 가면 미쳐 날뛰었다. 그럴 때마다 주인들은 반사적으로 그 개를 두들겨팼지. 그 일은 그 불쌍한 개가 대체 어떻게 해야 할지 모를 때까지 계속됐다. 그 개는 암컷 냄새를 맡으면 귀를 납작하게 하고 꼬리를 다리 사이에 끼우고 정원 주위를 내달리곤 했다. 낑낑대며 숨으려고 하면서 말이다."

그는 잠시 말을 멈춘다. 루시가 말한다. "요점이 뭔지 모르겠어요."

그래, 요점은 무엇일까?

"그 광경에는 너무 야비한 게 있었다. 나는 그게 절망스러웠다. 개가 슬리퍼를 물어뜯으면 벌을 줘도 좋아. 개도 물어뜯는 것에 벌이 따르는 게 정당하다고 인정할 게다. 하지만 욕망은 다른 얘기지. 어떤 동물도 본능을 따르는 것 때문에 벌을 받는 것을 수긍하지 못할 거다."

"그렇다면 수컷은 제지당하지 않고 본능을 따라야 하나요? 그게 교훈인가요?"

"아니, 그건 교훈이 아니다. 케닐워스에서 본 그 광경에서 야비했던 건 그 불쌍한 개가 자기 본질을 증오하기 시작했다는 거였다. 그 개는 더이상 때릴 필요가 없었어. 스스로를 벌할 준비가 되어 있었던 거지. 그 지점에서는 총으로 쏴죽이는 게 더 나았을 거다."

"아니면 고쳐버리던가요."

"그럴지도 모르지. 하지만 그 개는 가장 깊숙한 내면에서는 총에 맞아 죽는 걸 선호했을지 모른다. 본능을 거부당하는 쪽과 거실 주위를 어슬렁어슬렁 걸어다니다가 한숨을 쉬고 고양이한테 코를 킁킁거리며 살이 피둥피둥 쪄가는 쪽 중에서 선택해야 하는 상황이라면, 총에 맞아 죽는 걸 택했을 거라는 말이다."

"아버지는 언제나 이런 식으로 생각하셨어요?"

"아니, 언제나 그런 건 아니었다. 때때로는 정반대로 생각했다. 욕망이라는 건 없이도 살 수 있는 짐이라고 말이야."

루시가 말한다. "제 생각도 그쪽에 가깝다는 걸 말씀드리고 싶네요."

그는 그녀가 말을 이어가기를 기다린다. 하지만 그녀는 그렇게 하지 않는다. "여하튼 전에 하던 얘기로 돌아가자면, 아버지는 안전하게 쫓겨난 거로군요. 속죄양이 황야에서 돌아다니는 동안, 아버지의 동료들은 다시 편안한 숨을 쉴 수 있게 되었고요."

의견일까? 질문일까? 그녀는 그가 그저 속죄양이라고 믿는 걸까?

그는 신중하게 말한다. "이 경우에는 속죄양이라는 말이 적합한 것 같지는 않다. 속죄양이 된다는 건 아직 그 뒤에 종교적인 힘이 작용하고 있을 때나 가능했지. 도시의 죄들을 양의 등에 매달고 몰아내면, 도시는 정화되었어. 그게 가능했던 건 신들을 포함해 모두가 그 의식을 어떻게 받아들여야 하는지 알았기 때문이야. 그런데 이제 신들은 죽었고, 갑자기 신의 도움 없이 도시를 정화해야 했어. 상징 대신에 실제 행위가 요구되었지. 로마적인 의미에서 검열관이 등장했다. 감시가 표어가 된 거야. 모든 걸 다 감시하게 된 거지. 정화의 자리를 숙청이 차지했어."

그는 자기 말에 빠져 강의를 하고 있다. 그는 결론에 이른다. "여하간 도시에 작별을 고하고, 내가 황야에서 찾은 일은 뭐지? 개를 돌보는 일, 거세와 안락사를 전문으로 하는 여자의 오른팔 노릇이다."

루시가 웃는다. "베브 말인가요? 베브가 억압적인 장치의 일부라고 생각하세요? 두려워하는 건 베브 쪽이에요! 아버지는 교수잖아요. 베브는 아버지 같은 구식 교수님을 만난 적이 없대요. 교수님 앞에서 문법을 틀리지나 않을까 조바심이 난대요."

세 남자가 그들 쪽으로 걸어온다. 세 남자가 아니라 두 남자와 한 소년이다. 그들은 시골 사람들답게 큰 보폭으로 빨리 걷는다. 루시 옆에 있던 개가 걸음을 늦추며 털을 곤두세운다.

그가 중얼거린다. "우리가 긴장해야 하나?"

"모르겠어요."

그녀는 도베르만의 가죽끈을 바짝 잡아당긴다. 남자들이 다가온다. 머리의 끄덕임. 인사. 그들이 지나친다.

"저 사람들 누구니?" 그가 묻는다.

"전에 본 적 없는 사람들이에요."

그들은 농장의 경계에 도착하자 뒤돌아선다. 낯선 사람들은 보이지 않는다.

집에 가까워지자 우리에 있는 개들이 법석을 떠는 소리가 들린다. 루시는 걸음을 재촉한다.

세 명이 거기에서 그들을 기다리고 있다. 소년이 우리 옆에서 씩씩거리며 개에게 위협적인 몸짓을 하는 동안, 두 남자는 떨어져 서 있다. 개들이 길길이 날뛰고 짖으며 물려고 한다. 루시 옆에 있던 개가 줄에서 벗어나려고 한다. 그가 입양했던 것처럼 느껴지는 늙은 불도그 암컷마저도 힘없이 으르렁거리고 있다.

루시가 소리친다. "페트루스!" 하지만 페트루스는 흔적도 없다. 그녀가 고함을 친다. "개들한테서 떨어져요. 햄버*!"

소년이 어슬렁거리며 그의 동료들에게 간다. 밋밋하고 표정 없는 얼굴에 돼지처럼 작은 눈을 한 그는 꽃무늬 셔츠와 헐렁한 바지를 입고

---

* 남아프리카 방언으로 '저리 가요'.

작은 노란색 모자를 쓰고 있다. 그의 동료들은 둘 다 작업복 차림이다. 그들 중 키가 큰 사람은 이마가 훤하고, 광대뼈에 각이 지고, 콧구멍이 크고, 얼굴이 잘생겼다. 눈에 띄게 잘생겼다.

루시가 접근하자 개들이 누그러진다. 그녀는 세번째 우리를 열고 도베르만 두 마리를 그 안에 집어넣는다. 용감한 행위다. 하지만 현명한 짓일까? 그는 속으로 이렇게 생각한다.

그녀가 남자들에게 말한다. "원하는 게 뭐죠?"

나이가 어린 사람이 말한다. "전화를 써야 해요."

그는 자기 뒤를 애매하게 가리키면서 말한다. "저 사람의 누이가 사고를 당했거든요."

"사고요?"

"네, 상태가 아주 나빠요."

"무슨 사고죠?"

"갓난애."

"누이가 아이를 낳는다고요?"

"네."

"당신들은 어디서 왔죠?"

"에라스머스크랄에서요."

그와 루시는 눈길을 교환한다. 삼림 거류지 안에 있는 에라스머스크랄은 전기도 없고 전화도 없는 마을이다. 그러니 그 얘기가 맞다.

"왜 삼림 거류지 전화를 쓰지 않았죠?"

"거기에는 아무도 없어요."

루시가 그에게 나직이 말한다.

"여기 밖에 계세요." 그런 다음 그녀는 소년에게 말한다. "누가 전화할 거예요?"

그는 크고 잘생긴 남자를 가리킨다.

그녀가 말한다.

"들어오세요." 그녀는 뒷문을 따고 들어간다. 키 큰 남자가 따라간다. 이내 두번째 남자도 그를 지나쳐 집안으로 들어간다.

그는 무언가가 잘못됐음을 깨닫는다. "루시, 이리 나와!" 한순간 그는 안으로 들어가야 할지, 아니면 밖에서 소년을 감시해야 할지 갈피를 못 잡고 소리친다.

집에서는 아무 소리도 나지 않는다. "루시!" 그가 다시 소리치고, 안으로 들어가려 한다. 그때 문이 잠긴다.

"페트루스!" 그는 최대한 크게 외친다.

소년은 몸을 돌려 앞문 쪽으로 달아난다. 그는 불도그를 놓아준다. 그가 소리친다. "가서 물어라!" 개는 무겁게 소년의 뒤를 쫓아간다.

그는 집 앞에서 그들을 따라잡는다. 소년은 콩줄기 지지대를 집어들고 개가 접근하지 못하게 막는다. "슈…… 슈…… 슈!" 그는 막대기로 허공을 찌르며 헐떡인다. 개는 나직이 으르렁거리며 좌우로 돈다.

그는 그들을 내버려두고 부엌문으로 다시 달려간다. 아래 문짝은 잠기지 않았다. 발로 몇 번 세게 차자 문짝이 열린다. 그는 부엌으로 기어들어간다.

정수리에 일격이 가해진다. 아직 의식이 있는 한 괜찮다. 그는 이렇게 생각할 시간이 있다. 그리고 수족이 늘어지며 무너진다.

그는 몸이 부엌바닥에서 끌려가는 것을 의식한다. 그리고 의식을 잃는다.

그는 차가운 타일에 얼굴을 댄 채 누워 있다. 일어서려고 해보지만 어찌된 일인지 다리가 움직이지 않는다. 다시 눈을 감는다.

그는 화장실, 루시의 집 화장실에 있다. 그는 현기증을 느끼며 일어선다. 문이 잠겨 있고 열쇠는 없다.

그는 변기에 앉아서 정신을 차리려 한다. 집안은 조용하다. 개들은 짖고 있지만 성이 나서라기보다는 의무감에서 그러는 것 같다.

"루시!" 그가 쉰 목소리로 부른다. 그리고 더 큰 소리로 부른다. "루시!"

문에 발길질을 하려 한다. 하지만 그는 정상이 아니다. 공간이 좁은 데다 문은 너무 낡았고 단단하다.

그렇게 시험의 날이 다가왔다. 그것은 경고도 없이, 나팔소리도 없이 왔다. 그는 그것의 한가운데에 있다. 심장이 너무 심하게 뛰는 것을 보면 멍청한 방식이지만 심장도 그것을 알고 있음이 틀림없다. 그와 그의 심장은 이 시험을 어떻게 견뎌낼까?

그의 아이가 낯선 사람들 손에 있다. 일 분 후면, 한 시간 후면 너무 늦을 것이다. 그 아이에게 무슨 일이 있든, 돌이킬 수 없는 일이 되어버리고 지나간 일이 되어버릴 것이다. 하지만 지금 너무 늦은 건 아니다. 지금 뭔가를 해야 한다.

그는 소리를 들으려고 신경을 곤두세우지만, 집안에서는 아무 소리도 들리지 않는다. 하지만 그의 아이가 소리를 치고 있다면 아무리 작은 소리라도, 틀림없이 그 소리를 들을 수 있을 것이다!

문을 두드린다. 그가 소리친다. "루시! 루시! 말 좀 해봐!"

문이 열린다. 그는 중심을 잃고 넘어진다. 그 앞에는 첫번째보다 키가 작은 두번째 남자가 1리터짜리 빈병의 목을 잡고 있다. 그 남자가 말한다. "열쇠."

"안 돼."

그 남자가 그를 떠민다. 그는 뒤로 비틀거리며 털썩 주저앉는다. 그 남자가 병을 든다. 그의 얼굴은 화난 기색도 없고 평온하다. 단지 그는 일, 누군가로부터 물건을 건네받는 일을 하고 있을 뿐이다. 그 일에 병으로 상대방을 내리치는 일이 포함되어 있다면, 필요하다면 몇 번이라도, 필요하다면 병이 깨질 때까지 내리칠 것이다.

그가 말한다. "가져가, 다 가져가라고. 내 딸만 가만둬."

그 남자는 아무 말 없이 열쇠를 받고 다시 그를 가둔다.

그는 몸을 떤다. 위험한 삼인조. 왜 그는 제때 그것을 알아보지 못했던가? 하지만 그들은 그를 해치는 것은 아니다. 아직은 아니다. 집안에 있는 물건만으로 충분할까? 루시도 해치지 않고 놔둘까?

집 뒤에서 목소리가 들린다. 개들이 짖는 소리가 다시 커지고 더 열기를 띤다. 그는 변기 위에 올라가서 창살을 통해 밖을 바라본다.

루시의 권총과 불룩한 쓰레기 봉지를 든 두번째 남자가 집 모퉁이를 돌아 막 사라지고 있다. 자동차 문이 쾅 닫힌다. 그는 자기 차 소리라는 것을 알아차린다. 그 남자가 빈손으로 다시 나타난다. 잠시 그들 둘은 서로의 눈을 똑바로 쳐다본다. "하이hai!" 그 남자가 이렇게 말하고 험상궂게 웃는다. 그리고 무슨 말인가 한다. 웃음이 터진다. 금세 그 소년이 합세한다. 그들은 창문 밑에 서서 그들의 포로를 살피며 어떻게 처치할지 얘기한다.

그는 이탈리아어를 할 줄 안다. 프랑스어도 할 줄 안다. 하지만 이탈리아어와 프랑스어가 아프리카의 가장 깊숙한 오지에 있는 그를 구해주지는 못할 것이다. 그는 무기력하다. 샐리 아줌마*이고, 만화 속 인물이고, 야만인들이 그를 끓는 가마 속에 넣을 준비를 하며 그들의 말로 뭐라고 지껄이는 동안, 두 손을 모으고 눈을 위로 치켜뜬 채 기다리고 있는, 사제복을 입고 모자를 쓴 선교사다. 선교사업. 그들을 향상시키겠다는 거창한 미션에서 뒤에 남은 것은 무엇인가? 그가 보기에는 아무것도 없다.

이제 키 큰 남자가 권총을 들고 나타난다. 그는 익숙한 동작으로 탄창을 넣고 총구를 개 우리에 들이민다. 무섭게 짖던 독일 셰퍼드 중 가장 큰 놈이 그것을 물어뜯으려 한다. 무거운 총성이 울린다. 피와 골이 우리에 튄다. 개 짖는 소리가 잠시 멈춘다. 그 남자는 두 발을 더 쏜다. 가슴에 맞은 한 마리는 즉사한다. 목에 맞은 다른 한 마리는 털썩 주저앉아 귀를 납작하게 하고 최후의 일격을 가해 쿠 드 그라스** 생각도 하지 않는 이 사람의 움직임을 눈으로 좇는다.

침묵이 내린다. 숨을 곳도 없는 나머지 세 마리는 우리 뒤편으로 물러가서 서로 엉킨 채 낮은 소리로 낑낑댄다. 그 남자는 격발 사이사이에 시간을 주고, 그들을 겨누며 쏜다.

복도를 따라오는 발소리. 화장실 문이 다시 활짝 열린다. 두번째 남자가 그 앞에 서 있다. 뒤에는 꽃무늬 셔츠를 입은 소년이 통에 든 아

---

* 샐리 아줌마라고 불리는 나무 인형에 공이나 막대기를 던져 입에 문 파이프를 떨어뜨리는 영국의 전통놀이. 비난의 대상을 비유하는 표현으로 쓰이기도 한다.
** 프랑스어로 '고통을 끝내줄'이라는 뜻.

이스크림을 먹고 있는 것이 얼핏 보인다. 그는 어깨를 밀치고 그 남자를 지나치려다가 쿵 하고 넘어진다. 넘어뜨리는 기술, 그들은 축구를 하면서 그것을 익혔음이 틀림없다.

넘어져 있는 그에게 머리부터 발까지 무슨 액체가 끼얹어진다. 눈이 타는 듯하다. 그는 그것을 닦으려고 한다. 그는 메틸알코올 냄새를 알아챈다. 일어나려고 버둥거리던 그는 화장실로 밀쳐진다. 성냥을 긋는 소리. 즉시 그는 서늘한 푸른색 화염에 휩싸인다.

그가 잘못 생각했다! 그들은 결국 그와 그의 딸을 쉽게 놔주지 않을 것이다! 그는 불에 타 죽을 수 있다. 그가 죽을 수 있다면, 루시도 죽을 수 있다. 특히 루시가!

그는 미친 사람처럼 자신의 얼굴을 친다. 그의 머리에 불이 붙으며 딱딱 소리가 난다. 그는 알아들을 수 없고 오직 두려움으로 가득찬 비명을 지르며 이리저리 날뛴다. 그는 일어서려고 하다가 다시 주저앉는다. 잠시 눈이 밝아진다. 그는 그의 얼굴에서 몇 인치 떨어진 곳에 있는 남색 작업복과 신발 한 짝을 본다. 신발의 발가락 부분이 위로 말려 있다. 신발 밑창에는 풀이 붙어 있다.

화염이 그의 손등에서 소리 없이 춤을 춘다. 그는 무릎을 꿇고 손을 변기통에 넣는다. 그의 뒤로 문이 닫히고 열쇠가 돌아간다.

그는 변기통에 몸을 굽히고 물을 얼굴에 뿌리고 머리에 끼얹는다. 그슬린 머리에서 지독한 냄새가 난다. 그는 일어서서 옷에 붙은 마지막 불길을 끈다.

그는 종이를 뭉쳐 얼굴을 닦는다. 눈이 쑤신다. 한쪽 눈꺼풀은 이미 닫히고 있다. 그는 머리를 한 손으로 쓸어본다. 손끝에 까만 재가 묻어나온다. 한쪽 귀 윗부분을 제외하면 머리카락이 없어진 것 같다. 두피 전체가 아프다. 모든 곳이 아프다. 모든 것이 태워졌다. 태워지고 burned, 타버렸다burnt.

그가 소리친다. "루시! 여기 있니?"

푸른 작업복을 입은 두 사람에게 저항하며 몸부림치는 루시의 환영이 보인다. 그는 그 모습을 지우려 괴로워한다.

그는 차의 시동이 걸리는 소리와 타이어가 자갈 위를 굴러가는 소리를 듣는다. 끝났는가! 그들은 정말로 가는가?

"루시!" 그는 목소리에 광기가 돌 때까지 거듭 소리를 친다.

마침내, 다행스럽게도 열쇠가 돌아간다. 그가 문을 열 때쯤, 루시는 그에게 등을 돌리고 있다. 그녀는 목욕 가운을 입고, 맨발에 머리가 젖어 있다.

그는 그녀를 따라서 부엌 쪽으로 간다. 냉장고는 열려 있고 음식은 모두 바닥에 흩어져 있다. 그녀는 뒷문에 서서 개 우리의 살육 현장을 바라보고 있다. "내 아가들! 내 아가들!" 그는 그녀가 중얼거리는 소리를 듣는다.

그녀는 첫번째 우리를 열고 들어간다. 목에 총을 맞은 개는 아직도 숨이 붙어 있다. 그녀는 몸을 굽히고 개한테 무슨 말인가를 한다. 개가 희미하게 꼬리를 흔든다.

"루시!" 그가 다시 부른다. 그녀는 처음으로 고개를 돌려 그를 바라본다. 그녀는 얼굴을 찡그리며 말한다. "그들이 대체 아버지한테 무슨 짓을 한 거죠?"

그가 말한다. "아가!" 그는 그녀를 따라 우리로 들어가 그녀를 안으려고 한다. 그녀는 부드럽지만 단호하게 몸을 빼낸다.

거실은 뒤죽박죽이다. 그의 방도 그렇다. 그의 재킷, 좋은 구두는 가져가버리고 없다. 그것은 단지 시작일 뿐이다.

그는 거울 속의 자기 모습을 바라본다. 그의 머리에서 남은 것은 갈색 재밖에 없다. 그것이 두피와 이마를 덮고 있다. 그 밑의 두피는 불그죽죽하다. 그는 피부를 만져본다. 고통스럽다. 분비물이 나오기 시작한다. 한쪽 눈꺼풀은 부어서 닫혔고, 눈썹은 사라지고 없고, 속눈썹도 사라지고 없다.

그는 욕실로 간다. 하지만 문이 잠겨 있다. 루시의 목소리가 들린다.
"들어오지 마세요."

"너 괜찮니? 다쳤니?"

어리석은 질문들. 그녀는 대답하지 않는다.

그는 부엌의 수도꼭지 밑에서 머리 위에 물을 몇 컵씩 부으며 재를 씻어내려 한다. 물이 그의 등을 타고 흘러내린다. 차가움에 소름이 돋기 시작한다.

그는 생각한다. 이것은 매일, 매시간, 매분, 이 나라의 모든 지역에서 일어나는 일이다. 살아 있음을 다행으로 생각해라. 이 순간, 속력을 내며 달리는 차 안에 포로로 잡혀 있거나 머리에 총알이 박혀 협곡 밑에 있지 않음을 다행으로 생각해라. 루시도 다행이라고 생각해라. 특히 루시가.

차 한 대, 구두 한 켤레, 담배 한 갑과 같은 것을 소유하는 것에 따르는 위험. 차도, 구두도, 담배도 사람들에게 분배되기에 충분치 않다. 너무 많은 사람들에 너무 적은 물건들. 모든 사람이 하루 정도는 행복할 기회를 갖도록, 모든 것이 순환되어야 한다. 그것이 이론이다. 그 이론을 고수하고, 그 이론이 주는 위안을 고수하는 것이다. 인간의 사악함이 아니라 동정과 두려움과는 관련이 없는 거대한 순환 시스템일 뿐이다. 이 나라의 삶은 그런 식으로 바라보아야 한다. 그런 구조적 차원에서 바라보아야 한다. 그러지 않으면 미쳐버릴 것이다. 차와 신발, 여자들도 마찬가지다. 그 시스템에는 여자들과 그들에게 일어나는 일들을 위한 틈새가 있어야 한다.

루시가 그의 뒤에 와 있다. 그녀는 이제 헐거운 바지와 레인코트를 입고 있다. 머리는 뒤로 빗겨져 있고, 얼굴은 깨끗하지만 아주 멍한 표정이다. 그는 그녀의 눈을 들여다본다. 그가 말한다. "아가, 아가……" 갑작스럽게 눈물이 솟구치며 목이 멘다.

그녀는 그를 위로하려고 손가락 하나 까딱하지 않는다. "머리가 끔찍하군요. 욕실 캐비닛에 베이비오일이 있어요. 좀 바르세요. 아버지 차가 없어졌어요?"

"그래. 내 생각에 그들은 포트엘리자베스 쪽으로 간 것 같다. 경찰에 전화를 해야겠다."

"못해요. 전화기가 부서졌어요."

그녀는 그의 곁을 떠난다. 그는 침대에 앉아 기다린다. 담요로 몸을 싸고 있지만 아직도 몸이 떨린다. 한쪽 팔목이 붓고 쑤신다. 어떻게 다쳤는지 기억나지 않는다. 벌써 어두워지고 있다. 오후 전체가 순식간에 지나가버린 것 같다.

루시가 돌아온다. "그자들이 콤비 타이어의 바람을 빼놓았어요. 에팅어 씨 댁까지 걸어가려고 해요. 오래 걸리지 않을 거예요." 그녀는 말을 멈춘다. "아버지, 사람들이 물으면, 아버지한테 무슨 일이 있었는지만 얘기하시겠어요?"

그는 무슨 말인지 이해하지 못한다.

그녀는 반복한다. "아버지한테 무슨 일이 있었는지 얘기하세요. 저는 저한테 무슨 일이 일어났는지 얘기할 테니까요."

그는 점점 더 목이 쉬어가는 목소리로 말한다. "넌 실수하는 거야."

그녀가 말한다. "아뇨, 그렇지 않아요."

그가 그녀에게 팔을 내밀며 말한다. "우리 아가, 우리 아가!" 그녀가 다가오지 않자 그는 담요를 치우고 일어서서 그녀를 안는다. 그녀는 그에게 안긴 채 아무 반응도 하지 않고 장대처럼 굳어 있다.

12

에팅어는 강한 독일어 억양으로 영어를 구사하는 무뚝뚝한 노인이
다. 부인은 죽고 자식들은 독일로 돌아가고 없다. 혼자 아프리카에 남
아 있다. 그는 3000cc 픽업트럭에 루시를 태우고 도착한다. 그는 시동
을 켜둔 채 기다린다.

"네, 나는 베레타 없이는 아무데도 가지 않죠." 차가 그레이엄스타
운 도로에 들어서자 그가 말한다. 그는 허리춤에 찬 권총집을 두드린
다. "최상의 방책은 자구책을 마련하는 겁니다. 경찰은 더이상 사람을
지켜주지 못하니까요. 그건 확실해요."

에팅어가 맞을까? 만약 그가 총을 갖고 있었다면 루시를 구할 수 있
었을까? 그랬을 것 같지는 않다. 만약 그가 총을 갖고 있었다면, 그는
지금쯤 죽어 있을지도 모른다. 그와 루시 둘 다.

그는 자기 손이 아주 가볍게 떨리는 것을 의식한다. 루시는 가슴 위로 팔짱을 끼고 있다. 그녀도 떨리기 때문일까?

그는 에팅어가 그들을 경찰서로 데려갈 거라고 생각했다. 알고 보니 루시가 병원으로 데려다달라고 한 모양이었다.

그는 그녀에게 묻는다. "나를 위해서냐, 아니면 너를 위해서냐?"

"아버지를 위해서죠."

"경찰이 나도 보자고 하지 않을까?"

"아버지가 그들에게 제가 할 수 없는 얘기를 할 수 있는 건 없어요. 아니면, 있나요?"

병원에 도착한 그녀는 응급실이라고 쓰인 문을 열고 들어가 서류를 작성하고 그를 대기실에 앉힌다. 그는 떨림이 몸 전체로 퍼져나간 반면, 그녀는 아주 강하고 단호하게 행동한다.

"진료가 끝나면 여기서 기다리세요. 모시러 올 테니까요."

"너는 진료 안 받을 거니?"

그녀는 어깨를 으쓱한다. 설령 몸을 떨고 있다 해도 겉으로 드러나지는 않는다.

한쪽 옆에는 자매인 듯한 몸집 큰 두 여자가 앉아 있는데, 그중 한 사람은 신음하는 아이를 안고 있다. 다른 쪽 옆에는 피 묻은 솜으로 손을 감싸쥔 남자가 앉아 있다. 그의 대기 순서는 열두번째. 벽에 있는 시계가 다섯시 사십오분을 가리킨다. 자매가 계속 귓속말, 쉬쇼탕트*를 하는 사이, 그는 성한 눈을 감고 까무러친다. 눈을 뜨자 시계는 아직도

---

* 프랑스어로 '귓속말'.

다섯시 사십오분을 가리킨다. 고장인가? 아니다. 분침이 움직이면서 다섯시 사십육분을 가리키고 있다.

두 시간이 지나서야 간호사가 그를 부른다. 유일한 당직 의사인 젊은 인도 여자를 만나려면 아직도 한참을 더 기다려야 한다.

그녀는 두피 화상은 심각하지 않지만 염증이 있을지 모르니 조심해야 한다고 말한다. 그녀는 그의 눈을 살피는 데 더 많은 시간을 보낸다. 위아래 눈꺼풀이 붙어 있어서 떼려니 굉장히 아프다.

그녀가 검사를 마치고 말한다. "운이 좋군요. 눈은 상하지 않았어요. 석유를 끼얹었다면 상황이 달라졌을 거예요."

그는 머리는 약을 발라 붕대로 감고, 한쪽 눈은 가리고, 손목에는 얼음팩을 댄 모습으로 나온다. 놀랍게도 대기실에는 빌 쇼가 와 있다. 그보다 머리 하나가 작은 빌이 그의 어깨를 잡는다. "충격적이군요. 너무 충격적이에요. 루시는 우리집에 와 있어요. 당신을 데리러 오겠다고 우기는 걸 베브가 말렸어요. 좀 어떠세요?"

"괜찮아요. 가벼운 화상이니 심각할 것은 없답니다. 우리가 당신들의 저녁시간을 망쳐서 미안하게 됐네요."

빌 쇼가 말한다. "말도 안 되는 소리 마세요! 이런 때 서로 돕지 않으면 친구가 무슨 소용입니까? 당신도 똑같이 했을 겁니다."

상대방은 반어적 의미 없이 말한 건데 그 말들이 그에게 머물며 사라지지 않으려 한다. 빌 쇼는 만약 그가, 빌 쇼가, 머리를 맞고, 머리가 불에 탔다면 그가, 데이비드 루리가, 병원으로 차를 몰고 가서, 읽을 만한 신문도 없이 기다리고 앉아 있다가 집으로 데려가리라고 믿는다. 빌 쇼는 그와 데이비드 루리가 한때 차 한 잔을 같이 마셨기 때문에 데이비드 루리가 그의 친구고 둘은 서로에게 의무감이 있다고 믿는다. 빌 쇼가 맞나, 아니면 틀렸나? 200킬로미터도 떨어지지 않은 행키에서 태어나 철물점 일을 하는 빌 쇼는 세상 경험이 너무 적어 쉽게 친구가 되려 하지도 않고, 우정을 회의적인 눈으로 바라보는 남자들이 있음을 모르는 걸까? 현대 영어의 friend는 고대 영어 freond에서 유래했으며, 이는 다시 사랑을 뜻하는 freon에서 유래한 말이다. 빌 쇼의 눈에는 차를 같이 마시는 것이 사랑의 유대를 굳건히 하는 것으로 비칠까? 그러나 빌과 베브 쇼가 없었다면, 에팅어 노인이 없었다면, 일종의 유대감이 없었다면, 그는 지금 어디에 있을까? 부서진 전화기와 죽은 개들과 함께 쑥대밭이 된 농장이었겠지.

빌 쇼가 다시 차 안에서 말한다. "충격적인 일입니다. 잔혹한 일입니다. 그런 건 신문에서 읽는 것만으로도 충분히 나쁩니다. 그런데 아는 사람에게 그런 일이 일어나니," 여기에서 그는 고개를 젓는다. "실제로 깨닫게 되네요. 다시 한번 전쟁을 겪은 것 같네요."

그는 굳이 대꾸하지 않는다. 하루는 아직 죽지 않고 살아 있다. 전쟁, 잔혹성 등 이날을 요약하는 모든 말들을, 하루는 검은 목구멍으로 다 삼켜버린다.

베브 쇼가 문에서 그들을 맞는다. 그녀는 루시가 진정제를 먹고 누워 있으니 방해하지 않는 것이 좋겠다고 말한다.

"경찰서에 갔었답니까?"

"네, 당신 차에 대한 공지가 나갔대요."

"의사한테도 갔었답니까?"

"전부 다 처리했답니다. 당신은 어때요? 루시 얘기로는 심한 화상을 입었다던데."

"화상은 입었지만 곁에서 보는 것처럼 심하지는 않아요."

"그럼 뭐라도 좀 드시고 쉬세요."

"배는 고프지 않습니다."

그녀는 커다란 구식 주철 욕조에 물을 받아준다. 그는 김이 올라오는 물속에서 창백한 몸을 뻗고 긴장을 풀려고 한다. 하지만 거기에서 나오려다 넘어질 뻔한다. 갓난애처럼 힘이 없고 현기증까지 난다. 그는 빌 쇼를 부르고, 욕조에서 나와 몸을 닦고 빌린 파자마를 입는 동안 그의 도움을 받는 굴욕을 견뎌야 한다. 나중에 그는 빌과 베브가 낮은 목소리로 얘기하는 소리를 듣고, 그들이 자신에 관해서 얘기하고 있음을 안다.

그는 병원에서 진통제 한 통과 화상 소독 용품과 머리를 받치는 작은 알루미늄 기구를 갖고 왔다. 베브 쇼는 고양이 냄새가 나는 소파에 그를 눕힌다. 그는 놀랄 만큼 편한 잠에 빠진다. 한밤중 너무 생생한 느낌과 함께 잠에서 깬다. 그는 루시가 자신에게 얘기하는 환영을 보았다. "저한테 오세요, 절 구해주세요!" 루시의 말이 아직도 그의 귀에 울린다. 환영 속의 그녀는 하얀 빛이 비치는 가운데, 젖은 머리를 뒤로 빗어넘긴 채 손을 앞으로 내밀고 있다.

그는 일어나다 의자에 발이 걸려 넘어진다. 의자가 우당탕탕 넘어진다. 불이 켜진다. 잠옷을 입은 베브가 앞에 서 있다. "루시와 얘기를 해야겠어요." 그는 중얼거린다. 입이 마르고 혀가 돌아가지 않는다.

루시가 머무는 방의 문이 열린다. 루시는 환영 속의 모습과 전혀 다르다. 그녀의 얼굴은 잠 때문에 부석부석하다. 그녀는 자기 것이 아닌

가운의 허리끈을 조인다.

그가 말한다. "미안하다. 꿈을 꿨거든." 갑자기, 환영이라는 말이 너무 구태의연하고 이상하게 느껴진다. "네가 나를 부르는 줄 알았다."

루시가 고개를 젓는다. "아니에요. 가서 주무세요."

물론 그녀의 말이 맞다. 새벽 세시다. 하지만 그는 그녀가 하루에 두 번째로, 아이에게 하는 투로, 아이나 노인에게 하는 투로, 자기한테 말을 했다는 사실을 알아채지 않을 수가 없다.

그는 다시 잠을 자려고 하지만 그럴 수가 없다. 약의 효과 때문인 것이 분명하다. 환영이 아니고 꿈도 아닌 단순한 화학적 환각 상태랄까. 그런데도 빛 속에 있던 여자의 모습은 아직도 그 앞에 있다. "절 구해주세요!" 그의 딸이 울부짖는다. 그녀의 말이 너무 또렷하고 절박하게 귀에 울린다. 루시의 영혼이 그녀의 몸을 떠나 그에게로 온 걸까? 영혼의 존재를 믿지 않는 사람들에게도 영혼이 있고, 그 영혼은 독립적으로 존재하는 걸까?

동이 트려면 아직도 몇 시간 남았다. 팔목이 아프고, 눈이 쓰리고, 두피가 아프고 예민하다. 그는 조심스럽게 램프를 켜고 일어난다. 담요로 몸을 감싼 채 루시 방으로 간다. 침대 곁에 의자가 있다. 앉는다. 그는 그녀가 깨어 있다는 것을 직감으로 안다.

그는 무엇을 하는 걸까? 그는 그의 어린 딸에게 해가 닥치지 않고, 악령이 다가오지 못하도록 지키고 있다. 한참 후, 그는 그녀의 몸이 편안해지는 것을 느낀다. 그녀의 입이 벌어질 때 나는 부드러운 소리, 부드럽게 코를 고는 소리.

아침이다. 베브 쇼는 그에게 아침식사로 콘플레이크와 차를 주고, 루시의 방으로 사라진다.

그는 그녀가 돌아오자 묻는다. "그애는 어때요?"

베브 쇼는 간단하게 고개를 흔들 뿐이다. 당신이 상관할 일이 아니에요. 이렇게 말하는 것 같다. 생리, 출산, 폭력과 후유증. 피의 문제. 여자의 짐, 여자들의 영역.

여자들은 여자들끼리 살면서 그들이 원할 때만 남자들의 방문을 허락하면 더 행복하지 않을까. 그가 이런 생각을 하는 것은 처음이 아니다. 어쩌면 그가 루시를 동성애자라고 생각하는 것은 잘못인지 모른다. 어쩌면 그녀는 단지 여자 친구를 더 선호하는 것일지 모른다. 혹은 레즈비언이란 그런 걸지 모른다. 남자들을 필요로 하지 않는 여자들.

그들이, 그녀와 헬렌이, 강간에 대해서 그렇게 격렬하게 반응하는 것도 놀랄 일이 아니다. 강간, 혼돈과 혼합의 신, 독거獨居의 침입자. 처녀를 강간하는 것보다 더 나쁜 레즈비언의 강간. 더 파괴적이다. 그들은, 그 남자들은, 그들이 무슨 짓을 하고 있는지 알았을까? 그런 얘기가 떠돌았었나?

아홉시, 빌 쇼가 일터에 나간 후 그는 루시의 방문을 두드린다. 그녀는 얼굴을 벽으로 향하고 누워 있다. 그는 그녀의 옆에 앉아 그녀의 볼을 만진다. 볼이 눈물로 젖어 있다.

그가 말한다. "이게 쉽게 얘기할 문제는 아니다만 의사한테 갔었니?"

그녀는 일어나 앉으며 코를 푼다. "지난밤 일반의가 진찰했어요."

"그가 만일의 경우에 대비하고 있는 거지?"

그녀가 말한다. "그녀예요. 그가 아니라 그녀예요. 아뇨." 그녀의 목소리에 돌연한 분노가 서린다. "그녀가 어떻게 그럴 수 있죠? 어떻게 의사가 만일의 경우에 대비할 수 있죠? 정신 좀 차리세요!"

그는 일어선다. 만약 그녀가 그렇게 예민하기로 치면 그도 예민해질 수 있다. "그런 걸 물어봐서 미안하구나. 오늘 우리 계획은 뭐니?"

"계획이라고요? 농장으로 돌아가서 치우는 거죠."

"그런 다음엔?"

"그런 다음엔 전처럼 사는 거고요."

"농장에서?"

"물론이죠. 농장에서."

"루시, 정신 차려라. 상황이 바뀌었다. 우리가 멈췄던 곳에서 계속 살 수는 없다."

"왜 안 되죠?"

"좋은 생각이 아니니까. 안전하지 못하니까."

"안전한 적은 없었어요. 좋든 나쁘든 그건 생각이 아니에요. 전 생각 때문에 돌아가는 게 아니에요. 그냥 돌아가는 것뿐이에요."

빌린 가운을 입은 그녀가 일어나 앉는다. 그녀는 목을 꼿꼿이 세우고 눈을 반짝이며 그에게 맞선다. 아버지의 어린 딸이 아니다. 더이상 아니다.

13

그들이 출발하기 전, 그는 붕대를 바꿔 감아야 한다. 베브 쇼는 비좁고 작은 욕실에서 붕대를 푼다. 눈꺼풀은 아직 닫혀 있고, 두피에는 물집이 잡혀 있다. 하지만 다친 곳이 그렇게 나쁜 상태는 아니다. 가장 고통스러운 부분은 그의 오른쪽 귀 가장자리다. 젊은 의사가 말했던 것처럼 그곳은 그의 몸에서 실제로 불이 붙었던 유일한 곳이다.

베브는 소독약으로 분홍색 속살이 드러난 두피 부위를 씻은 다음, 그 위에 핀셋으로 미끌미끌한 노란 붕대를 댄다. 그러고는 조심스럽게 눈꺼풀과 귀에 약을 바른다. 그녀는 그 일을 하는 동안 말을 하지 않는다. 그는 동물병원의 염소를 떠올리며 그녀의 손에 몸을 맡기고, 염소도 자기처럼 평화로운 기분이었을까 궁금해한다.

"됐어요." 마침내 그녀가 뒤로 물러서며 말한다.

그는 산뜻한 흰 모자를 쓰고 한쪽 눈을 가린 거울 속의 자신을 바라본다. "말쑥하네요." 그는 이렇게 말하지만, 자신이 미라 같다고 생각한다.

그는 강간 얘기를 다시 하려고 한다. "지난밤 루시는 일반의한테 진찰을 받았다고 하더군요."

"네."

그는 더 비집고 들어간다. "임신할 위험도 있고, 성병에 걸릴 위험도 있고, 에이즈에 걸릴 위험도 있어요. 산부인과의사한테 가야 하는 거 아닐까요?"

베브 쇼는 불편한 듯 몸을 움직인다. "루시한테 직접 물어보세요."

"물어봤어요. 난 그애를 이해하지 못하겠어요."

"다시 물어보세요."

열한시가 넘었다. 하지만 루시는 나타날 기미가 없다. 그는 무작정 정원 주위를 거닌다. 기분이 우울해진다. 단지 자신을 어떻게 해야 할지 몰라서가 아니다. 어제 있었던 일은 그에게 깊은 충격을 줬다. 몸이 떨리고 약해지는 것은 그런 충격에 대한 피상적인 반응일 뿐이다. 그는 몸안에 있는 중요한 기관이, 어쩌면 그의 심장이, 멍들고 능욕당했다는 느낌을 받는다. 처음으로 그는 뼛속까지 피곤해지고, 희망이 없고, 욕망도 없고, 미래에 무관심한 노인이 된다는 것이 뭔지 느낀다. 닭털과 썩은 사과에서 나는 악취 속에서 그는 플라스틱 의자에 쭈그리고 앉아, 세상에 대한 관심이 한 방울, 한 방울 자신에게서 고갈되는 것을 느낀다. 피가 다 빠져나갈 때까지는 몇 주, 아니 몇 달이 걸릴지 모르지만 그는 계속 피를 흘리고 있다. 그는 그것이 끝날 때쯤이면 거미줄에 걸려 있는 파리 껍질처럼, 손을 대기만 해도 부서지고, 쌀겨보다 가볍고, 어디론가 날아가버릴 것 같다.

그는 루시의 도움을 기대할 수 없다. 루시는 조용히 인내심을 갖고, 어둠 속에서 자기 길을 찾아 빛으로 나와야 한다. 그녀가 자신을 다시 찾을 때까지, 일상을 꾸려갈 책임은 그에게 있다. 하지만 그것이 너무 갑자기 닥쳤다. 농장, 정원, 개 우리는 그가 아직 떠맡을 준비가 되지 않은 짐이다. 루시의 미래, 그의 미래, 이 땅의 미래. 이런 것 모두가 무관심한 문제일 뿐이라고 그는 말하고 싶다. 그런 건 모두 개들한테나 줘라. 나는 상관없다. 그들을 찾아왔던 자들에 대해 얘기하자면, 그들이 어디에 있건 험한 꼴을 당했으면 싶다. 하지만 그 외에는 그들에 대해서 생각하고 싶지 않다.

단지 후유증이겠지. 침략의 후유증이겠지. 그는 이렇게 생각한다. 조금 지나면 몸은 저절로 치유되고 그 속에 있는 혼인 내 자아는 다시 예전의 모습을 되찾겠지. 하지만 그는 그것이 진실이 아님을 안다. 삶에 대한 즐거움이 사라져버렸다. 시냇물 위에 떠 있는 나뭇잎처럼, 산들바람에 날리는 민들레 씨앗처럼, 그는 자신의 종말을 향해 떠내려가기 시작했다. 그는 그것을 아주 분명하게 본다. 그것은 그를 (아무리 해도 적절한 말이 떠오르지 않는다) 절망감으로 채운다. 생명의 피가 그의 몸을 떠나가고, 절망감이, 가스처럼 색깔도 없고 맛도 없고 영양도 없는 절망감이 그 자리를 차지한다. 그것을 들이마시면 수족의 긴장이 풀리고 칼날이 목에 닿는 순간조차 더이상 상관하지 않게 된다.

현관 벨이 울린다. 말쑥한 제복을 입은 젊은 경찰관 두 명이 수사에 착수하려고 한다. 루시는 어제와 똑같은 옷을 입고 초췌한 모습으로 방에서 나온다. 그녀는 아침식사를 하지 않겠다고 한다. 그들의 트럭 뒤를 경찰이 따라온다. 베브는 그들을 태우고 농장으로 간다.

개들의 시체가 우리 안에 그대로 놓여 있다. 불도그 케이티는 아직도 주변에 있다. 그들은 거리를 지키며 마구간 옆으로 살금살금 달아나는 개를 얼핏 바라본다. 페트루스는 기척도 없다.

안으로 들어가자 두 경찰관은 모자를 벗어 겨드랑이에 낀다. 그는 뒤로 물러서서 루시가 그들에게 선별적인 얘기를 하도록 놔둔다. 그들은 정중하게 그녀의 말을 듣고 펜을 신경질적으로 사각거리며 그녀가 하는 말을 죄다 노트에 적는다. 그들은 그녀와 같은 세대지만 그녀가 불편한 모양이다. 마치 그녀가 오염당한 존재이고 그 오염이 그들에게 넘어와 그들을 오염시키기라도 할 것처럼.

그녀가 얘기한다. 세 남자, 혹은 두 남자와 한 소년이 속임수를 써서 집안에 들어와(그녀는 물건들을 하나씩 열거한다) 돈, 옷, TV, CD 플레이어, 장전된 권총 등을 가져갔다. 그들은 그녀의 아버지가 저항하자 그를 공격하고 몸에 알코올을 뿌리고 불을 질렀다. 그런 다음 개들을 죽이고 그의 차를 몰고 가버렸다. 그녀는 그 남자들의 모습과 그들의 옷차림과 차에 대해 묘사한다.

루시는 그런 얘기를 하는 동안 그에게서 힘을 얻으려는 듯, 혹은 자신의 말을 반박할 테면 반박해보라는 듯, 그를 응시한다. "그 모든 일이 벌어지는 데 얼마나 걸렸습니까?" 경찰 중 하나가 묻자 그녀가 대답한다. "이십 분 아니면 삼십 분 정도예요." 사실이 아니다. 그도 알고 그녀도 안다. 그것보다 훨씬 오래 걸렸다. 얼마나 오래? 그 남자들이 그 집의 여자를 갖고 하는 일을 끝내는 데 필요한 만큼 오래.

하지만 그는 끼어들지 않는다. 상관없다. 그는 루시가 하는 얘기를 거의 듣지 않는다. 지난밤부터 기억의 가장자리에 떠돌고 있던 말들이 형태를 갖추기 시작한다. 화장실에 갇힌 두 노파 / 월요일부터 토요일까지 거기 있었네 / 그들이 거기에 있다는 걸 아무도 몰랐네.[*] 그는 딸이 당하는 동안 화장실에 갇혀 있었다. 어렸을 때 듣던 그 노래가 그에게 손가락질을 한다. 아, 저런 무슨 일이 있었을까? 루시의 비밀, 그의 치욕.

경찰관들은 조심스럽게 집안을 조사한다. 핏자국도 없고, 넘어진 가구도 없다. 난장판이던 부엌은 치워져 있다(루시가 치웠을까? 언제 치웠을까?). 화장실 문 뒤에 사용한 성냥개비 두 개가 있다. 그들은 그것을 보지도 못한다.

루시의 방에 있는 더블베드는 침구가 벗겨져 있다. 범죄의 현장. 그는 이렇게 생각한다. 경찰관이 그의 생각을 읽은 것처럼 눈을 옆으로 돌리고 지나간다.

더도 아니고 덜도 아닌, 겨울 아침의 고요한 집.

그들은 떠나면서 말한다. "수사관이 와서 지문을 채취할 겁니다. 물건에 손을 대지 않도록 하세요. 그들이 가져간 다른 물건이 기억나면 경찰서로 연락해주세요."

그들이 떠나자마자 전화를 수리하는 사람들이 도착하고, 이어서 에팅어 노인이 도착한다. 에팅어는 어디로 가고 없는 페트루스에 대해 음산한 목소리로 얘기한다. "그들 중 누구도 믿을 수 없습니다." 그는 자기 아이를 보내 콤비를 고치게 하겠다고 말한다.

---

[*] 영국 동요 〈Oh, Dear, What Can the Matter Be〉를 패러디한 노래 〈Seven Old Ladies〉의 구절.

루시는 과거에는 누가 아이boy라는 표현을 쓰면 머리끝까지 화를 내곤 했다.* 그런데 지금은 아무런 반응도 하지 않는다.

그는 에팅어를 문까지 배웅한다.

에팅어가 말한다. "가엾은 루시. 무척 힘들었을 거예요. 하기야 상황이 더 나쁠 수도 있었죠."

"그래요? 어떻게요?"

"그들이 그녀를 데리고 가버릴 수도 있었을 테니까요."

그 말에 그는 갑자기 말을 멈춘다. 에팅어는 바보가 아니다.

마침내 그와 루시만 남는다. 그가 제안한다. "묻을 곳을 알려주면 내가 개들을 묻겠다. 주인들한테는 뭐라고 말할 거니?"

"사실대로 말해줄 거예요."

"보험회사에서 그걸 보상해줄까?"

"모르겠어요. 보험회사가 대량 학살까지 보상해줄지는 모르겠어요. 알아봐야죠."

말이 잠시 멈춘다. "루시, 왜 벌어진 일을 전부 얘기하지 않았니?"

"다 했어요. 제가 말한 게 전부예요."

그가 미심쩍게 고개를 젓는다. "물론 너한테도 이유가 있겠지. 더 넓게 생각했을 때, 이게 최선의 길이라고 확신하니?"

그녀는 대답하지 않는다. 그리고 그는 당장은 그녀를 더이상 추궁하지 않는다. 하지만 그의 생각은 어쩌면 다시는 못 보게 되겠지만 영원히 그의 삶의 일부가 되고 딸의 삶의 일부가 된 세 난입자, 세 침입자,

---

* 아파르트헤이트 시절에는 백인들이 흑인들을 나이와 상관없이 '아이(boy)'라고 불렀다.

그 남자들에게 돌아간다. 그 남자들은 신문을 읽고 사람들이 하는 얘기를 들을 것이다. 그리고 그들이 단순한 강도와 습격 혐의로만 수배를 받고 있음을 알게 될 것이다. 그들은 여자의 몸과 관련해서는 침묵이 담요처럼 드리워져 있음을 분명하게 알 것이다. 너무 수치스럽겠지, 얘기하기에는 너무 수치스럽겠지. 그들은 이렇게 말하고 자기들이 한 일을 떠올리며 낄낄댈 것이다. 루시는 그들의 승리를 인정할 준비가 되어 있는가?

그는 루시가 얘기한 대로, 경계선 근처에 구덩이를 판다. 개 여섯 마리의 무덤. 최근에 갈아놓은 땅이지만 구덩이를 파는 데 한 시간은 족히 걸린다. 땅 파기가 끝날 때쯤 등과 팔이 쑤시고 팔목이 다시 아프다. 그는 개들의 시체가 담긴 손수레를 민다. 목에 구멍이 난 개는 아직도 피 묻은 이빨을 드러내고 있다. 그는 생각한다. 통 속에 든 물고기를 쏘는 것 같았겠지. 경멸스럽지만 어쩌면 유쾌한 행동이었는지도 모른다. 흑인 냄새를 맡는 것만으로도 짖도록 개들을 훈련시키는 이 나라에서는 말이다. 모든 복수처럼 짜릿한, 만족스러운 오후의 과업이었겠지. 그는 개들을 하나씩 구덩이에 던지고 흙으로 덮는다.

그가 돌아오니, 루시는 곰팡내나는 작은 식료품 저장실에 캠핑용 침대를 설치하고 있다.

"이건 누구 거니?"

"제 거죠."

"다른 방도 있잖아."

"천장 널이 떨어졌어요."

"뒤에 있는 큰 방은?"

"냉장고 소리가 너무 시끄러워요."

사실이 아니다. 뒷방에 있는 냉장고는 거의 소리가 나지 않는다. 루시가 거기에서 잘 수 없는 이유는 냉장고에 들어 있는 것 때문이다. 더 이상 필요 없게 된, 개들을 위한 내장, 뼈, 푸줏간에서 사 온 고기 때문이다.

그가 말한다. "내 방을 써라. 내가 여기서 자겠다." 즉시 그는 그의 물건들을 치우기 시작한다.

그러나 그는 정말로, 한쪽 구석에는 빈 통조림 병이 든 상자들이 쌓여 있고, 남쪽으로 난 작은 유리창 하나밖에 없는 지하실로 옮기기를 원하는가? 만약 루시를 폭행한 자들의 혼이 아직도 그녀의 방에 떠돈다면, 그들을 분명히 쫓아내야 하고, 그들이 그곳을 성소로 삼게 돼서는 안 된다. 그래서 그는 그의 물건들을 루시의 방으로 옮긴다.

저녁이 온다. 그들은 배가 고프지 않지만 먹는다. 먹는 것은 의식이다. 의식은 일을 더 쉽게 만든다.

그는 최대한 부드럽게 루시에게 다시 물어본다. "루시, 얘야. 왜 얘기하지 않으려 하니? 그건 범죄였다. 범죄의 대상이라는 게 수치스러울 건 없다. 네가 그 대상이 되겠다고 선택한 게 아니니까. 너는 죄가 없어."

맞은편 식탁에 앉은 루시는 숨을 깊게 들이쉬고 마음을 가다듬은 다음 다시 숨을 내쉬고 고개를 젓는다.

그가 말한다. "내가 추측해볼까? 나한테 뭔가를 상기시키려고 하는 거니?"

"뭘 상기시켜요?"

"남자들의 손에서 여자들이 겪는 것 말이다."

"전혀 아니에요. 이 문제는 아버지와 전혀 상관이 없어요. 제가 왜 경찰에 그 문제를 밝히지 않았는지 궁금하시죠? 아버지가 그 문제를 다시 꺼내지 않겠다고 약속하시면 말씀드릴게요. 그 이유는 제게 일어난 일은 제 생각에 순전히 저 개인의 문제라서 그래요. 다른 때, 다른 곳에서는 공적인 문제가 될 수도 있겠죠. 하지만 지금, 여기에서는 그렇지 않아요. 그건 제 일이에요. 전적으로 제 일이에요."

"여기가 어딘데?"

"여긴 남아프리카니까요."

"나는 동의할 수 없다. 네가 그런 식으로 생각하는 데 동의하지 않는다. 너는 너한테 일어난 일을 순순히 받아들임으로써 네가 에팅어 같은 농부들과 다를 수 있다고 생각하니? 너는 여기에서 일어난 일이 시험이라고 생각하니? 이걸 통과하면 미래를 위한 자격증과 안전한 행동 지침이라도 받을 것 같니? 아니면 재앙이 너를 지나쳐가도록 문 위에 페인트로 그려둘 표지라도 받을 것 같니? 루시, 복수는 그런 식으로 이뤄지는 게 아니다. 복수는 불과 같은 거야. 집어삼키면 집어삼킬수록 더 굶주리는 법이다."

"아버지, 그만두세요! 전 재앙이니 불이니 하는 소리 듣고 싶지 않아요. 저는 저만 보호하려는 게 아니에요. 그렇게 생각한다면 전적으로 요점을 잘못 파악하신 거예요."

"그렇다면 날 도와주렴. 너는 개인적인 구원 같은 걸 찾으려고 하는 거니? 현재의 고통을 감수함으로써 과거의 죄들을 속죄할 수 있기를 바라는 거니?"

"아니죠. 아버지는 계속 제 뜻을 잘못 해석하고 있어요. 죄의식과 구원은 추상적인 것들이에요. 저는 추상적인 의미로 행동하는 게 아니에요. 아버지가 그 점을 보려고 하지 않는다면, 저도 도와드릴 수가 없네요."

그는 대꾸하고 싶다. 하지만 그녀가 그의 말을 가로막는다. "아버지, 우리 약속했잖아요. 더이상 이런 얘기 하고 싶지 않아요."

아직까지 그들이 서로로부터 그렇게 멀리, 그렇게 비통하게 멀리 갈라져 있었던 적은 없었다. 그는 충격을 받는다.

14

새로운 하루. 에팅어가 전화를 해 그들에게 '당분간' 총을 빌려주겠다고 제안한다. 그가 대답한다. "고맙습니다. 생각해보겠습니다."

그는 루시의 연장을 꺼내 할 수 있는 데까지 부엌문을 고친다. 그들은 에팅어가 그랬던 것처럼, 창살과 방범 문을 달고 울타리를 쳐야 한다. 농가를 요새로 바꿔야 한다. 루시는 권총과 송수신용 라디오를 사고 사격 연습을 해야 한다. 하지만 그녀가 동의할까? 그녀는 땅과 렌틀리슈* 삶의 방식을 사랑하기 때문에 여기 있다. 만약 그런 삶의 방식이 실패하게 되어 있다면 그녀가 사랑할 것은 무엇이 남았을까?

케이티를 얼러 숨은 곳에서 나오게 했다. 이제는 부엌에서 산다. 개

---

* 독일어로 '전원적인'.

는 주눅이 들어 루시 뒤꿈치에 붙어다닌다. 매 순간, 삶이 예전 같지 않다. 집은 낯설고 더럽혀진 느낌이다. 그들은 무슨 소리가 들리지나 않는지 언제나 귀를 기울인다.

그때 페트루스가 돌아온다. 낡은 트럭 한 대가 우둘투둘한 진입로를 힘들게 올라가 마구간 옆에 멈춘다. 꽉 끼는 옷을 입은 페트루스가 차에서 내린다. 그의 아내와 운전사도 내린다. 두 남자는 트럭 뒤에서 상자, 보존제를 바른 나무 막대, 아연 철판, 플라스틱 파이프 한 꾸러미를 내린 뒤, 마지막으로 잔뜩 소란을 피우며 중간 정도 크기의 양 두 마리를 내린다. 페트루스는 그 양들을 울타리 기둥에 매놓는다. 트럭은 마구간을 빙 돌아 요란한 소리를 내며 진입로를 따라 내려간다. 페트루스와 그의 아내는 안으로 사라진다. 석면 파이프 굴뚝에서 연기가 솟아오르기 시작한다.

그는 계속 바라본다. 잠시 후 페트루스의 아내가 나타나 물통에 담긴 구정물을 휙 쏟는다. 시골에서 그러듯 긴 치마에 머릿수건을 높게 두른 예쁜 여자, 그는 생각한다. 예쁜 여자와 운좋은 남자. 하지만 그들은 어디에 있었을까?

그는 루시에게 말한다. "페트루스가 돌아왔다. 건축 자재를 한 짐 싣고서."

"잘됐군요."

"왜 그 사람은 너한테 어디 다녀오겠다고 얘기하지 않았지? 하필 이런 때 어디로 사라지다니 이상하지 않니?"

"제가 페트루스에게 이래라저래라 명령할 수는 없어요. 그는 독립적인 사람이에요."

앞뒤가 안 맞는 말이지만 그는 내버려둔다. 그는 당분간 루시에게는 무엇이든 내버려두기로 했다.

루시는 아무 말도 하지 않는다. 아무런 감정 표현도 하지 않고, 주변의 어떤 것에도 관심이 없다. 농사에 대해서 아무것도 모르는 그가 오리를 우리에서 내놓고, 수문 작동법을 익혀 정원이 마르지 않도록 물을 댄다. 루시는 허공을 응시하거나 무궁무진하게 많아 보이는 옛날 잡지들을 뒤적이면서, 몇 시간이고 침대에 누워 있다. 그녀는 거기에 있지 않은 무언가를 찾기라도 하는 양 조급하게 페이지를 넘긴다. 『에드윈 드루드』는 더이상 보이지 않는다.

그는 작업복 차림으로 댐에 있는 페트루스를 찾아낸다. 그 남자가 아직도 루시에게 보고를 하지 않는 것이 이상해 보인다. 그는 그쪽으로 어슬렁거리며 걸어가 인사를 나눈다. "수요일날, 당신이 없을 때, 우리가 큰 강도를 당했다는 건 당신도 틀림없이 들어서 알고 있을 거예요."

페트루스가 말한다. "네, 들었어요. 아주 나쁜 일입니다. 아주 나쁜 일이죠. 하지만 당신들은 이제 괜찮아요."

그는 괜찮은가? 루시는 괜찮은가? 페트루스는 질문을 하는 건가? 질문처럼 들리지는 않는다. 그렇다고 그가 그것을 달리 받아들일 수는 없다. 문제는 답이 무엇이냐는 것이다.

그가 말한다. "나는 목숨이 붙어 있소. 목숨이 붙어 있는 건 괜찮다는 거겠지. 그렇소, 나는 괜찮소." 그는 말을 멈추고 침묵 다음에 무슨 말이 이어지기를 기다린다. 페트루스는 침묵을 깨고 루시는 어떻습니까? 하고 물어야 한다.

대신 페트루스는 이렇게 묻는다. "루시는 내일 시장에 갈까요?"

"모르겠소."

페트루스가 말한다. "가지 않으면 노점을 잃을지 몰라요."

그는 나중에 루시에게 이렇게 얘기한다. "네가 내일 시장에 가는지 페트루스가 물었다. 네가 노점을 잃을까 걱정하더라."

"두 분이 가면 어때요? 저는 가고 싶지 않아요."

"정말이니? 한 주를 빠지면 애석한 일이지."

그녀는 대꾸하지 않는다. 그녀는 얼굴을 가리고 싶어할 것이다. 그는 그 이유를 안다. 치욕 때문에. 수치심 때문에. 그것이 그들의 내방객들이 성취한 것이다. 그것이 이 자신만만하고 현대적인 젊은 여성한테 그들이 한 짓이다. 그 얘기는 얼룩처럼 지역 전체에 퍼져 있다. 그녀의 얘기가 아니라 그들의 얘기가 퍼지는 것이다. 그들이 이야기의 주인이다. 그들이 루시에게 그녀의 자리가 어디이며, 여자가 어디에 소용이 있는지를 어떻게 알려줬는가에 대한 얘기.

—

한쪽 눈이 그렇게 되고 테두리가 없는 하얀 모자를 쓴 그도 사람들 앞에 나타난다는 것이 나름대로 창피하다. 하지만 그는 루시를 위해 노점에서 페트루스 옆에 앉아, 호기심에 찬 눈길을 견디며, 루시에게 생긴 일을 안쓰러워하는 사람들에게 공손히 답변하면서, 장사를 한다. 그가 말한다. "네, 이번에 차를 잃어버렸어요. 물론 개도 한 마리를 제외하고는 모두 잃어버렸어요. 아뇨, 제 딸은 괜찮아요. 오늘은 몸이 좋지 않을 뿐이고요. 아뇨, 별로 기대하지 않아요. 아시겠지만, 경찰은 할일이 잔뜩 밀려 있어서요. 네, 그애한테 꼭 전해줄게요."

그는 〈헤럴드〉에 난 기사를 읽는다. 그 남자들은 미상의 습격자들이라고 불린다. "미상의 세 습격자는 살렘 외곽의 자작 농지에 살고 있는 루시 루리 양과 그녀의 나이든 아버지를 공격하고, 옷과 전기제품과 총기를 갖고 달아났다. 괴이하게도 강도들은 번호판이 CA 507644인 1993년형 도요타 코롤라를 타고 달아나기 전에, 개 여섯 마리를 쏴 죽였다. 습격을 받았을 때 경미한 상처를 입은 루리 씨는 세틀러스병원에서 치료를 받고 귀가했다."

그는, 루시의 나이든 아버지와 자연시인 윌리엄 워즈워스의 사도이며 최근까지 케이프 테크니컬 유니버시티 교수였던 데이비드 루리 사이에 관련이 있다는 아무런 언급이 없어서 기쁘다.

실질적인 장사에서는 그가 할 일이 없다. 재빠르고 효율적으로 물건을 진열하고, 값을 알고, 돈을 받고, 거스름돈을 내주는 사람은 페트루스다. 페트루스는 일을 하고, 그는 앉아서 손을 비비고 있다. 바스 엔 클라스*가 존재하던 옛날 같다. 그가 페트루스에게 명령할 생각을 감히 못한다는 점을 제외하면 말이다. 페트루스는 해야 할 일을 한다. 그것이 전부다.

그런데도 그들의 수입은 줄어든다. 300랜드도 못 된다. 루시가 없어서 그렇다는 것은 의심할 여지가 없다. 꽃 상자와 채소 자루를 다시 차에 실어야 한다. 페트루스가 고개를 흔들며 말한다. "좋지 않네요."

---

* 아프리칸스어로 '상전과 노예'.

페트루스는 아직까지 그가 집을 비웠던 일에 대해 아무 얘기도 하지 않고 있다. 페트루스는 자기가 원하는 대로 오고갈 권리가 있다. 그는 그 권리를 행사했다. 그는 침묵할 권리가 있다. 하지만 문제가 남아 있다. 페트루스는 그 낯선 자들이 누군지 알고 있을까? 그들이 다른 사람, 예를 들어 에팅어가 아니라 루시를 겨냥한 것은 페트루스가 흘린 말 때문이었을까? 페트루스는 그들이 계획하는 일을 미리 알고 있었을까?

옛날 같으면 페트루스가 실토하게 만들 수 있었을 것이다. 옛날 같으면, 그에게 화를 내며 보따리를 싸라고 명령하고 그 자리에 다른 사람을 고용할 수도 있었을 것이다. 그러나 페트루스가 돈을 받고 일을 하긴 하지만, 엄밀히 말하면 그는 고용된 일꾼이 아니다. 엄밀히 말하면 페트루스가 어떤 존재인지 말하기도 어렵다. 그에게 가장 합당한 말은 이웃이라는 말이다. 페트루스는 현재로서는 그렇게 하는 것이 자기한테 맞기 때문에 노동력을 파는 이웃이다. 그는 구두계약에 따라 노동력을 판다. 그 계약에는 의심스럽다는 이유로 해고할 수 있는 조항이 없다. 그것은 그들이, 그와 루시와 페트루스가 살고 있는 새로운 세계다. 페트루스는 그것을 안다. 그도 그것을 안다. 페트루스는 그가 그것을 안다는 것을 안다.

그렇다 하더라도 그는 페트루스를 대하면 마음이 편하다. 그리고 경계를 하긴 하지만, 그를 좋아할 준비도 되어 있다. 페트루스는 그와 같은 세대의 남자다. 틀림없이 페트루스는 많은 것을 경험했을 것이고, 틀림없이 할 얘기도 많을 것이다. 그는 어느 날 페트루스의 얘기를 듣는 것을 마다하지 않을 것이다. 하지만 그 얘기가 영어라는 언어에 제

한을 받지 않았으면 싶다. 그는 점점 더 영어라는 언어가 남아프리카의 진실에 부적합한 언어임을 확신하게 된다. 하나하나가 완전한 문장처럼 길어진 영어 구절들은 불명확해져 이제는 명쾌함articulations과 표현성articulateness과 정확성articulatedness을 잃어버렸다. 진흙 속에 묻혀 소멸되어가는 공룡처럼 그 언어는 굳어버렸다. 페트루스의 얘기는 영어라는 틀 속으로 밀어넣으면 관절염에 걸리고 구식이 될 것이다.

페트루스의 몸에서 매력적인 부분은 얼굴이다. 그의 얼굴과 손이다. 만약 정직한 노동이라는 것이 있다면, 페트루스에게는 그 흔적이 배어 있다. 인내심과 힘과 회복성을 지닌 남자. 농부, 페이장*, 시골 남자. 모든 곳의 시골 사람들이 그러하듯, 음모가이자 책략가, 또한 틀림없이 거짓말쟁이. 정직한 노동과 정직한 교활함.

그는 페트루스가 장기적으로 어떤 일을 계획하고 있는지에 대해 의심의 눈초리를 보낸다. 페트루스는 영원히 1.5헥타르짜리 땅에 쟁기질을 하는 것으로는 만족하지 않을 사람이다. 루시는 그녀의 히피, 집시 친구들보다 더 오래갈지 모른다. 하지만 페트루스가 보기에는 루시가 아직 애송이다. 농부라기보다는 농촌생활에 열광하는 아마추어다. 페트루스는 루시의 땅을 차지하고 싶어할 것이다. 그런 다음 에팅어의 땅도 차지하거나, 적어도 가축을 기르기에 충분할 정도의 땅을 차지하고 싶어할 것이다. 에팅어를 넘어서는 것은 더 어려울 것이다. 루시는 일시적인 사람일지 몰라도 에팅어는 또하나의 농부, 완강하고, 아인게 부르첼트** 땅의 남자다. 하지만 에팅어도 조만간 죽을 것이다. 그리고

---

* 프랑스어로 '촌사람'.
** 독일어로 '타고난'.

에팅어의 아들은 달아났다. 그런 점에서 에팅어는 어리석었다. 좋은 농부는 아들을 많이 두는 법이다.

페트루스는 루시와 같은 사람들이 설 자리가 없는 미래를 꿈꾼다. 그렇다고 해서 페트루스를 적으로 만들 것까지는 없다. 이웃들이 서로에게 음모를 꾸미고, 해충이 꼬이기를, 홍작이 들기를, 파산해버리기를 바라다가도, 위기가 닥치면 손을 내밀어 돕는 것이 늘 시골의 삶이었다.

최악으로, 가장 어둡게 생각해보면, 페트루스가 루시에게 본때를 보여주려고 낯선 세 남자를 시켜 강도질을 하게 하고, 그 보답으로 훔친 물품을 가지라고 했을 수도 있다. 하지만 그는 그것을 믿을 수 없다. 그러기에는 너무 단순하기 때문이다. 진실은 그 이상의 어떤 것이다. 그는 거기에 합당한 말을 찾으려고 한다. 그래, 인류학적인 어떤 것. 그것의 밑바닥에 이르려면 몇 달 동안 인내심을 갖고 차근차근 몇십 명과 얘기하고 해석자의 도움을 필요로 할 것이다.

다른 한편으로는 그는 무슨 일이 일어날지 페트루스가 알고 있었다고 믿는다. 그는 페트루스가 루시에게 경고를 해줄 수 있었다고 믿는다. 이것이 그가 그 문제를 놓지 않으려는 이유다. 이것이 그가 계속해서 페트루스를 긁어대는 이유다.

페트루스는 콘크리트 저수지 물을 퍼내고 녹조를 걷어내고 있다. 그것은 유쾌하지 못한 일이다. 그런데도 그는 거들겠다고 한다. 그는 루시의 고무장화를 신고 미끄러운 바닥에 조심스럽게 발을 내디디며 댐 속으로 들어간다. 잠시 동안 그와 페트루스는 힘을 합해, 긁고 문지르고 진흙을 퍼내는 일을 한다. 그러다가 그는 갑자기 일을 멈춘다.

"페트루스, 나는 여기에 왔던 사람들이 낯선 사람들이었다는 게 믿기지 않네요. 그들이 난데없이 나타나서 그 짓을 하고 귀신처럼 사라졌다는 게 믿기지 않아요. 그들이 우리를 습격한 이유가 그들이 그날 처음 만난 백인이 우리였기 때문이라는 게 믿기지 않아요. 어떻게 생각하나요? 내가 틀렸나요?"

페트루스는 파이프 담배를 피운다. 대가 구부러지고 대통 위에 작은 은색 마개가 있는 구식 파이프다. 이제 그는 허리를 펴고, 파이프를 작업복에서 꺼내 마개를 열고, 대통에 담배를 채우고, 불을 붙이지 않은 채 파이프를 빤다. 그는 댐 벽과 언덕과 확 트인 시골을 지그시 바라본다. 지극히 평온한 표정이다.

마침내 그가 말한다. "경찰이 그들을 찾아야 해요. 경찰이 그들을 찾아 감옥에 넣어야 해요. 그게 경찰이 할 일이죠."

"하지만 협조가 없으면 경찰은 그들을 찾으려 하지 않을 거예요. 그들은 삼림 기지에 대해 알고 있었어요. 나는 그들이 루시에 대해 알고 있었다고 확신해요. 만약 그들이 이곳에 대해서 아무것도 모르는 이방인들이었다면 어떻게 그걸 알 수 있었겠어요?"

페트루스는 이것을 질문으로 받아들이지 않는다. 그는 파이프를 주머니에 넣고 삽 대신 빗자루를 든다.

그는 끈질기게 물고 늘어진다. "그건 단순히 도둑질이 아니었어요, 페트루스. 그들은 훔치려고만 온 게 아니었어요. 그들은 나한테 이렇게 하려고만 온 게 아니었어요." 그는 손으로 붕대를 만지고 안대를 만진다. "그들은 다른 짓까지 하려고 왔어요. 당신은 내가 무슨 말을 하는지 알 겁니다. 혹은 모른다면 틀림없이 짐작할 수 있을 거예요. 그들한테 그렇게 당한 후에 루시가 전과 똑같이 살기를 기대할 수는 없어요. 나는 루시의 아버지예요. 나는 그 남자들이 잡혀 법 앞에 서고 처벌받기를 원합니다. 내가 틀렸나요? 정의를 원하는 내가 잘못된 건가요?"

그는 지금 페트루스한테서 어떤 식으로 답을 끌어내든 상관하지 않는다. 단지 그는 이 말을 듣고 싶을 뿐이다.

"아뇨, 당신이 잘못된 건 아니죠."

분노의 돌풍이 그의 몸을 훑고 지나간다. 스스로도 깜짝 놀랄 정도로 강한 분노다. 그는 삽을 들고 댐의 바닥에서 진흙과 잡초를 파서 어깨 너머, 벽 너머로 던진다. 넌 분노에 스스로 휘말리고 있어. 그는 자신에게 이렇게 경고한다. 멈춰! 하지만 이 순간, 그는 페트루스의 멱살을 틀어쥐고 싶다. 내 딸이 아니라 네 마누라였다면 네놈은 그렇게 담뱃대를 두드리며 신중한 척 말을 고르지는 못할 것이다. 그는 페트루스에게 이렇게 말하고 싶다. 강간. 이것이 그가 페트루스로부터 듣고 싶은 말이다. 네, 그것은 강간이었습니다. 그는 페트루스가 이렇게 말하는 것을 듣고 싶다. 네, 그것은 유린이었습니다.

그와 페트루스는 침묵 속에서 나란히, 일을 마무리한다.

—

그는 농장에서 이렇게 하루를 보낸다. 페트루스가 관개시설을 청소하는 것을 돕는다. 정원이 폐허가 되지 않도록 한다. 시장에 내갈 농작물을 포장한다. 병원에 가서 베브 쇼를 돕는다. 마루를 쓸고, 식사를 준비하고, 루시가 더이상 하지 않는 모든 일을 한다. 그는 새벽부터 저녁까지 바쁘다.

그의 눈은 놀랍게도 빨리 회복되고 있다. 겨우 일주일이 지났는데 다시 눈을 쓸 수 있다. 화상은 더 오래 걸린다. 그는 여전히 챙이 없는 모자를 쓰고 귀를 감은 붕대는 그대로 둔다. 붕대를 벗기면 그의 귀는 벌거벗은 분홍색 연체동물 같아 보인다. 얼마나 지나야 귀를 사람들 앞에 드러낼 수 있을 정도로 과감해질지 그는 알 수 없다.

그는 햇빛도 가리고 얼굴도 조금 가리고 싶어서 모자를 산다. 그는 이상하게 보이고, 아니 이상한 것 이상으로, 혐오스럽게 보이는 데 익숙해 있다. 아이들이 거리에서 넋을 잃고 바라보는 궁상맞은 사람 중 하나가 되었다. "저 사람은 왜 저렇게 우습게 생겼어요?" 아이들은 자기 어머니에게 묻고, 조용히 하라는 핀잔을 듣는다.

그는 가능한 한 살렘에 있는 가게에는 가지 않으려 한다. 그레이엄스타운에는 토요일에만 가려고 한다. 갑자기 그는 은둔자, 시골 은둔자가 되었다. 유랑의 끝. 가슴에는 아직도 사랑하는 마음이 있고, 달은 여전히 밝지만,* 그렇게도 빨리, 그렇게도 갑자기, 유랑과 사랑에 종말이 오리라고 누가 생각했겠는가!

그들의 불행에 관한 소문이 케이프타운까지 퍼졌다고 생각할 이유는 전혀 없다. 그럼에도 불구하고 그는 로절린드가 그 얘기를 와전된 형태로 전해 듣지 않도록 하려고 한다. 그는 두 번이나 그녀에게 전화를 걸지만 통화하지 못한다. 그래서 그는 세번째로 그녀가 일하는 여

---

* 바이런이 스물아홉 살이었을 때 써서 토머스 무어에게 보낸 편지에 동봉한 시 「우리는 더이상 방랑하지 않으리」에 나오는 시구.

행사에 전화를 건다. 로절린드는 마다가스카르에 현지답사차 나가 있다고 한다. 여행사에서 그에게 안타나나리보에 있는 호텔의 팩스 번호를 알려준다.

그는 팩스 문안을 작성한다. "루시와 나는 운이 좀 좋지 않았어. 내차는 도난당했고, 나는 난투를 벌이다가 조금 다쳤어. 심각한 건 아니야. 놀라긴 했지만 괜찮아. 소문이 날까봐 미리 얘기해주는 거야. 좋은시간 보내고 있으리라 믿어." 그는 문안을 루시에게 보여주며 허락을받고, 베브 쇼에게 그것을 팩스로 보내달라고 한다. 아프리카의 오지에 있는 로절린드에게.

루시는 호전되지 않는다. 그녀는 잠을 잘 수 없다며 밤새도록 일어나 있다. 그러다가 오후가 되면 어린아이처럼 엄지손가락을 물고 소파에서 잠이 든다. 그녀는 식욕을 잃었다. 고기는 건드리려고도 하지 않는다. 그래서 그는 생소한 채식 요리를 만들어 먹어보라고 권한다.

그가 여기에 온 이유는 이런 것이 아니었다. 오지에 처박혀 악마들과 싸우고, 딸을 간호하고, 죽어가는 일을 도우려고 온 것이 아니었다. 온 이유를 굳이 찾자면, 마음을 정돈하고 힘을 그러모으기 위해서였다. 그런데 그는 여기서 날마다 자신을 잃어가고 있다.

악마들은 그를 가만두지 않는다. 그도 악몽을 꾼다. 피가 낭자한 침대에서 뒹굴거나, 숨을 헐떡이고, 소리 없는 아우성을 지르며 얼굴이매 같기도 하고 베냉*의 가면 같기도 하고 토트 신** 같기도 한 남자에게서 달아난다. 어느 날 밤, 그는 반은 몽유병적이고 반은 미친 상태에

---

* 아프리카 서부의 공화국.
** 이집트신화에 나오는 지혜, 지식, 달의 신.

서, 침대보를 벗기고 매트리스를 뒤집으며 얼룩을 찾는다.

아직도 바이런 프로젝트가 남아 있다. 케이프타운에서 가져온 책 중 남은 것은 서간집 두 권뿐이다. 나머지는 도난당한 차의 트렁크에 있다. 그레이엄스타운의 공공도서관에는 바이런의 시선집 외에는 아무 것도 없다. 하지만 계속 읽을 필요가 있을까? 바이런과 그의 친구들이 라벤나에서 어떻게 시간을 보냈는지에 대해 더이상 알 필요가 있을까? 지금쯤은 바이런에 충실한 바이런을 만들어내고, 테레사도 만들어낼 수 있지 않을까?

솔직히 말하자면 그는 그것을 몇 달 동안 미뤄왔다. 텅 빈 페이지를 대하고, 첫 음조를 잡고, 자신의 능력을 시험해야 하는 순간을 미뤄왔다. 단편적인 것들은 그의 마음속에 이미 있다. 사랑의 이중창, 뱀들처럼 말없이 서로 얽혀 지나가는 소프라노와 테너의 보컬라인. 클라이맥스가 없는 멜로디, 대리석 계단에 뱀의 비늘이 닿는 것 같은 속삭임, 굴욕적인 남편의 바리톤. 여기가 어두운 트리오가 마침내 태어나는 곳일까? 케이프타운이 아니라 옛 카프라리아*에서?

---

* 이스턴케이프의 옛 명칭.

15

어린 양 두 마리가 마구간 옆 맨땅에 하루종일 매여 있다. 그들의 지
속적이고 단조로운 울음소리가 그를 괴롭히기 시작했다. 그는 자전거
를 엎어놓고 고치고 있는 페트루스에게 걸어간다. 그가 말한다. "풀을
뜯어먹을 수 있는 곳에 양을 매는 게 좋지 않을까요?"

페트루스가 말한다. "파티에 쓸 양들입니다. 토요일 날 잡아서 파티
에 쓸 거예요. 당신과 루시도 오셔야 해요." 그는 손을 깨끗하게 닦는
다. "당신과 루시를 파티에 초대하는 겁니다."

"토요일에요?"

"네, 토요일에 파티를 하려고 해요. 큰 파티요."

"고마워요. 하지만 아무리 파티에 쓴다고 해도, 풀은 뜯어먹어도 되
지 않을까요?"

한 시간 후, 양들은 아직도 매인 채 아직도 구슬프게 울고 있다. 페트루스는 어디에도 보이지 않는다. 그는 화가 나서 그들을 풀어 풀이 많은 댐 쪽으로 끌고 간다.

양들은 한참 동안 물을 마신 다음 한가롭게 풀을 뜯기 시작한다. 얼굴이 까만 페르시아산 양들이다. 크기와 반점과 움직임까지 똑같다. 도살자의 칼에 맞을 운명을 갖고 태어난 쌍둥이일 가능성이 크다. 하기야 거기에 특별할 것은 없다. 양이 늙어서 죽은 적이 언제였던가? 양들의 몸은 자기 것이 아니다. 삶도 자기 것이 아니다. 그들은 마지막 1온스까지 활용되기 위해 존재한다. 고기는 먹히고, 뼈는 으깨져 닭들한테 먹힌다. 아무도 먹지 않는 쓸개를 제외하면 아무것도 거기에서 벗어나지 못한다. 데카르트는 그것을 생각했어야 했다. 검고 쓴 쓸개 속에 갇히고 숨어 있는 영혼.

그가 루시에게 말한다. "페트루스가 우리를 파티에 초대했다. 무슨 파티를 한다니?"

"토지 양도 때문일 거예요. 다음달 첫날에 공식적으로 양도되거든요. 그에게는 중요한 날이죠. 우리는 적어도 얼굴을 비추고 선물을 줘야 해요."

"양을 두 마리 잡는다더라. 양 두 마리로 그렇게 할 수 있다니, 난 생각도 못했던 일이다."

"페트루스는 지독한 구두쇠예요. 옛날 같으면 소 한 마리는 잡았을 거예요."

"나는 그가 일을 처리하는 방식이 마음에 들지 않는다. 잡아먹을 짐승을 집으로 데려와 그걸 먹을 사람들과 안면을 익히게 하다니."

"어떤 게 더 좋으세요? 그것에 대해 생각할 필요가 없도록 도살장에서 잡아오는 건가요?"

"그래."

"아버지. 정신 차리세요. 여긴 시골이에요. 여긴 아프리카예요."

요즘 루시에게는 그가 보기에 그럴 이유도 없는데 퉁명스럽게 대하는 버릇이 생겼다. 그는 그 이유를 알 수가 없다. 그의 반응은 입을 다무는 것이다. 때때로 두 사람은 같은 집에 살면서도 서로 낯선 사람들 같다.

그는 자기가 인내심을 가져야 하고, 루시는 아직 그 습격의 그림자 속에 살고 있으며, 그녀가 정상이 되기까지는 상당한 시간이 걸리리라 생각한다. 하지만 그의 생각이 잘못된 것이라면 어쩌지? 그런 공격을 당하고 난 후, 자기 자신을 되찾을 수 없는 것이라면 어쩌지? 그런 공격이 사람을 달라지게 하고, 더 어둡게 만들면 어쩌지?

루시의 우울함을 훨씬 더 나쁘게 해석할 수도 있다. 그는 그것을 마음속에서 지울 수 없다. 같은 날 그는 난데없이 묻는다. "너, 나한테 뭘 숨기는 건 아니지? 너, 그 남자들한테서 뭐가 옳은 건 아니지?"

그녀는 파자마와 가운을 입고 고양이와 장난을 치며 소파에 앉아 있다. 정오가 지난 시간이다. 고양이는 어리고 기민하고 겁이 많다. 루시는 고양이의 눈앞에 가운 허리끈을 흔든다. 고양이가 빠르고 가볍게 발로 한 번, 두 번, 세 번, 네 번 허리끈을 찬다.

그녀가 말한다. "남자들이요? 어떤 남자들이요?"

그녀는 허리끈을 한쪽으로 홱 당긴다. 고양이가 그것을 따라 돌진한다.

어떤 남자들이요? 그의 심장이 멎는다. 그녀는 미쳐버렸을까? 기억하기를 거부하는 걸까?

그러나 그녀는 그저 그를 놀리는 것처럼 보인다. "아버지, 저는 어린애가 아니에요. 의사도 만났고, 검사도 해봤고, 할 수 있는 데까진 다 했어요. 이젠 기다릴 뿐이에요."

"알겠다. 기다린다는 말은 내가 생각하는 그런 의미니?"

"네."

"얼마나 걸릴까?"

루시는 어깨를 으쓱한다. "한 달이나 석 달 혹은 그 이상이겠죠. 과학은 사람이 얼마나 오래 기다려야 하는지, 한계를 정해놓지 않았어요. 어쩌면 영원히 그래야 하는지도 모르죠."

고양이가 허리끈에 잽싸게 덤벼든다. 하지만 이제 장난은 끝났다.

그는 딸 옆에 앉는다. 고양이가 소파에서 내려가 천천히 걸어간다. 그는 그녀의 손을 잡는다. 그녀와 가깝게 있으니 씻지 않아서 나는 쉰 냄새가 희미하게 난다. 그가 말한다. "얘야, 적어도 영원히는 아니겠지. 네게 그런 일까지는 일어나지 않겠지."

—

양들은 그가 매어놓았던 댐 가까이에서 남은 한나절을 보낸다. 다음 날 아침, 그들은 마구간 옆의 메마른 땅에 돌아와 있다.

토요일 아침까지는 아직 이틀이 남아 있다. 그들이 일생의 마지막 이틀을 그렇게 보낸다는 것이 비참해 보인다. 루시는 이런 일을 가리켜 시골의 방식이라고 했다. 그는 무관심이나 비정함이라고 표현하고 싶다. 만약 시골이 도시에 대해 의견을 말할 수 있다면, 도시도 시골에 대해 의견을 말할 수 있다.

그는 페트루스한테서 양들을 사버릴까 하고 생각해보았다. 하지만 그런다고 무엇이 해결될 것인가? 페트루스는 그 돈으로 잡아먹을 새로운 동물을 사고, 차액을 챙길 것이다. 일단 양들을 그런 상태에서 빼낸 후에는 어떻게 할 것인가? 길에다 풀어놓을까? 개 우리에 넣고 풀을 해다 먹일까?

어쩌다가 그렇게 됐는지는 모르지만, 그와 두 페르시아산 양 사이에 어떤 유대감이 생긴 것 같다. 그렇다고 그 유대감이 애정은 아니다. 딱히 그 두 마리에 대한 유대감도 아니다. 다른 양들 속에 있으면 그들을 가려낼 수도 없을 것이다. 그런데도 갑자기, 이유도 없이, 그들의 운명이 그에게 중요해졌다.

그는 햇빛을 받으며 그들 앞에 서서 마음속의 소란이 가라앉고 어떤 신호가 나타나기를 기다린다.

파리 한 마리가 양의 귓속으로 기어들어가려 한다. 귀가 씰룩거린다. 파리가 그 자리를 떠나 빙 돌다가 다시 제자리로 와서 앉는다. 귀가 다시 씰룩거린다.

그는 걸음을 내디딘다. 양은 줄이 팽팽해질 때까지 불안하게 뒷걸음질을 친다.

그는 고환을 다친 늙은 숫염소를 코로 문지르고, 쓰다듬고, 위로하며 숫염소의 삶 속으로 들어가던 베브 쇼의 모습을 떠올린다. 그녀는 어떻게 동물과 교감하는 걸까? 그에게는 없는 기술이다. 그러기 위해서는 특정한 형태의 사람이 되어야 한다. 어쩌면 복잡한 게 별로 없는 사람.

봄철의 환한 햇살이 그의 얼굴에 부서진다. 그는 생각한다. 내가 변해야 하는 걸까? 내가 베브 쇼 같은 사람이 되어야 하는 걸까?

그는 루시에게 말한다. "페트루스의 파티에 대해 생각해봤는데, 나는 가고 싶지 않다. 무례하지 않게 그럴 수 있을까?"

"양 잡는 것 때문에 그러세요?"

"그렇기도 하고 그렇지 않기도 하다. 네가 그런 뜻으로 말한 거라면, 나는 내 생각을 바꾸지 않았다. 나는 아직도 동물들한테 제대로 된 개인적인 삶이 있다고는 생각하지 않는다. 그들 중 어느 녀석이 살아남고 어느 녀석이 죽는가 하는 건 내가 괴로워할 가치가 없는 문제다. 하지만……"

"하지만 뭔데요?"

"하지만 이 경우에는 마음이 산란하구나. 이유는 모르겠다."

"페트루스와 그의 손님들은 그런 섬세한 마음을 존중해서 양고기를 단념하지는 않을 거예요."

"단념해달라고 하는 게 아니다. 단지 나는 그 집에 손님으로 가고 싶지 않은 것뿐이다. 미안하다. 내가 이런 식으로 말하리라고는 상상도 못했다."

"아버지, 신은 오묘한 방식으로 움직이세요."

"나를 조롱하지 마라."

장날인 토요일이 다가온다. 그는 루시에게 묻는다. "노점을 열어야 하니?" 그녀가 어깨를 으쓱한다. "아버지가 결정하세요." 그는 노점을 열지 않기로 한다.

그는 그녀의 결정에 왈가왈부하지 않는다. 사실, 그는 마음이 놓인다.

페트루스의 파티 준비는 토요일 정오, 교회에 가는 것처럼 옷을 빼입은 다부지게 생긴 여자 여섯 명이 도착하면서 시작된다. 그들은 마구간 뒤에 불을 피운다. 곧 내장을 끓이는 지독한 냄새가 바람에 실려 온다. 그는 그 냄새로 그 일이, 두 번에 걸쳐 그 일이 있었고, 모든 것이 끝났다고 추측한다.

그는 슬퍼해야 하는가? 자기들끼리도 슬퍼하지 않는 동물들의 죽음을 슬퍼한다는 것이 합당한 일인가? 그는 자신의 가슴을 들여다본다. 희미한 서글픔이 느껴질 뿐이다.

그는 생각한다. 너무 가깝다. 우리는 페트루스와 너무 가깝게 산다. 낯선 사람들과 집을 공유하고 소음을 공유하고 냄새를 공유하는 거나 마찬가지다.

그는 루시의 방문을 두드린다. 그는 묻는다. "산책하러 갈래?"

"고맙지만 사양하겠어요. 케이티를 데리고 가세요."

그는 불도그를 데리고 간다. 하지만 그 개는 너무 느리고 침울하다. 그래서 화가 난 그는 개를 농장으로 쫓아 보내고, 녹초가 되라고 빠른 걸음으로 혼자서 8킬로미터를 빙 돈다.

다섯시가 되자 손님들이 차나 택시를 타고 오거나 걸어서 도착하기 시작한다. 그는 부엌문 커튼 뒤에서 그 광경을 지켜본다. 대부분은 파티의 주인공과 같은 또래의 사람들로, 다부지고 근엄한 표정을 하고 있다. 여자 노인이 도착하자 특히 소란스러워진다. 강렬한 분홍색 셔츠에 남색 양복을 입은 페트루스가 길까지 내려와 그녀를 맞이한다.

젊은 사람들은 어두워져서야 모습을 드러낸다. 사람들이 얘기하고 웃는 소리와 음악소리가 산들바람을 타고 들려온다. 요하네스버그에서 보낸 그의 젊은 시절을 생각나게 하는 음악이다. 그래도 괜찮은 편이네. 그는 생각한다. 꽤 흥겹기까지 하네.

루시가 말한다. "시간이 됐어요. 같이 가시겠어요?"

그녀는 이례적으로 무릎까지 내려오는 치마를 입고 굽 높은 구두를 신고, 색색의 나무 구슬을 꿴 목걸이와 그것에 어울리는 귀고리를 하고 있다. 그는 그 모습이 보기 좋은지 어떤지는 잘 모르겠다.

"그래, 가자. 난 준비됐다."

"정장 없으세요?"

"없다."

"그럼 적어도 넥타이라도 매세요."

"나는 우리가 시골에 살고 있다고 생각했다."

"그러니까 더욱 갖춰 입어야죠. 오늘은 페트루스의 인생에서 아주 중요한 날이에요."

그녀는 작은 손전등을 들고 간다. 그들은 페트루스의 집에 이르는 길을 따라간다. 딸은 길을 밝히고, 아버지는 선물을 들고, 서로 팔짱을 끼고 간다.

그들은 미소를 지으며 열린 문 앞에서 잠시 멈춘다. 페트루스는 보이지 않는다. 하지만 파티 드레스를 입은 작은 소녀가 나와 그들을 안내한다.

오래된 마구간에는 천장도 없고 제대로 된 마루도 없다. 하지만 적어도 공간은 넓고 전기가 들어와 있다. 갓이 달린 전등들과 벽에 붙은 그림과 사진(반 고흐의 해바라기, 트레치코프가 그린 푸른색의 여인*, 바바렐라 옷을 입은 제인 폰다, 골을 넣는 닥터 쿠말로**)이 황량한 분위기를 부드럽게 해주고 있다.

그들이 유일한 백인이다. 사람들은 그가 전에 들어본 적 있는 전통적인 아프리카 재즈에 맞춰 춤을 춘다. 사람들은 호기심에 차서 그들을 바라본다. 어쩌면 사람들은 그의 챙 없는 모자만 바라보고 있는지도 모른다.

루시는 몇몇 여자를 안다. 그녀가 소개하기 시작한다. 그때, 페트루스가 그들 옆으로 온다. 그는 손님을 환영하지도 않고 그들에게 음료수를 권하지도 않으면서, 이렇게 말한다. "개들은 더 안 돼요. 난 더이상 도그맨이 아닙니다." 루시는 그 말을 농담으로 받아들인다. 그래서 겉으로는 모든 것이 괜찮은 것처럼 보인다.

루시가 말한다. "당신에게 드릴 걸 가져왔어요. 부인께 드리는 게 더 맞겠군요. 집에 쓸 것이거든요."

페트루스는 부엌―그것을 부엌이라고 할 수 있다면―에 있는 그

---

* 러시아 출생으로 말년에 남아프리카공화국에 살았던 화가 블라디미르 트레치코프의 그림 〈중국 소녀〉. 얼굴이 대부분 녹색으로 되어 있지만 일반적으로 '푸른색의 여인'이라고 불린다.

** 남아프리카공화국의 전설적인 축구선수 카이저 모타웅 주니어를 가리킨다.

의 아내를 불러온다. 그가 가까이서 그녀를 보는 것은 처음이다. 젊다. 루시보다 젊다. 아름답다기보다는 호감이 가는 얼굴이다. 그녀는 수줍음을 탄다. 임신한 티가 확연하다. 그녀는 루시의 손을 잡는다. 하지만 그와는 손을 잡지도 않고 눈을 마주치지도 않는다.

루시는 코사어로 무슨 말을 하며 그녀에게 선물꾸러미를 건넨다. 이제 그들 주위에는 대여섯 명의 구경꾼이 서 있다.

페트루스가 말한다. "풀어봐."

루시가 말한다. "그래요, 풀어보세요."

젊은 부인은 조심스럽게, 만돌린과 월계수나무 가지가 그려진 포장지가 찢어지지 않도록 주의하며, 포장을 뜯는다. 다소 매력적인 아샨티 무늬의 천이다. 그녀가 영어로 나직하게 말한다. "고맙습니다."

루시가 페트루스에게 말한다. "침대보예요."

페트루스가 말한다. "루시는 우리 은인이야." 그리고 루시를 향해 말한다. "당신은 우리 은인입니다."

그에게는 그 말이 그 순간을 망쳐버리는 애매하고 불쾌한 말로 들린다. 하지만 페트루스를 비난할 수 있을까? 그가 그렇게도 태연하게 하는 말들은, 아마 그 자신은 모르겠지만, 지루하고, 부서지기 쉽고, 흰개미들이 안에서 갉아먹은 것처럼 깨지기 쉽다. 그래도 단음절어들은 믿을 만하다. 그렇다고 모든 단음절어가 그런 것은 아니다.

어떻게 해야 될까? 한때 커뮤니케이션을 가르쳤던 그지만 아무것도 생각할 수 없다. ABC만 갖고 처음부터 다시 시작한다면 또 모르겠지만 말이다. 거창한 단어들이 재구성되고 정화되고 다시 한번 믿을 만하게 될 때쯤이면, 그는 죽은 지 오래일 것이다.

그는 누군가가 그의 무덤 위를 걷는 것처럼 오싹한 느낌을 받는다.

그는 페트루스의 부인에게 묻는다. "아이는 언제 태어나죠?"

페트루스의 부인은 이해하지 못하고 그를 쳐다본다.

페트루스가 끼어든다. "10월입니다. 아이는 10월에 나올 겁니다. 우리는 아들이 나왔으면 좋겠어요."

"아, 딸이면 왜 안 되나요?"

페트루스가 말한다. "우리는 아들이 태어나게 해달라고 기도하고 있죠. 첫째가 아들이면 최고죠. 그렇게 되면 여동생들한테 어떻게 처신해야 할지 가르쳐줄 수 있을 테니까요." 그는 잠시 말을 멈춘다. "딸은 비용이 너무 많이 들어요." 그는 엄지와 검지를 비벼 돈 세는 시늉을 한다. "언제나 돈, 돈, 돈이죠."

그런 몸짓을 마지막으로 본 지 오래되었다. 옛날에는 유대인들에 대해 얘기하면서 똑같이 의미심장하게 고개를 젖히며 돈, 돈, 돈 하고 말했다. 그러나 페트루스는 그런 유럽의 전통에 대해서는 전혀 모르는 것 같다.

그는 대화에서 자기 몫을 하느라고 응수한다. "아들도 비쌀 수 있죠."

하지만 페트루스는 그 말에는 귀기울이지 않고 자기 말만 계속한다. "이것도 사줘야죠, 저것도 사줘야죠. 요즘은 남자가 여자를 위해 돈을 내지 않는다니까요. 물론 나는 내죠." 그는 그의 아내 머리 위로 한 손을 부드럽게 움직인다. 그녀는 겸손하게 눈을 아래로 뜬다. "나는 내죠. 하지만 그건 구식입니다. 옷과 좋은 물건들, 모두 마찬가지죠. 내고, 또 내고, 또 내고." 그는 손가락을 비비는 동작을 반복한다. "아뇨, 아들이 더 좋아요. 당신 딸은 예외죠. 당신 딸은 아들처럼 좋아요. 거의!" 그는 자신의 재치 있는 말에 웃는다. "이봐요, 루시!"

루시가 미소 짓는다. 하지만 그는 그녀가 당황하고 있음을 안다. "춤을 춰야겠어요." 그녀는 나직하게 말하고 그 자리를 떠난다.

그녀는 바닥에서 혼자 춤을 춘다. 그게 요즘 유행인 듯하다. 곧, 키가 크고 유연하고 산뜻한 옷차림을 한 젊은 남자가 그녀와 합세한다. 그는 그녀 앞에서 손가락을 튕기고 미소를 던지며 구애하듯 춤을 춘다.

여자들이 구운 고기가 담긴 쟁반을 들고 밖에서 들어오기 시작한다. 대기는 입맛을 돋우는 냄새로 가득하다. 새로운 손님들이 우르르 들어온다. 전혀 구식이 아니라 시끌시끌하고 발랄한 젊은 세대다. 파티에 물이 오른다.

음식이 담긴 접시가 그의 손에 넘어온다. 그는 그것을 페트루스에게 넘겨준다. 페트루스가 말한다. "아니, 당신 거예요. 그러지 않으면 우리는 밤새도록 접시만 넘기고 있을 거예요."

페트루스와 그의 아내는 그가 편안하게 느끼도록 그와 많은 시간을 보낸다. 그는 생각한다. 친절한 사람들이다. 시골 사람들이다.

그는 루시를 쳐다본다. 젊은 남자는 이제 그녀로부터 겨우 몇 인치 떨어져 춤을 추며, 다리를 높이 들었다가 쿵 내리고, 팔을 내두르며 흥겨워한다.

그가 들고 있는 접시에는 양고기 두 조각과 구운 감자와 그레이비소스에 적신 쌀밥과 호박 한 쪽이 담겨 있다. 그는 앉을 곳을 찾다가, 눈이 짓무른 깡마른 노인 옆에 앉는다. 그는 생각한다. 지금은 이것을 먹으려고 한다. 지금은 이것을 먹고 나중에 용서를 구할 것이다.

그때 루시가 숨을 거칠게 몰아쉬며 긴장한 얼굴로 옆으로 온다. 그녀가 말한다. "집에 가면 안 될까요? 그들이 여기 있어요."

"누가 있단 말이냐?"

"뒤에서 그들 중 한 명을 봤어요. 아버지, 소란을 피우고 싶지는 않지만, 당장 갈 수 있을까요?"

"이것 좀 들고 있어라." 그는 그녀에게 접시를 건네고 뒷문으로 나간다.

바깥에도 안처럼 손님이 많다. 그들은 불 주위에 모여 얘기하고 마시고 웃는다. 불의 맞은편에 있는 누군가가 그를 쳐다보고 있다. 즉시 상황이 파악된다. 그는 그 얼굴을 안다. 자세히 안다. 그는 사람들을 젖히며 다가간다. 그는 생각한다. 난 소란을 피우려고 한다. 하필이면 오늘이라니 안됐다. 하지만 기다릴 수 없는 일도 있다.

그는 그 소년 앞으로 간다. 그들 중 세번째 놈이다. 멍한 얼굴의 도제이자 주구走狗였던 놈. 그가 험상궂게 말한다. "난 너를 알아."

소년은 놀라는 것 같지도 않다. 반대로, 이 순간을 대비하고 기다리며 마음의 준비를 하고 있었던 것 같다. 그의 목구멍에서 올라오는 목소리는 분노로 가득하다. 그가 말한다. "넌 누구냐?" 그러나 그 말은 다른 의미다. 넌 무슨 자격으로 여기에 와 있냐? 그의 몸 전체가 폭력적인 분위기를 발산한다.

그때 페트루스가 와서 코사어로 무슨 말인가 빠르게 한다.

그는 페트루스의 소매를 잡는다. 페트루스가 하던 말을 갑자기 멈추고 그를 날카롭게 쳐다본다. 그가 페트루스에게 묻는다. "당신은 이놈이 누군지 알고 있나요?"

페트루스가 화를 내며 말한다. "아뇨, 이게 다 무슨 일인지 모르겠네요. 무슨 문제인지도 모르겠단 말입니다. 문제가 뭐죠?"

"이놈, 이 흉악범이 전에 일당과 함께 이곳에 있었어요. 이놈은 그자들 중 하나입니다. 무슨 일인지 그에게 얘기해달라고 하세요. 경찰이 왜 자기를 잡으려고 하는지, 그에게 얘기해달라고 하란 말입니다."

소년이 소리친다. "그건 사실이 아니에요!" 그는 다시 페트루스에게 분노에 찬 말을 쏟아낸다. 음악은 밤공기 속으로 계속 울려퍼진다. 하지만 아무도 더이상 춤을 추지 않는다. 페트루스의 손님들은 그들 주위에 몰린 채 밀치고 떠밀며, 참견을 한다. 분위기가 좋지 않다.

페트루스가 말한다. "그는 당신이 무슨 얘기를 하는지 모르겠다고 하네요."

"거짓말입니다. 완벽하게 알고 있어요. 루시가 확인해줄 거예요."

하지만 루시는 확인해주지 않을 것이다. 그가 어떻게 루시에게, 이 낯선 사람들 앞으로 나와, 소년을 마주보고 손가락으로 가리키며 네, 그는 그자들 중 하나였어요, 그는 그 짓을 한 자들 중 하나였어요라고 말하기를 기대할 수 있는가?

그가 말한다. "경찰에 전화할 거요."

사람들이 못마땅하다는 듯 중얼거린다.

"경찰에 전화할 거요." 그는 똑같은 말을 페트루스에게 반복한다. 페트루스의 얼굴이 돌처럼 굳어 있다.

침묵의 구름 속에서 그는 루시가 서서 기다리는 안으로 들어간다. 그가 말한다. "가자."

손님들은 그들에게 길을 비켜준다. 그들은 더이상 친절한 표정을 짓지 않는다. 루시는 손전등을 가져오는 것을 잊었다. 그들은 어둠 속에서 길을 잃는다. 루시는 구두를 벗어야 한다. 그들은 감자밭으로 잘못 들어가 길을 헤매다가 집으로 돌아온다.

그가 전화기를 집어들자, 루시가 막는다. "아버지, 안 돼요, 그러지 마세요. 그건 페트루스의 잘못이 아니잖아요. 지금 경찰에 전화하면 그의 저녁시간을 망칠 거예요. 생각 좀 해보세요."

그는 놀란다. 딸 앞에서 흥분할 정도로 놀란다. "젠장, 그게 왜 페트루스의 잘못이 아니란 말이냐? 여하간 그자들을 처음에 이곳으로 데리고 온 건 그 사람이다. 그런데도 그는 뻔뻔스럽게 그자들을 다시 불러왔다. 내가 왜 생각을 해야 하니? 정말이지, 루시, 나는 처음부터 끝까지 이해할 수가 없구나. 네가 왜 그들을 사실대로 고발하지 않았는지도 모르겠고, 지금은 네가 왜 페트루스를 두둔하는지도 모르겠다. 페트루스는 죄가 없는 게 아냐. 페트루스는 그들과 한패야."

"아버지, 저한테 소리치지 마세요. 이건 제 인생이에요. 여기서 살아야 하는 건 저예요. 저한테 일어난 일은 제 일이에요. 저한테 하나의 권리가 있다면, 이런 시련에 휘말리지 않고 아버지를 포함한 그 누구에게도 저를 정당화할 필요가 없다는 거예요. 페트루스는 제가 고용한 일꾼이 아니에요. 나쁜 사람들과 어울린다고 해서 제가 그 사람을 해고할 수 있는 처지가 아니란 말이에요. 모두 지난 일이죠. 바람과 함께 사라진 일이에요. 페트루스를 적으로 삼으려면 우선 사실부터 확실히 하세요. 무작정 경찰에 전화를 하실 수는 없어요. 그건 제가 용납 못하겠어요. 아침까지 기다리세요. 페트루스가 하는 얘기를 들을 때까지 기다리세요."

"하지만 그사이, 그애는 사라질 거야!"

"그애는 사라지지 않아요. 페트루스는 그를 알아요. 아무튼 이스턴 케이프에서는 아무도 사라지지 않아요. 그런 곳이 아니에요."

"루시, 루시, 너한테 간절히 부탁한다! 넌 과거의 잘못을 보상하고 싶어하지만, 이건 그 길이 아니다. 만약 네가 이 순간, 너 자신의 생각을 분명하게 밝히지 않는다면, 너는 다시는 고개를 들지 못할 거다. 차라리 짐을 싸 떠나는 게 나아. 만약 네가 경찰에 전화를 할 수 없을 정도로 마음이 예민해져 있다면, 처음부터 그들을 끌어들이지 말았어야 했다. 그냥 입다물고 그들이 다시 공격해 올 때까지 손놓고 기다렸어야 했어. 아니면 우리가 직접 우리 목을 땄어야 해."

"아버지, 그만두세요! 저는 아버지 앞에서 저를 변명할 필요가 없어요. 아버지는 무슨 일이 있었는지 모르시잖아요."

"내가 모른다고?"

"그래요, 알려고도 하지 않으시죠. 잠시 숨을 돌리고 생각해보세요. 경찰에 대해서 얘기하자면, 우리가 애초에 경찰에 신고한 이유는 보험금 때문이었잖아요. 신고를 하지 않으면 보험회사가 돈을 지불해주지 않을 거여서 신고한 거예요."

"루시, 너는 정말 날 놀라게 만드는구나. 그건 사실이 아니다. 너도 그걸 알고 있다. 페트루스에 관해서 했던 말을 다시 반복하는데, 만약 네가 이번에 고개를 숙이고 들어가면, 이번에 실패한다면, 넌 제대로 살 수 없을 거야. 네게는 너 자신과 네 미래와 네 자존심에 대한 의무가 있어. 내가 경찰에 전화하겠다. 아니면 네가 하든지."

"안 돼요."

안 돼요. 그것이 루시의 마지막 말이다. 그녀는 그를 밖에 세워둔 채

방으로 들어가 문을 닫아버리고 그를 차단한다. 그가 할 수 있는 것은 아무것도 없다. 그들의 싸움은 오갈 데 없이 갇혀 있는 부부의 싸움같이 되었다. 그녀는 그가 자신과 함께 살기 위해 이곳에 온 그날을 얼마나 후회할까! 그녀는 그가 가버렸으면 좋겠다고 생각하고 있음이 틀림없다. 이르면 이를수록 더 좋다고!

하지만 그녀도 결국 떠나야 할 것이다. 농장에 혼자 사는 여자에게는 미래가 없다. 그것은 분명하다. 총과 철조망과 경보장치로 무장한 에팅어마저도 시간이 얼마 남지 않았다. 만약 루시에게 분별력이 있다면, 불행이 닥치기 전에, 아니 불행보다 더 나쁘고, 죽음보다도 더 나쁜 것이 닥치기 전에 떠날 것이다. 하지만 그녀는 그렇게 하지 않을 것이다. 그녀는 고집이 셀 뿐만 아니라 자신이 선택한 삶에 깊이 빠져 있다.

그는 조용히 집을 나선다. 그는 어둠 속에서 조심스럽게 발을 내디디며, 마구간 뒤쪽으로 접근한다.

큰 불이 꺼지고 음악도 멈췄다. 트랙터가 들어갈 정도로 넓은 뒷문에는 사람들이 모여 있다. 그는 그들의 머리 너머로 쳐다본다.

바닥 중앙에 손님 중 하나인 중년 남자가 서 있다. 그는 까까머리에 목이 짧은 사람이다. 검정 정장을 입은 그는 목에 금줄을 차고 있는데 거기에는 주먹만한 메달이 달려 있다. 권위의 상징으로 추장들에게 주어지던 메달이다. 코번트리나 버밍엄의 주조공장에서 대량으로 찍어내던 상징들. 한쪽 면에는 레지나 에트 임페라트릭스*인 빅토리아의 찌푸린 두상이, 다른 면에는 영양이나 따오기가 날뛰는 광경이 새겨진 메

---

* 라틴어로 '여황이자 황제'.

달들, 추장들을 위해 만들어진 메달들. 나그퍼, 피지, 골드코스트, 카프라리아 등 옛 제국의 전역에 배포되었던 메달들.

그 남자는 오르락내리락하는 부드러운 말로 연설을 하고 있다. 그는 그 남자가 무슨 말을 하는지 전혀 알 수 없다. 하지만 이따금 말이 멈추고 사람들이 나직하게 그 말에 동의하는 소리가 들린다. 젊은 사람이든 나이든 사람이든 모두가 조용히 만족해하는 것 같다.

그는 주위를 돌아본다. 그 아이는 문의 바로 안쪽, 가까이에 서 있다. 그애의 눈이 초조하게 그를 향한다. 다른 사람들의 눈도 그를 향한다. 이방인, 밖에 있는 이상한 사람인 그를 향한다. 메달을 찬 남자가 얼굴을 찡그리며 잠시 주춤하다가 목소리를 높인다.

그는 그런 관심을 마다하지 않는다. 그는 생각한다. 내가 아직도 여기에 있고, 큰 집에서 살금살금 행동하지 않는다는 사실을 그들이 알게 하자. 그리고 그것이 그들의 모임을 망친다면, 될 대로 되라지. 그는 한 손을 챙 없는 하얀 모자 위로 들어올린다. 그는 처음으로, 그 모자가 있어서, 그것을 자기 것이라고 쓰고 있다는 게 기쁘다.

16

다음날 아침 내내 루시는 그를 피한다. 페트루스를 만나겠다던 약속도 지키지 않는다. 그런데 오후에 페트루스가 직접 장화와 작업복 차림으로 뒷문을 두드린다. 여느 때와 다름없이 사무적이다. 파이프를 놓을 시간입니다, 그가 말한다. 그는 저수지 댐에서 그의 새집까지 200미터에 이르는 길에 PVC 파이프를 놓고 싶어한다. 연장을 빌릴 수 있느냐? 조절기 맞추는 걸 데이비드가 도와줄 수 있겠느냐? 뭐 이런 얘기다.

"나는 조절기에 대해서는 아무것도 몰라요. 배관에 대해서도 몰라요." 그는 페트루스를 도와줄 기분이 아니다.

페트루스가 말한다. "배관이 아니에요. 파이프를 맞추는 거죠. 그저 파이프를 놓는 것에 불과해요."

페트루스는 댐으로 가는 도중 다양한 종류의 조절기, 압력 밸브, 접합부에 대해 설명한다. 그는 과장된 몸짓을 섞어가며 얘기하면서 전문 지식을 뽐낸다. 그는 새 파이프가 루시의 땅을 지나가야 하는데, 그녀가 그것을 허락해줘서 좋다고 말한다. 그에게는 그녀가 "진보적인 사람이다." "퇴보적이 아니라 진보적인 숙녀다."

페트루스는 파티에 대해서도, 눈을 흘끔거리던 소년에 대해서도, 아무 말도 하지 않는다. 아무 일도 없었다는 듯.

곧 그가 댐에서 해야 하는 일이 분명해진다. 페트루스는 파이프 이음매나 배관에 대한 조언이 아니라 물건들을 잡고 있고, 그에게 연장을 건네주는 일을 하는 한트랑어*로 그가 필요하다. 그는 그 일에 불만이 없다. 페트루스는 일을 잘하는 사람이다. 그가 일하는 모습을 바라보는 것은 교훈적이다. 그가 싫어하는 것은 페트루스라는 인간이다. 페트루스가 자신의 계획에 대해 끝없이 떠벌릴수록 그는 그에게 점점 더 냉담해진다. 페트루스와 함께 무인도에 고립되고 싶지는 않다. 분명히 그와 결혼하고 싶지도 않을 것이다. 위압적인 성격. 그런데 그의 젊은 아내는 행복해 보인다. 하지만 그의 늙은 아내는 무슨 이야기를 할지 궁금하다.

마침내 더이상 참을 수 없게 되자 그는 하던 일을 갑자기 멈춘다.

"페트루스, 지난밤에 당신 집에 있던 젊은 남자의 이름이 뭐죠? 지금은 어디 있나요?"

페트루스는 모자를 벗고 이마를 닦는다. 그는 오늘, 남아프리카철도

---

* 독일어로 '잔심부름꾼'.

항만의 은색 배지가 달린 모자를 쓰고 있다. 여러 개의 모자를 갖고 있는 것 같다.

페트루스가 찡그리며 말한다. "데이비드, 그애를 흉악범이라고 하는 건 좀 심하네요. 그는 당신이 그애를 흉악범이라고 부른다며 화가 많이 나 있어요. 사람들에게 그런 말을 하고 다니고 있어요. 나는 평화를 유지해야 하는 사람이에요. 따라서 그런 말은 나한테도 심한 거예요."

"페트루스, 나는 당신을 이 사건에 끌어들이고 싶은 생각은 없어요. 나한테 그애의 이름과 소재를 알려줘요. 그러면 경찰에 알리겠어요. 그런 다음, 경찰이 수사하게 하고 그와 그의 친구들에게 책임을 묻도록 하겠어요. 당신은 관여하지 않고, 나도 관여하지 않을 거예요. 그건 법의 문제가 될 거예요."

페트루스가 몸을 일으키자 그의 얼굴로 햇빛이 쏟아진다. "하지만 보험회사는 당신한테 새 차를 줄 거잖아요."

그것은 질문인가? 선언인가? 페트루스는 무슨 게임을 하고 있는 걸까? 그는 인내심을 가지려고 노력하며 설명한다. "보험회사가 나한테 새 차를 주지는 않을 거예요. 이 나라의 차 절도율 때문에 지금쯤 파산을 하지 않았다고 가정하면, 보험회사는 그들이 책정한 차 값의 몇 퍼센트를 나한테 지불할 뿐이에요. 그 돈으로는 새 차를 살 수 없어요. 여하간, 여기에는 원칙의 문제가 걸려 있어요. 법을 집행하는 걸 보험회사에 맡길 수는 없죠. 이건 그들의 소관이 아니에요."

"하지만 당신은 그애한테서 당신의 차를 돌려받을 수는 없을 거예요. 그애는 당신에게 차를 돌려줄 수 없어요. 그애는 당신 차가 어디 있는지도 몰라요. 당신 차는 없어졌어요. 최선의 길은 보험회사에서 주는 돈으로 다른 차를 사는 거죠. 그러면 다시 차가 생기는 거고요."

어쩌다 그가 이런 궁지에 몰렸을까? 그는 다른 전략을 시도해본다. "페트루스, 물어봅시다. 그애가 당신 친척인가요?"

페트루스는 그 질문을 무시하며 말을 잇는다. "당신은 왜 그애를 경찰에 데려가려는 거죠? 그애는 너무 어려요. 당신은 그애를 감옥에 가둘 수 없어요."

"만약 그가 열여덟 살이라면 재판을 받을 수 있어요. 열여섯 살이라고 해도 재판을 받을 수 있어요."

"아니, 아니, 그애는 아직 열여덟 살이 안 됐어요."

"당신이 그걸 어떻게 알죠? 나한테는 열여덟으로 보입니다. 아니, 열여덟도 더 돼 보여요."

"내가 알아요, 안다고요! 그는 어린애일 뿐이에요. 감옥에 갈 수 없어요. 그게 법입니다. 당신은 어린애를 감옥에 넣을 수는 없어요. 그를 내버려둬야 해요!"

페트루스는 그것으로 얘기가 끝났다고 생각하는 것 같다. 그는 한쪽 무릎을 꿇고 배수구 파이프를 맞추는 일을 시작한다.

"페트루스, 내 딸은 좋은 이웃이 되고 싶어해요. 좋은 시민이자 좋은 이웃이 되고 싶어한다고요. 그애는 이스턴케이프를 좋아해요. 여기서 살고 싶어하고, 모두와 사이좋게 지내고 싶어해요. 하지만 아무런 처벌도 받지 않고 빠져나가는 도둑놈들한테 언제든 공격을 당할지 모르는데, 어떻게 그럴 수 있겠어요? 당신도 보면 알 거 아닙니까!"

페트루스는 파이프를 맞추려고 안간힘을 쓴다. 그의 손에 깊고 거친 금이 보인다. 그는 일을 하면서 작게 툴툴거리는 소리를 낼 뿐이다. 상대방의 말을 들었다는 표시도 없다.

그가 갑자기 말한다. "루시는 여기서 안전해요. 괜찮아요. 안전하니까, 당신은 떠나도 돼요."

"하지만 페트루스, 그애는 안전하지 못하잖아요! 절대 안전하지 못하죠! 당신은 21일에 여기서 무슨 일이 있었는지 알고 있잖아요."

"네, 무슨 일이 있었는지 알아요. 하지만 지금은 괜찮아요."

"누가 괜찮다고 하는 거죠?"

"내가요."

"당신이? 당신이 그애를 보호해줄 거라고요?"

"내가 보호해줄 거예요."

"당신은 지난번에 그애를 보호해주지 못했어요."

페트루스는 파이프에 윤활유를 더 바른다.

그는 자신의 말을 반복한다. "당신은 무슨 일이 있었는지 알고 있다고 하는데, 지난번에는 보호해주지 않았어요. 당신은 어디론가 가버렸고, 그뒤에 세 흉악범이 나타났고, 이제 보니 당신은 그들 중 한 놈과 친구인 것 같네요. 내가 어떤 결론을 내려야 하나요?"

그는 그렇게 페트루스를 비난한다. 하지만 그렇게 하면 안 되는 이유는 뭘까?

페트루스가 말한다. "그애는 죄가 없어요. 그애는 범죄자가 아니에요. 그애는 도둑이 아니에요."

"내가 얘기하는 건 도둑질만이 아니에요. 다른 범죄도 있었어요. 훨씬 더 심각한 범죄 말입니다. 당신은 무슨 일이 있었는지 안다고 했어요. 당신은 내가 무슨 말을 하는지 알 겁니다."

"그애는 죄가 없어요. 그애는 너무 어려요. 당신은 큰 실수를 하는 거예요."

"당신이 알아요?"

"알아요." 파이프가 들어간다. 페트루스는 죔쇠를 두르고 조인 다음 일어서서 허리를 편다. "알아요. 정말이라니까요. 알아요."

"당신은 그것도 알고 미래도 안다니, 내가 거기 대고 무슨 말을 더 할 수 있을까요? 당신의 생각은 잘 알겠어요. 내 도움이 더 필요하나요?"

"아니요, 이제는 일이 쉬워요. 이제는 내가 땅을 파고 파이프를 묻으면 돼요."

—

페트루스는 보험회사를 믿고 있지만, 그의 배상 요구에는 아무 움직임이 없다. 차가 없으니 그는 농장에 갇혀버린 듯한 느낌이다.

그는 어느 날 오후, 동물병원에서 일하다가 베브 쇼에게 속마음을 털어놓는다. "루시와 나는 서로 잘 지내지 못해요. 그게 특별할 건 없죠. 부모와 자식은 같이 살면 안 되도록 되어 있으니까. 정상적인 상황이었으면, 나는 지금쯤 그곳을 나와 케이프타운으로 돌아갔을 거예요. 하지만 루시를 농장에 혼자 놔둘 수는 없어요. 그애는 안전하지 못해요. 나는 농장 관리를 페트루스에게 맡기고 휴식 기간을 가지라고 그애를 설득하고 있어요. 하지만 그애는 한사코 내 말을 듣지 않으려 해요."

"데이비드, 딸을 놔줘야 해요. 당신이 언제까지 루시를 지켜줄 수는 없잖아요."

"나는 오래전에 루시를 놔줬어요. 나는 애를 싸고도는 아비와는 거리가 먼 사람이었어요. 하지만 지금은 달라요. 루시는 누가 봐도 위험에 처해 있어요. 우리는 그런 일을 실제로 겪었잖아요."

"괜찮아질 거예요. 페트루스가 루시를 보호해줄 거예요."

"페트루스? 페트루스가 무슨 득이 있다고 그애를 보호해줄까요?"

"당신은 페트루스를 과소평가하고 있어요. 페트루스는 루시가 시장에 내다팔 채소밭을 가꾸면서 뼈빠지게 일했어요. 페트루스가 없었다면 지금의 루시는 없었을 거예요. 그렇다고 루시가 모든 걸 그에게 빚지고 있다는 말은 아니에요. 하지만 그에게 많은 빚을 지고 있는 건 사실이에요."

"그렇다고 칩시다. 문제는 페트루스가 그애한테 무슨 빚을 지고 있느냐, 하는 거예요."

"페트루스는 착한 사람이에요. 당신은 그에게 의지해도 돼요."

"페트루스에게 의지한다고요? 페트루스가 수염을 기르고, 파이프 담배를 피우고, 지팡이를 들고 다니니까 당신은 페트루스가 예전 같은 캐퍼*라고 생각하죠. 하지만 전혀 아니에요. 페트루스는 예전 같은 캐퍼도 아니고, 착한 사람은 더더욱 아니에요. 내 생각에, 페트루스는 루시가 떠나길 초조하게 기다리고 있어요. 당신이 증거를 원한다면, 루시와 나한테 무슨 일이 일어났는지 보면 돼요. 페트루스가 그 일을 생각해내지는 않았을지 모르지만, 그는 분명히 못 본 체했고, 우리에게

───────────

* 남아프리카에서 흑인을 비하하는 말.

경고도 해주지 않았고, 의도적으로 주변에 있지 않았어요."

그의 격렬함이 베브 쇼를 놀라게 한다. 그녀가 중얼거린다. "가엾은 루시, 그렇게 많은 일을 겪다니!"

"나는 루시가 어떤 일을 겪었는지 알고 있어요. 나는 거기에 있었어요."

그녀는 눈을 크게 뜨고 그를 바라본다. "하지만 데이비드, 당신은 거기에 없었어요. 루시가 나한테 얘기해줬어요. 당신은 거기 없었다고."

당신은 거기에 없었어요. 당신은 무슨 일이 있었는지 몰라요. 그는 당황한다. 베브 쇼에 따르면, 아니 루시에 따르면, 그가 어디에 없었다는 말인가? 침입자들이 포악한 짓을 하는 방안에? 그들은 그가 강간이 무엇인지 모른다고 생각하는가? 그들은 그가 자기 딸과 함께 고통을 겪지 않았다고 생각하는가? 그가 상상할 수 있는 것 이상으로 무엇을 더 목격할 수 있었을까? 혹은 그들은 강간에 관한 한, 어떤 남자도 여자가 있는 곳에 있을 수 없다고 생각하는 걸까? 답이 무엇이든, 그는 너무 화가 난다. 제3자로 취급당하는 것에 너무 화가 난다.

—

그는 작은 TV를 하나 사서 도난당한 것을 대체한다. 저녁을 먹고 난 후 그와 루시는 소파에 나란히 앉아 뉴스를 보고, 참아줄 만하면 오락 프로그램도 본다.

그의 방문이 너무 길어진 것은 사실이다. 루시뿐만 아니라 그가 생각하기에도 그렇다. 그는 여행가방에 들어 있는 것들로 살아가는 데 지쳤다. 그리고 누가 오가지는 않는지 자갈 밟는 소리에 끊임없이 신경을 쓰는 데도 지쳤다. 그는 다시 자기 책상에 앉고, 자기 침대에서 잠을 잘 수 있기를 바란다. 하지만 케이프타운은 멀다. 거의 다른 나라나 마찬가지다. 베브의 충고에도 불구하고, 페트루스의 다짐에도 불구하고, 루시의 고집에도 불구하고, 그는 딸을 버릴 준비가 되어 있지 않다. 지금은 이곳이 그가 사는 곳이다. 이 시간, 이 장소에서는.

그는 시력을 완전히 회복했다. 그의 두피는 나아가고 있다. 그는 더이상 기름이 번들번들한 붕대를 댈 필요가 없다. 귀는 아직도 날마다 살펴봐야 한다. 시간은 정말로 모든 것을 치유한다. 아마 루시도 나아가고 있을지 모른다. 나아가는 것이 아니라면 잊어가고 있을지 모른다. 그날의 기억에 막이 생기고 딱지가 생겨 아물고 있을지 모른다. 그래서 어느 날, 그녀는 '우리가 강도를 당했던 그날'을 언급하며, 그것에 대해 강도를 당했던 날 정도로 생각할지도 모른다.

그는 루시가 집안에 편안히 있을 수 있도록 낮시간을 밖에서 보내려고 한다. 그는 정원에서 일을 한다. 피곤해지면 댐 옆에 앉아 오리 가족이 오르락내리락하는 광경을 바라보면서 바이런에 관한 작업을 생각한다.

그 작업은 진척이 없다. 그가 할 수 있는 것은 단편적인 것뿐이다. 1막의 첫 말들이 아직도 잘 떠오르지 않는다. 첫 음조는 연기처럼 종잡을 수가 없다. 그는 때때로, 일 년 이상 유령 같은 동반자였던 얘기 속의 인물들이 사라지지 않을까 두렵다. 그중에서도 가장 매력적인 마르가리타 코그니조차 손아귀에서 빠져나간다. 그녀가 바이런의 애인 테레사 귀치올리를 향해 토해내는 정열적인 콘트랄토를 듣고 싶어 몸살이

날 지경인데, 빠져나간다. 그들을 잃어버리자 그의 마음은 절망감으로 가득찬다. 더 크게 보면, 두통처럼 잿빛이고 고르고 중요하지 않은 절망감.

그는 가능한 한 자주 동물병원에 가서 먹이고, 닦고, 걸레질을 하는 등 기술이 필요하지 않은 아무 일이나 하겠다고 자청한다.

그들이 병원에서 다루는 동물은 주로 개다. 그리고 좀 드물긴 하지만 고양이도 다룬다. 가축에 관한 한, D 빌리지에는 동물 치료와 관련된 나름의 지식과 나름의 약과 나름의 치료사가 있다. 들어오는 개들은 전염병, 부러진 다리, 물린 상처의 염증, 옴, 의도적이 아니거나 의도적인 방치, 노환, 영양부족, 장내 기생충, 그리고 무엇보다도 생식력 때문에 고통을 당하고 있다. 그 수가 너무 많다. 사람들은 개를 데리고 들어오면서 노골적으로 "이 개를 죽여달라고 데려왔어요"라고 말하지는 않지만, 결국 그런 것을 예상하고 온다. 그것을 처분하고 사라지게 만들고 망각 속으로 보내버리는 것이다. 사실상 요구되는 것은 사실 뢰중*이다(모호한 추상적인 문제에는 언제나 독일어가 으뜸이다). 알코올이 아무런 앙금이나 뒷맛도 남기지 않고 액체에서 승화하는 것과 같은 승화.

그래서 그가 베브 쇼를 도와 그주의 불필요한 개들을 뢰젠**할 때 병원 문은 닫히고 잠긴다. 그는 한 번에 한 마리씩, 뒤에 있는 우리에서 그들을 꺼내 현장으로 몰거나 데리고 간다. 개의 생에 마지막 몇 분에 해당하는 시간, 베브는 하나하나의 개에게 최대한의 관심을 쏟으며,

---

* 독일어로 '해결'.
** 독일어 뢰중의 동사형 '해결하다'.

개를 만지고 개에게 얘기하고 개가 가는 길을 편하게 만든다. 개에게 마력이 통하지 않는 경우가 자주 생기는데, 그것은 그가 거기에 있기 때문이다. 그에게선 잘못된 냄새, 수치의 냄새가 난다. (그들은 당신의 생각을 냄새로 알아요.) 그럼에도 불구하고 주삿바늘이 개의 혈관을 찾고, 약이 심장에 닿아, 다리가 꺾이고 눈이 희미해질 때, 개를 붙잡고 있는 사람은 그다.

그는 자신이 그 일에 익숙해지리라 생각했다. 그런데 그렇게 되지 않는다. 개를 죽이는 일을 도우면 도울수록 더 초조해진다. 어느 일요일 저녁, 그는 루시의 콤비를 몰고 집으로 가다가, 길가에 차를 세워놓고 정신을 가다듬어야 한다. 눈물이 그의 얼굴로 흘러내린다. 멈출 수가 없다. 손이 떨린다.

그는 자신에게 무슨 일이 일어나는지 이해하지 못한다. 지금까지 그는 동물들한테 대개 무관심한 편이었다. 막연하게나마 잔인한 것이 싫긴 하지만, 자신이 기질적으로 잔인한지 아니면 친절한지는 모른다. 그는 단순히 아무것도 아니다. 그는 일을 하는 과정에서 잔인함을 필요로 하는 사람들, 예를 들어 도살장에서 일하는 사람들에게는 그들의 영혼에 굳은살이 생긴다고 생각한다. 습관은 사람을 굳어지게 만든다. 대부분의 경우에는 그럴 것이다. 하지만 그의 경우에는 그렇지 않은 것 같다. 그에게는 굳어지는 재능이 없는 것 같다.

그의 온 존재는 그 장소에서 일어나는 일에 사로잡힌다. 그는 개들이 그들의 운명이 다했음을 안다고 확신한다. 그 과정이 침묵 속에서 고통 없이 행해지더라도, 베브 쇼가 좋은 생각을 하고 그가 좋은 생각을 하려고 해도, 그들이 새로운 사체를 자루에 넣고 아무리 꼭 밀봉을 해도, 뒷마당에 있는 개들은 안에서 무슨 일이 일어나는지 냄새로 안다. 그들도 죽음의 치욕을 느끼는 것처럼, 귀를 납작하게 하고 꼬리를 내려뜨린다. 다리로 버티는 그들을 문턱 위로 밀거나 잡아당기거나 들고 날라야 한다. 어떤 개는 탁자 위에서 오른쪽, 왼쪽으로 고개를 돌리며 물려 하고, 어떤 개는 애처롭게 낑낑댄다. 어떤 개도 베브의 손에 들린 주삿바늘을 똑바로 보지 않으려 한다. 그들은 여하튼 그것이 그들을 끔찍하게 해치리라는 것을 안다.

최악인 것은 그에게 코를 대며 킁킁거리고 그의 손을 핥으려는 개들이다. 그는 개가 자기를 핥는 것을 좋아한 적이 없다. 그의 첫번째 충동은 몸을 빼는 것이다. 실제로 그들을 죽이는 자인데 어째서 친구인 척해야 하는가? 하지만 그다음에는 마음이 누그러진다. 왜 그 접촉이 혐오스러운 것처럼 몸을 움찔해서 죽음의 그림자가 드리운 동물로 하여금 그가 그렇게 느낀다는 것을 알아차리게 해야 하는가? 그래서 그는 그들이 원하면 핥게 놔둔다. 그들이 허락하면, 베브 쇼가 그들을 쓰다듬어주고 그들에게 입을 맞추는 것처럼.

그는 자신이 감상주의자가 아니기를 바란다. 그는 그가 죽이는 동물을 두고 감상적이 되지 않으려 하고, 혹은 베브 쇼를 두고 감상적이 되지 않으려 한다. 그는 그녀에게 "당신이 어떻게 그 일을 하는지 모르겠어요"라고 말하지 않는다. 그녀가 "누군가는 그 일을 해야 해요"라고 답변하는 것을 듣고 싶지 않기 때문이다. 그는 베브 쇼가 저 깊숙한 차원에서는 해방시키는 천사가 아니라 악마일지 모르며, 겉으로 보이는 동정심 밑에 도살꾼처럼 모진 마음을 숨기고 있을지 모른다는 가능성을 일축하지 않는다. 그는 판단을 보류하려고 한다.

베브 쇼는 주삿바늘을 찌르는 사람이기 때문에, 나머지를 처리하는 것은 그의 몫이다. 죽이는 일이 끝난 다음날 아침 그는 사체가 가득 실린 콤비를 몰고 세틀러스병원 부지로, 소각로로 간다. 그리고 거기에서 검은 자루 속의 사체를 불길에 맡긴다.

과정이 끝난 후 곧장 소각로로 싣고 가서 인부들이 처리하도록 하는 게 더 간단할 것이다. 하지만 그것은 그들을 병동에서 나온 폐기물, 길가에서 수거한 동물 사체, 가죽공장에서 나온 악취나는 쓰레기 등이 아무렇게나 끔찍하게 뒤섞인 주말 쓰레기와 함께 놓아둔다는 걸 의미한다. 그는 그들을 그렇게 모욕할 준비가 되어 있지 않다.

그래서 그는 일요일 저녁에 그 자루들을 루시의 콤비 뒤에 싣고 농장으로 가져가, 하룻밤을 놓아뒀다가 월요일 아침에 병원 부지로 간다. 거기에서 그는 그것들을 한 번에 하나씩 공급 활차에 싣고 기계를 작동시킨다. 기계는 활차를 잡아당겨 철문을 지나 불속으로 들여보낸다. 그러면 그는 지레를 잡아당겨 활차 안에 있는 것을 비우고 제자리로 돌아오게 만든다. 그러는 동안 대개의 경우 이런 일을 해야 하는 인부들은 옆에 서서 지켜본다.

그는 이 일을 시작했던 첫번째 월요일에는 그들이 소각하도록 놔뒀다. 사후경직으로 사체들은 밤새 뻣뻣이 굳어 있었다. 개의 다리가 활차의 살에 끼어 활차가 용광로에 들어갔다 나온 후에도 사체가 그대로 남아 있는 경우가 자주 있었다. 사체는 검게 그을리고, 이빨은 드러나 보이고, 털이 탄 냄새가 나고, 겉을 싸고 있던 비닐은 불에 타버린 상태였다. 얼마 후에 인부들은 사체를 싣기 전에 삽 뒤로 자루를 두들겨 굳은 뼈를 부러뜨렸다. 그가 그 일을 하겠다고 나선 것은 바로 그때였다.

소각로는 무연탄을 연료로 쓰고, 연기를 굴뚝으로 빨아들이는 전기 송풍기가 달려 있었다. 그는 그것이 병원이 세워진 1950년대에 생겼다고 추측한다. 그것은 월요일에서 토요일까지, 일주일에 엿새 동안 가동된다. 그리고 일곱째 날에는 쉰다. 인부들은 일하러 오면, 전날의 재를 긁어내고 불을 붙인다. 오전 아홉시가 되면 내부 온도는 뼈를 석회화하기에 충분한 섭씨 1000도가 된다. 불은 오전 중반까지 지펴진다. 그리고 그것이 식으려면 오후 내내 걸린다.

그는 인부들의 이름을 모르고, 그들은 그의 이름을 모른다. 그들에게는 그가 월요일마다 동물복지연합에서 자루를 싣고 도착하기 시작하더니, 그후로 나타나는 시간이 점점 더 빨라지는 사람일 뿐이다. 그가 소각로에 도착하는 시간은 매번 더 일러진다. 그는 와서 자기 일을 한다. 그리고 간다. 철조망과 맹꽁이자물쇠가 달린 문과 세 가지 언어로 된 안내판에도 불구하고, 그는 소각로가 활동의 중심인 집단의 일부가 되지 않는다.

울타리는 절단된 지 오래다. 문과 안내판은 그냥 무시된다. 잡역부들이 병원 폐기물 자루를 갖고 아침에 도착할 때쯤이면, 벌써 많은 여자들과 아이들이 기다리고 있다가, 쓰레깃더미에서 주사기, 핀, 씻어서 쓸 수 있는 붕대 등 팔 수 있는 것은 무엇이든 골라낸다. 무티* 약방이나 거리에서 팔 수 있는 알약이 특히 인기다. 낮에는 병원 부지를 어슬렁거리고 밤에는 온기를 찾아 소각로 벽에 기대 잠을 자는 거지들도 있다. 어쩌면 그들은 온기를 찾아 굴뚝 안으로도 들어가는지 모른다.

---

* 남아프리카 원주민의 토속 약초.

그들과 친해지고 싶은 생각은 없다. 하지만 그가 거기에 있을 때, 그들도 거기에 있다. 만약 그가 거기에 가져오는 것이 그들의 관심을 끌지 못한다면, 그것은 오직 그들이 죽은 개의 일부를 팔거나 먹을 수 없기 때문이다.

그는 왜 그런 일을 택했는가? 베브 쇼의 짐을 덜어주기 위해서? 그럴 경우, 쓰레깃더미에 자루를 내려놓고 가버리면 될 것이다. 개들을 위해서? 하지만 개들은 죽었다. 개들이 명예와 불명예에 대해 무엇을 알겠는가?

그렇다면 그 자신을 위해서다. 그가 생각하는 세상을 위해서다. 처리하기 쉽게 하려고 삽으로 개의 사체를 두드려 부러뜨리는 사람들이 없는 세상을 위해서다.

개들을 병원으로 데려오는 건 그들이 더이상 필요 없어졌기 때문이다. 우리가 너무 많아서 그래요.* 그가 개들의 삶 속으로 들어가는 곳은 바로 그곳이다. 그는 그들의 구원자는 아닐지 모른다. 구원자에게는 그들이 너무 많은 게 아닐 것이다. 그러나 그들이 일단 자신들을 돌볼 줄 모르는, 전혀 돌볼 줄 모르는 상태가 되면, 베브 쇼조차 그들에게서 손을 떼면, 그들을 돌볼 준비를 한다. 도그맨. 페트루스는 언젠가 자신을 이렇게 일컬었다. 그런데 지금은 그 자신이 도그맨이 되었다. 개 장의사, 개의 영혼을 저승으로 인도하는 자. 하리잔**.

---

* 토머스 하디의 장편소설 『무명의 주드』에 나오는 "because we are too menny"라는 말을 인용한 것이다. 아이들이 너무 많다는 이유로 숙소를 거부당하자 부모가 없는 사이 큰아이가 아이들을 데리고 자살하며 남긴 유서다. 여기서 menny는 many의 의미다.
** 불가촉천민.

그처럼 이기적인 사람이 죽은 개를 위해 봉사하려고 하다니 신기하다. 세상, 혹은 세상이라는 관념에 자기를 바치는 다른 방법, 더 생산적인 방법이 틀림없이 있을 것이다. 예를 들어, 동물병원에서 더 오랜 시간 일할 수도 있을 것이다. 쓰레깃더미를 뒤지는 아이들한테 몸에 독이 묻지 않도록 조심하라고 타이를 수도 있을 것이다. 더 작정하고 앉아 바이런 대본을 쓰는 것도 아쉬운 대로 인류에 대한 봉사로 쳐줄 수 있을지 모른다.

하지만 동물복지, 사회 재활, 심지어 바이런에 관한 일—이런 일들을 할 다른 사람들이 있다. 그가 사체들의 존엄을 지키려는 것은 다른 누구도 그런 일을 할 만큼 어리석지 않기 때문이다. 그는 그렇게 어리석고, 둔하고, 잘못된 인간이 되어가고 있다.

17

병원에서 일요일에 하는 일이 모두 끝난다. 콤비에는 죽은 화물이 실린다. 그는 마지막으로 수술실 바닥을 닦는다.

베브 쇼가 뜰에서 들어오며 말한다. "제가 할게요. 가고 싶으실 테니."

"난 별로 바쁠 것 없어요."

"그래도 당신은 다른 종류의 삶에 익숙해 있잖아요."

"다른 종류의 삶이라고요? 삶이 종류별로 있다는 건 몰랐네요."

"제 말은 당신이 여기서 하는 일을 아주 따분하게 생각하실 거라는 거죠. 당신은 같은 부류의 사람들이 그립고, 여자친구들도 그리울 게 분명해요."

"당신은 여자친구들이라고 하는데, 루시가 틀림없이 당신한테 내가 왜 케이프타운을 떠났는지 얘기해줬겠죠. 여자친구들은 나한테 별다른 행운을 가져다주지 못했어요."

"그녀에게 가혹하시면 안 돼요."

"루시에게 가혹하다고요? 나는 루시에게 가혹할 마음이 없어요."

"루시가 아니라 케이프타운에 있는 젊은 여자 말이에요. 루시 얘기로는 당신을 상당히 곤란하게 만든 젊은 여자가 있었다던데."

"그래요, 젊은 여자가 있었어요. 하지만 문제를 일으킨 사람은 나였어요. 그녀가 나한테 그랬던 것만큼, 나도 그 여자를 곤란하게 만들었어요."

"루시 말로는 당신이 대학을 그만둬야 했다던데, 힘드셨겠어요. 후회하세요?"

무슨 참견일까! 스캔들의 낌새라도 있으면 여자들이 얼마나 흥분하는지 생각하면 흥미롭다. 작고 못생긴 이 여자는 데이비드가 자신에게 충격을 줄 수 없다고 생각하는 걸까? 아니면 세상에서 폭력의 비율이 줄어들도록 누워서 폭행당하기를 기다리는 수녀처럼, 충격을 받는 것이 그녀가 떠맡는 또다른 의무들 중 하나일까?

"후회하느냐고요? 모르겠네요. 난 케이프타운에서 생긴 일 때문에 이곳으로 왔어요. 그런데 여기에서 불행하지는 않아요."

"하지만 그 당시, 그 당시에는 후회하셨나요?"

"그 당시라고요? 한창 그 일을 하고 있을 때 말인가요? 당연히 아니죠. 한창 그 일을 하고 있을 땐 아무런 의심도 없으니까요. 당신도 그걸 알 거예요."

그녀는 얼굴을 붉힌다. 중년 여자의 얼굴이 그렇게 새빨개지는 것을 본 지 오래다. 머리 뿌리까지 말이다.

그녀는 나직하게 말한다. "그래도 그레이엄스타운은 당신에게 너무 조용한 곳일 게 틀림없어요. 비교하자면 말이죠."

"그레이엄스타운은 괜찮죠. 적어도 유혹에서 벗어나 있으니까요. 게다가 나는 그레이엄스타운에 살지도 않잖아요. 내 딸과 함께 농장에서 살고 있으니까요."

자신이 유혹에서 벗어나 있다고, 여자에게, 못생긴 여자에게라도 말한다는 것은 무정한 짓이다. 하지만 그녀가 모든 사람의 눈에 못생겨 보이지는 않을 것이다. 빌 쇼가 젊은 베브에게서 무언가를 본 때가 있었음이 틀림없다. 어쩌면 다른 남자들도 그랬을지 모른다.

그는 이십 년 전의 그녀를 상상해보려 한다. 그때는 짧은 목 위의 얼굴이 멋져 보이고, 주근깨가 난 피부도 수수하고 건강해 보였을지 모른다. 그는 충동적으로 손을 뻗어 그녀의 입술을 손가락으로 더듬는다.

그녀는 눈을 아래로 내리깔지만 몸을 움츠리지는 않는다. 오히려 얼굴을 붉힌 채, 그의 손에 입술을 비빈다. 아니, 얼굴을 엄청 빨갛게 붉힌 채 그의 손에 입을 맞춘다고 말할 수 있을지 모른다.

그것이 일어나는 일의 전부다. 그것이 그들이 갈 수 있는 최대한도다. 그는 아무 말 없이 병원을 떠난다. 뒤에서 그녀가 불을 끄는 소리가 들린다.

다음날 오후, 그녀에게서 전화가 온다. "네시에 병원에서 만날 수 있어요?" 높고 긴장한 목소리. 질문이 아니라 통고다. 그는 "왜요?" 하고 물어볼까 하다가 그만둔다. 그럼에도 불구하고 그는 깜짝 놀란다. 그는 그녀가 전에 이런 일을 해본 적이 없다고 확신한다. 그녀는 순진하게도, 간통은 이런 식으로 이뤄진다고 생각하고 있음이 틀림없다. 여자가 자기를 쫓아다니는 남자에게 전화를 해, 자신이 준비됐다는 것을 선언하는 식으로.

월요일에는 병원을 열지 않는다. 그는 들어가서 문을 잠근다. 베브 쇼는 그에게서 등을 돌리고 수술실에 있다. 그는 그녀를 안는다. 그녀는 귀를 그의 턱에 비빈다. 그의 입술이 그녀의 팽팽하고 작은 곱슬 머리에 스친다. 그녀가 말한다. "캐비닛에 담요가 있어요. 아래 칸에요."

두 장의 담요. 한 장은 분홍색, 한 장은 회색. 어쩌면 목욕을 하고 화장을 하고 마음의 준비를 한 여자가 집에서 몰래 가져온 담요. 어쩌면 매주 일요일마다 만약의 경우를 대비해 화장을 하고 마음의 준비를 하고 캐비닛에 담요를 두고 있었을지도 모른다. 그가 대도시에서 왔기 때문에, 그의 이름에 스캔들이 붙어다니기 때문에, 그가 많은 여자들과 섹스를 하고, 발에 걸리는 여자 누구하고나 섹스를 한다고 생각하는 여자.

수술대와 바닥 중 하나를 선택해야 한다. 그는 바닥에 담요를 펼친다. 회색 담요는 밑에, 분홍색 담요는 위에. 그는 불을 끄고, 나가서 뒷문이 잠겼는지 확인하고 기다린다. 그는 그녀가 옷 벗는 소리를 듣는다. 베브. 그는 베브 같은 여자와 잠을 자리라고는 꿈에도 생각지 못했다.

그녀는 머리만 내놓고 담요를 덮고 누워 있다. 침침함 속에서도 그 모습에는 매력적인 것이 아무것도 없다. 그는 팬티를 벗고 그녀 곁으로 들어가서 그녀의 몸을 만진다. 그녀에게는 가슴이라고 할 만한 것이 없다. 땅딸막한 작은 통처럼 탄탄하고 허리는 거의 없다.

그녀는 그의 손을 잡고 그에게 무언가를 건넨다. 피임 도구다. 처음부터 끝까지 만반의 준비가 되어 있다.

그는 그들의 성교에서, 적어도 자신이 의무를 다하고 있다고 말할 수는 있다. 정열은 없지만 혐오감도 없다. 결국 베브 쇼가 스스로에게 만족할 수 있도록 하기 위해서다. 그녀가 의도한 것은 모두 성취되었다. 그 즉 데이비드 루리는 남자가 여자한테 구원받듯이 구원받았다. 그녀의 친구 루시 루리는 어려운 방문으로 도움을 받았다.

그들이 지쳤을 때 그는 그녀 곁에 누워 이렇게 생각한다. 이날을 잊지 말자. 이것이 멜러니 아이삭스의 달콤하고 젊은 살 다음에 내가 다다른 지점이다. 이것이 내가 익숙해져야 하는 것이다. 이것, 아니 이것보다 덜한 것조차.

베브 쇼가 말한다. "늦었어요. 저는 가야 해요."

그는 담요를 옆으로 밀치고 몸을 가리려고도 하지 않고 일어선다. 그는 생각한다. 그녀가 자신의 로미오의 모습을, 그의 굽은 어깨와 앙상한 정강이를 맘껏 바라보게 놔두자. 정말로 시간이 늦었다. 지평선 위로 마지막 심홍색 빛이 보인다. 달이 머리 위로 모습을 드러낸다. 연기가 공중에 떠다닌다. 멀리 늘어선 오두막들에서 떠드는 소리가 황무지 너머로 들린다. 베브는 문에서 마지막으로 그에게 몸을 밀착시키고 머리를 그의 가슴에 댄다. 그는 그녀가 하고 싶은 모든 것을 할 수 있게 해준 것처럼, 그녀가 그렇게 하도록 놔둔다. 그는 중요한 첫 오후를 보낸 후, 거울 앞에서 자신을 과시하는 에마 보바리를 생각한다. 나한테 애인이 생겼어! 나한테 애인이 생겼어! 에마가 자신을 향해 노래하듯 말한다. 그래, 가엾은 베브 쇼도 집에 가서 그런 노래를 할 수 있게 놔주자. 그녀를 가엾은 베브 쇼라고 부르지 말자. 그녀가 가엾다면, 그는 파산했다.

18

페트루스는 어디에서 빌렸는지 전혀 알 수 없는 트랙터를 빌려 온다. 그는 루시가 살기 이전부터 마구간에 녹슨 채 놓여 있던 낡은 회전식 쟁기를 거기에 채운다. 그는 몇 시간 내에 자신의 땅을 죄다 갈아놓는다. 모든 것이 아주 빠르고 사무적이다. 모든 것이 너무 아프리카답지 않다. 소가 끄는 쟁기를 손으로 잡고 땅을 갈던 옛날에는, 말하자면 십 년 전만 해도, 며칠이 걸렸을 것이다.

루시가 이렇게 새로워진 페트루스와 대적할 수 있을까? 페트루스는 땅 파는 남자, 짐 나르는 남자, 물 주는 남자로 시작했다. 그런데 지금은 그런 것을 하기에는 너무 바쁘다. 루시는 땅을 파고, 짐을 나르고, 물을 줄 사람을 어디서 구할까? 이것이 체스 게임이라면 루시의 모든 전선이 무너진 셈이다. 만약 생각이라는 것이 있다면 그녀는 그만

둘 것이다. 토지은행에 가서 협상하고 농장을 페트루스에게 넘기고 문명으로 돌아갈 것이다. 그녀는 교외에 동물위탁소를 차릴 수도 있을 것이다. 원한다면 고양이를 맡는 일도 할 수 있을 것이다. 토속적인 직물 뜨기, 토속적인 도자기 장식, 토속적인 바구니 짜기, 관광객들에게 목걸이를 파는 일 등 그녀가 친구들과 히피족처럼 살면서 했던 일들을 다시 할 수도 있을 것이다.

패배다. 십 년 뒤의 루시를 상상하는 것은 어렵지 않다. 유행이 한참 지난 옷을 입고, 반려동물들에게 말을 걸며, 혼자 식사를 하고, 얼굴에 서글픈 주름이 진 무거운 여자일 것이다. 별 볼 일 없는 삶일 것이다. 하지만 개들이 그녀를 충분히 지켜주지 못하고, 아무도 전화를 받지 않는 상황에, 언제 다시 공격당할지 두려워하며 나날을 보내는 것보다는 낫다.

그는 새집을 지을 터에 있는 페트루스에게 다가간다. 그곳은 약간 높은 곳에 있어서 루시의 농가가 내려다보인다. 측량사가 벌써 다녀갔는지 말뚝들이 박혀 있다.

그가 묻는다. "직접 건물을 짓는 건 아니겠죠?"

페트루스가 껄껄 웃는다. "아닙니다. 그건 기술이 필요한 일이죠. 벽돌을 쌓고, 회반죽을 바르고, 그런 일들은 모두 기술이 필요하죠. 아뇨, 난 도랑을 파려고 해요. 나 혼자도 그건 할 수 있으니까요. 기술이 필요한 일이 아니니까요. 그냥 애나 하는 일이죠. 땅을 파려면 애가 돼야죠."

페트루스는 진짜 재미있어라 하며 그 단어를 얘기한다. 한때 그는 애였지만, 이제는 아니다. 마리 앙투아네트가 우유 짜는 여자 행세를 하며 놀았듯이 이제 애 행세를 하며 장난칠 수 있다.

그는 요점으로 들어간다. "만약 루시와 내가 케이프타운으로 돌아가면, 당신이 루시의 농장을 맡아주렵니까? 우리가 당신에게 월급을 줄 수도 있고, 비율로 나눌 수도 있을 겁니다. 소득의 몇 퍼센트를 받는 식으로 말이죠."

페트루스가 말한다. "내가 루시의 농장이 돌아가게 만들어야죠. 내가 농장 매니저가 돼야죠." 그는 전에 농장 매니저라는 말을 들어본 적이 없는 사람처럼, 갑자기 모자 속에서 토끼가 튀어나오듯 발음한다.

"그래요, 당신이 좋다면 농장 매니저라고 부를 수도 있겠죠."

"그리고 루시는 언젠가 돌아올 거고요."

"그애가 돌아올 건 분명하죠. 그애는 이 농장에 애착이 많아요. 단념할 생각이 전혀 없어요. 하지만 그애는 최근에 어려운 일을 겪었어요. 그래서 휴식과 휴가가 필요한 거예요."

"바닷가에서." 페트루스는 이렇게 말하면서 담뱃진 때문에 누레진 이를 드러내며 웃는다.

"그래요, 루시가 원한다면 바닷가에서." 그는 페트루스가 습관적으로 말을 애매하게 하는 것에 짜증이 난다. 페트루스의 친구가 될 수 있을지 모른다고 생각했던 때가 있다. 이제 그는 그를 혐오한다. 페트루스와 얘기하는 것은 모래로 가득찬 자루를 두들기는 것과 같다. 그가 말한다. "만약 그애가 휴식시간을 갖기로 결정하면, 그걸 갖고 왈가왈부할 자격이 우리 중 누구에게도 없다고 생각해요. 당신도 그렇고 나도 그렇고."

"내가 얼마나 오랫동안 농장 매니저를 해야 하죠?"

"페트루스, 난 아직 몰라요. 루시와 상의해보지도 않았으니까요. 나는 다만 가능성을 타진해보는 중이에요. 당신이 그렇게 해주겠다고 할지 보려고 말이죠."

"내가 모든 걸 해야겠죠. 개들도 먹이고, 채소도 심고, 시장에도 가고……"

"페트루스, 그런 걸 열거할 필요는 없어요. 개들은 없을 거예요. 나는 그저 일반적인 질문을 하는 것뿐이에요. 루시가 휴가를 간다면, 당신이 농장을 관리해줄 건가요?"

"나한테는 콤비가 없는데 어떻게 시장에 가죠?"

"그건 세부 사항일 뿐이에요. 세부 사항에 대해서는 나중에 의논할 수 있어요. 지금은 나한테 예, 아니요, 하는 일반적인 대답만 해주면 돼요."

페트루스는 고개를 젓는다. "그건 너무 많아요. 너무 많아."

—

느닷없이 경찰서에서 전화가 걸려온다. 포트엘리자베스의 에스터후이제 경사다. 그의 차를 찾았다고 한다. 뉴브라이턴경찰서에 있으니 신분증을 갖고 와서 찾아가라고 한다. 두 남자가 체포됐다고 한다.

"좋은 소식이네요. 거의 단념하고 있었는데."

"아닙니다, 사건의 처리 기간은 이 년입니다."

"차는 어떤 상태죠? 운전할 수 있습니까?"

"네, 운전할 수 있습니다."

그는 이례적으로 마음이 들떠서 루시와 함께 포트엘리자베스를 거쳐 뉴브라이턴으로 간다. 그들은 판데벤터 스트리트로 가서, 위에 날카로운 철망이 쳐진 2미터 높이의 담으로 둘러싸인 납작하고 요새 같은 경찰서에 도착한다. 경찰서 앞에 차를 세우지 말라는 단호한 경고문이 붙어 있다. 그들은 길 아래쪽에 차를 세운다.

루시가 말한다. "저는 차에서 기다릴게요."

"정말이니?"

"저는 이곳이 싫어요. 여기서 기다릴게요."

그는 수사과에 갔다가 미로 같은 통로를 따라 차량 절도 전담 부서로 간다. 작고 통통한 체구에 금발인 에스터후이제 경사는 서류를 찾아서 그를 데리고 수십 대의 차가 빽빽이 들어서 있는 뒤뜰로 간다. 그들은 줄을 따라 오르락내리락한다.

그는 에스터후이제 경사에게 묻는다. "어디서 찾았죠?"

"여기 뉴브라이턴에서요. 당신은 운이 좋았어요. 오래된 코롤라는 대개 도둑들이 부품을 팔아먹으려고 분해해버리거든요."

"그들을 체포했다고 하셨죠."

"두 명이죠. 정보를 입수하고 그들을 검거했죠. 집 전체가 장물로 가득차 있더군요. TV, 비디오, 냉장고, 뭐든지요."

"지금 그 사람들은 어디 있습니까?"

"보석으로 풀려났습니다."

"그들을 풀어주기 전에, 나한테 전화해서 그들을 확인하게 하는 게 더 좋지 않았을까요? 이제 보석으로 풀려났으니, 그들은 사라져버릴 거예요. 당신도 알잖아요."

형사는 표정이 딱딱하고 말이 없다.

그들은 하얀색 코롤라 앞에서 멈춘다. 그가 말한다. "이건 내 차가 아니에요. 내 차에는 CA 번호판이 달려 있어요. 사건 등록서에도 그렇게 적혀 있어요." 그는 종이 위의 번호를 가리킨다. CA 507644.

"그들은 색을 다시 칠하고, 가짜 번호판을 달죠. 번호판을 이리저리 바꿔 달아요."

"그렇다고 하더라도 이건 내 차가 아닙니다. 열어볼 수 있습니까?"

형사가 차문을 연다. 젖은 신문지와 닭튀김 냄새가 난다.

그가 말한다. "내 차에는 사운드 시스템이 없어요. 이건 내 차가 아닙니다. 혹시 내 차가 이 주차장의 다른 어딘가에 있는 건 아닙니까?"

그들은 주차장을 한 바퀴 돈다. 그의 차는 거기에 없다. 에스터후이제는 머리를 긁는다. "조사해보겠습니다. 무슨 착오가 있었던 게 틀림없어요. 전화번호를 남겨두고 가면 제가 연락을 드리죠."

루시는 눈을 감고, 콤비의 운전석에 앉아 있다. 그는 창문을 두드린다. 그녀가 문을 연다. 그가 들어서며 말한다. "코롤라가 있긴 하지만, 내 차는 아니다."

"그 남자들을 봤어요?"

"어떤 남자들?"

"두 남자가 체포됐다고 하셨잖아요."

"보석으로 풀려났단다. 여하간 그건 내 차가 아니다. 따라서 누가 체포됐건 내 차를 가져간 자들은 아니다."

오랜 침묵이 이어진다. 그녀가 말한다. "논리적으로 그렇게 되나요?"

그녀는 시동을 걸고 핸들을 거칠게 돌린다.

그가 말한다. "네가 그렇게 그들이 잡히기를 바라는지 몰랐다." 그는 자신의 목소리에 짜증이 묻어 있음을 알면서도 그것을 억제하려고 하지도 않는다. "만약 그들이 체포되면 재판을 받게 될 거고 그렇게 되면 재판과 거기에 따르는 절차가 진행될 거다. 너는 증언을 해야 할 테지. 그럴 준비가 되어 있니?"

루시는 차의 시동을 끈다. 그녀는 굳은 얼굴로 눈물을 참고 있다.

"여하튼 아무 실마리도 없는 상태다. 그러니 그 친구들이 이런 상태의 경찰한테 잡힐 리가 없지. 그러니 그런 건 잊어버리자."

그는 마음을 가다듬는다. 그는 잔소리가 많아지고 지겨운 사람이 되어가고 있다. 하지만 어쩔 수 없다. "루시, 정말로 이제는 네가 선택해야 할 때다. 추악한 기억들로 가득찬 집에 계속 살면서 너한테 일어난 일을 곱씹든지, 아니면 모든 걸 뒤에 남겨두고 다른 곳에서 새 삶을 시작하든지 말이다. 내가 보기에는 그게 너한테 남은 선택지다. 네가 여기에 머물고 싶어한다는 걸 안다. 하지만 적어도 다른 길도 생각해봐야 하지 않겠니? 우리 둘은 그것에 대해 이성적으로 얘기할 수 없는 거니?"

그녀는 고개를 젓는다. "아버지, 전 더이상 얘기할 수 없어요. 그럴 수 없을 뿐이에요." 그녀는 말이 말라버릴까봐 두려운 것처럼 부드럽고 빠르게 말한다. "저도 제가 분명하지 않다는 건 알아요. 저도 설명할 수 있으면 좋겠어요. 하지만 그럴 수가 없어요. 아버지는 아버지고 저는 저니까 설명할 수 없어요. 죄송해요. 그리고 차 문제도 죄송해요. 실망하셨을 텐데 죄송해요."

그녀는 팔에 얼굴을 묻는다. 그녀가 무너지면서 어깨가 들썩거린다.

다시 감정의 물결이 그를 휩쓴다. 무기력, 무관심. 그러나 동시에 무중력의 상태. 마치 그가 안에서부터 파먹혀 부식된 심장 껍질만 남은 것만 같다. 그는 생각한다. 이런 상태에 있는 사람이 어떻게 죽은 자를 불러오는 말을 찾아내고 음악을 만들 수 있을까?

슬리퍼를 신고 남루한 치마를 입은 여자가 5야드도 떨어지지 않은 보도에 앉아 있다가 그들을 맹렬하게 노려본다. 그는 루시의 어깨에 지그시 손을 얹는다. 그는 생각한다. 내 딸, 내 가장 소중한 딸. 내가 인도 해야 할 딸. 언젠가 나를 인도해야 할 딸.

그녀는 그의 생각의 냄새를 맡을 수 있을까?

그가 운전대를 잡는다. 놀랍게도 집으로 가는 길 중간쯤에 루시가 불쑥 얘기를 꺼낸다. "그건 너무 개인적이었어요. 그들은 제게 개인적인 원한이 있는 것처럼 그 일을 했어요. 무엇보다도 그것이 저를 더 놀라게 만들었어요. 나머지는…… 예상되는 일이었어요. 하지만 그들이 저를 왜 그렇게 증오했을까요? 저는 그들을 한 번도 본 적이 없었는데."

그는 더 기다린다. 하지만 더이상의 얘기는 나오지 않는다. 그는 마침내 자기 생각을 말한다. "역사가 그들을 통해서 말을 하는 거야. 악행의 역사 말이다. 도움이 된다면 그런 식으로 생각해라. 개인적인 것으로 보였을지 모르지만 그렇지는 않았을 게다. 조상들로부터 물려받은 거지."

"그렇다고 그게 더 쉬워지지는 않아요. 제가 증오의 대상이었다는 충격이 가시지를 않아요. 그 행위에서요."

그 행위에서. 그녀가 말하는 그것은 그가 생각하는 것과 같은 의미일까?

그는 묻는다. "아직도 무섭니?"

"네."

"그들이 다시 올까 무섭니?"

"네."

"네가 그들을 고발하지 않으면, 그들이 다시 오지 않을 거라고 생각했니? 그게 네가 생각했던 거니?"

"아뇨."

"그럼 뭐니?"

그녀는 말이 없다.

"루시, 이건 아주 간단할 수 있어. 동물위탁소를 접어라. 즉시 말이다. 문을 잠그고, 페트루스에게 돈을 주고 집을 돌보게 해라. 이 나라의 상황이 호전될 때까지, 육 개월이나 일 년 동안 휴가를 떠나거라. 외국으로 가라. 네덜란드로 가라. 내가 경비를 대겠다. 그리고 나중에 다시 돌아와서, 잘 생각해보고 새 출발을 해라."

"아버지, 만약 제가 지금 떠나면 다시는 돌아오지 않을 거예요. 그런 제안을 해주셔서 고맙지만, 그건 안 될 거예요. 뭘 제안하시든 저도 몇백 번 생각해보지 않은 것이 없어요."

"그럼 어쩔 셈이니?"

"모르겠어요. 하지만 제가 무슨 결정을 내리든, 저 스스로 결정하고 싶어요. 아버지가 이해하지 못하시는 것들이 있어요."

"내가 뭘 이해하지 못한다는 거니?"

"우선, 아버지는 그날 저한테 있었던 일을 이해하지 못해요. 저를 걱정해주시는 건 고마워요. 아버지는 그걸 이해한다고 생각하시지만, 궁극적으로는 이해하지 못해요. 그럴 수가 없으니까요."

그는 속력을 줄이고 길가에 차를 세운다. 루시가 말한다. "세우지 마세요, 여기는 안 돼요. 좋지 않은 곳이에요. 차를 세우기에는 너무 위험해요."

그는 속력을 낸다. 그가 말한다. "그건 정반대다. 나는 모든 걸 너무 잘 이해한다. 나는 우리가 지금까지 피해왔던 말을 하려고 한다. 너는 강간을 당했다. 집단적으로. 세 남자한테."

"그리고요?"

"너는 목숨의 위협을 느꼈다. 그런 다음 너는 살해당할까 두려웠다. 그냥 처분되는 것을 두려워했겠지. 그들에게 너는 아무것도 아니었기 때문이다."

"그리고요?" 그녀의 목소리는 이제 속삭임에 가깝다.

"그리고 나는 아무 일도 하지 못했다. 나는 너를 구하지 못했다."

그것은 그 자신의 고백이다.

그녀는 초조하게 손을 살짝 젓는다. "아버지, 자책하지 마세요. 어떻게 저를 구할 수 있었겠어요. 만약 그들이 일주일만 더 일찍 왔더라면, 저는 집에 혼자 있었을 거예요. 하지만 그들에게는 제가 아무것도 아니었다는 말씀은 맞아요. 저는 그걸 느낄 수 있었어요."

잠깐 말이 멎는다. 그녀의 목소리가 이제 더 차분해진다. "그들은 전에도 그런 짓을 하고 다녔던 것 같아요. 적어도 나이가 더 많은 두 사람은 그랬어요. 무엇보다 먼저 그들은 강간범이에요. 물건을 훔치는 일은 부차적인 일일 뿐이에요. 곁가지죠. 그들은 정말로 강간을 하더군요."

"네 생각엔 그들이 돌아올 것 같니?"

"제 생각에는 제가 그들의 영토 안에 들어와 있어요. 그들은 저를 점찍었어요. 그들은 돌아올 거예요."

"그렇다면 여기에 있을 수 없지."

"왜 안 되죠?"

"왜냐하면 그들을 불러들이는 거나 마찬가지니까."

그녀는 대답하기 전 오랫동안 생각에 잠긴다. "아버지, 하지만 달리 볼 수는 없을까요? 만약…… 만약 그게 여기 머무는 것에 대한 값으로 지불해야 하는 거라면 어떻게 될까요? 어쩌면 그들은 그렇게 바라볼지 몰라요. 어쩌면 저도 그렇게 바라봐야 하는지 몰라요. 그들은 제가 그들에게 뭔가를 빚지고 있다고 생각해요. 그들은 자신들을 빚쟁이나 세금 징수원으로 생각해요. 왜 저는 아무런 값도 지불하지 않고 여기에 살아야 하나요? 어쩌면 이게 그들의 생각일 거예요."

"그들이 별의별 생각을 다 한다는 건 확실하다. 자기들을 정당화하기 위해서 얘기를 꾸며내는 건 그들의 이익에 부합해. 하지만 네 느낌을 믿어라. 너는 그들에게서 오직 증오만 느꼈다고 얘기했어."

"증오…… 아버지, 남자들과 섹스의 문제에 관한 한, 이제 어떤 것도 저를 놀라게 하진 못해요. 어쩌면 남자들은, 여자를 증오하면 섹스가 더 자극적이 되나봐요. 남자니까 아시겠죠. 낯선 여자와 섹스를 하고, 여자를 올가미에 넣고, 여자를 짓누르고, 아래에 깔고, 자기 몸을 여자한테 부리는 건, 여자를 죽이는 것과 어느 정도 비슷하지 않나요? 칼을 쑤셔박고, 나중에는 피가 낭자한 몸을 뒤에 남기고 떠나는 건 살인 같지 않아요? 살인을 하고 달아나는 것과 비슷하지 않아요?"

222

남자니까 아시겠죠. 자기 아버지한테 그렇게 말하는 법이 어디 있는가? 그녀와 그는 같은 편인가?

그가 말한다. "아마, 때때로. 어떤 남자들에게는." 그는 깊은 생각 없이 빠르게 덧붙인다. "그들 둘이 똑같았니? 죽음과 싸우는 것 같았니?"

"그들은 서로 응원하더군요. 어쩌면 그게 그들이 그 짓을 같이 하는 이유일 것 같아요. 떼 지어 몰려다니는 개들처럼."

"세번째 애는?"

"그는 배우는 중이었어요."

그들은 소철 광고판을 지나쳤다. 시간이 거의 다 되었다.

그는 말한다. "만약 그들이 백인이었다면 너는 그들에 대해서 이런 식으로 얘기하지 않았을 거다. 예를 들어 그들이 디스패치에서 온 백인 악당들이었다면 말이다."

"그럴까요?"

"그래, 그러지 않았을 거다. 널 비난하는 게 아니다. 그게 요점은 아니다. 하지만 네가 얘기하는 것에는 새로운 게 있다. 그들은 너를 그들의 노예로 만들려는 거야."

"노예는 아니고요. 굴복이죠. 종속이죠."

그는 고개를 흔든다. "루시, 이건 너무 심하다. 팔아치워라. 페트루스에게 농장을 팔고 떠나라."

"싫어요."

거기서 대화는 끝난다. 하지만 루시의 말이 그의 마음속에 메아리친다. 피가 낭자하다니. 루시는 무슨 뜻으로 한 말일까? 그가 꿈속에서 피가 낭자한 침대와 피가 낭자한 욕조를 본 것은 결국 사실이라는 말일까?

그들은 정말로 강간을 하더군요. 그는 세 사람이 그리 낡지 않은 도요타에 타고, 뒷좌석에는 집안의 물건을 가득 싣고, 그들의 페니스, 그들의 무기를 다리 사이에 따뜻하고 만족스럽게 끼고—고양이처럼 가르랑거린다는 말이 그의 머릿속에 떠오른다—가버리는 모습을 생각해본다. 그들은 자신들이 오후에 했던 일에 만족스러워할 충분한 이유가 있었음이 틀림없다. 자기들이 한 일에서 행복감을 느꼈음이 틀림없다.

그는 어렸을 때 신문 기사에서 강간rape이란 말을 보고 그것이 정확히 무슨 말인지 알려고 노력하며, 보통은 그렇게도 부드러운 p자가 아무도 큰 소리로 발음하지 못할 정도로 끔찍한 단어의 한가운데에서 무엇을 하고 있을까, 궁금해하던 자신을 떠올린다. 도서관에 있는 그림책에는, 꽉 죄는 로마 갑옷을 입고 말을 탄 남자들과 허공에 팔을 저으며 울부짖는 얇은 베일을 쓴 여인들이 그려진, 〈사빈 여인들의 강간〉이라는 제목의 그림이 있었다. 이렇게 점잔을 빼는 태도가 그가 강간이라고 생각하는 것, 즉 남자가 여자 위에 올라타고 여자한테 자신을 밀어넣는 것과 어떤 관계가 있을까?

그는 바이런에 대해 생각한다. 바이런이 자신을 밀어넣은 많은 백작부인들과 가정부들 가운데, 그것을 강간이라고 부른 사람들이 분명히 있었다. 하지만 어느 누구도 그 일의 끝에 목이 잘릴 것을 두려워할 이유가 없었다. 그의 시점에서 보면, 루시의 시점에서 보면, 바이런은 정말로 시대에 뒤떨어졌다.

루시는 두려웠다. 죽을 만큼 두려웠다. 목소리는 막혀서 나오지 않왔고, 숨은 쉴 수 없었고, 몸은 마비되었다. 그 남자들이 그녀를 강제로 눕힐 때, 그녀는 생각했다. 이건 지금 일어나는 일이 아니야, 꿈이고 악몽일 뿐이야. 그 남자들은 그들대로 그녀의 두려움을 마시며 흥청대고, 그녀에게 상처를 주고, 그녀를 위협하고, 그녀의 두려움을 증폭시키기 위해 할 수 있는 모든 짓을 했다. 그들은 그녀에게 말했다. 네 개들을 불러라! 어서, 네 개들을 불러라! 개들이 없어? 그렇다면 우리가 네게 개들을 보여주겠다!

당신은 이해하지 못해요, 당신은 거기에 없었어요. 베브 쇼는 이렇게 말한다. 그런데 그녀는 잘못 생각하고 있다. 루시의 직관이 결국 맞다. 그는 이해한다. 집중하고 자기를 버리면, 그는 거기에 있을 수 있고, 그 남자들이 될 수 있고, 그들에게 깃들 수 있고, 그들을 자신의 혼으로 채울 수 있다. 문제는 여자가 될 수 있느냐 하는 것이다.

그는 고독한 방에서 딸에게 편지를 쓴다.

"사랑하는 루시에게. 세상의 모든 사랑을 너한테 보낸다. 그런데 이 말은 해야겠다. 너는 위험한 오류의 벼랑에 서 있다. 너는 역사 앞에서 겸허해지고 싶어한다. 하지만 네가 가는 길은 잘못된 길이다. 그것은 너로부터 모든 자존심을 박탈할 것이다. 너는 온전한 삶을 살 수 없을 것이다. 제발 내 말을 들어라.

아버지로부터."

반시간 후, 봉투가 문 밑으로 들어온다. "아버지께. 아버지는 제 말을 듣지 않으셨군요. 저는 아버지가 알고 있는 사람이 아니에요. 저는 죽은 사람이에요. 아직은 무엇이 저를 다시 삶으로 데려올지 몰라요. 제가 아는 건 오직 떠날 수 없다는 것뿐이에요.

아버지는 이걸 이해하지 못하시는 거예요. 제가 뭘 더 어떻게 해야 이해하실지 모르겠어요. 아버지는 일부러 햇살이 비치지 않는 구석에 앉아 있는 것 같아요. 세 마리의 침팬지 중 앞발로 눈을 가리고 있는 침팬지 같아요.

그래요, 제가 가는 길은 잘못된 길일지 몰라요. 하지만 제가 지금 농장을 떠나면, 저는 패배하고 떠나는 것이 돼요. 그리고 그 패배감을 평생 동안 곱씹으며 살아야 할 거예요.

언제까지나 어린애로 살 수는 없어요. 아버지도 언제까지나 아버지일 수 없고요. 아버지가 좋은 의미로 그러신다는 건 알아요. 하지만 지금 이 순간에는 그런 도움은 필요 없어요.

루시."

이것이 그들의 서신 교환이다. 이것이 루시의 마지막 말이다.

—

개 죽이는 하루의 일과가 끝났다. 검은 자루들이 문간에 쌓여 있다. 각각의 자루에는 몸과 영혼이 들어 있다. 그와 베브 쇼는 서로의 팔에 안겨 수술실 바닥에 누워 있다. 반시간 후, 베브는 빌에게 돌아갈 것이고, 그는 자루를 싣기 시작할 것이다.

베브 쇼가 말한다. "첫 부인에 대해서는 아무 얘기도 안 하셨어요. 루시도 얘기해주지 않았고요."

"루시의 어머니는 네덜란드인이었어요. 그애가 당신에게 그 얘기는 해줬겠죠. 에블리나. 에비. 이혼 후 네덜란드로 돌아갔죠. 나중에 재혼했고요. 루시는 의붓아버지와 사이가 안 좋았어요. 그래서 남아프리카로 돌아오겠다고 했어요."

"당신을 선택한 셈이군요."

"어떤 의미에서는 그렇죠. 어떤 환경과 어떤 지평선을 선택한 셈이기도 하죠. 지금 나는 그애에게 다시 떠나라고 설득하고 있어요. 휴식을 위해서라도 말이죠. 그애는 네덜란드에 가족도 있고 친구도 있어요. 네덜란드는 살기에 최고로 신나는 곳은 아닐지 모르지만, 적어도 악몽을 만드는 곳은 아니니까요."

"그래서요?"

그는 어깨를 으쓱한다. "루시가 지금은 내 충고를 들으려고 하지 않아요. 내가 좋은 안내자가 못 된다면서."

"하지만 당신은 선생이었잖아요."

"아주 우연히 그렇게 된 거예요. 가르치는 일이 내게는 직업인 적이 없어요. 나는 사람들한테 어떻게 살아가야 하는지에 대해 가르치려고 한 적이 없어요. 나는 소위 말하는 학자였어요. 죽은 사람들에 대한 책을 썼죠. 그런 것에 마음이 있어요. 오직 생계를 위해서 가르쳤을 따름이에요."

그녀는 그가 말을 더 하기를 기다린다. 그러나 그는 더이상 계속할 기분이 아니다.

해가 지고 있다. 날씨가 추워진다. 그들은 사랑을 나누지 않았다. 기본적으로 그것이 그들이 같이 하는 것이라고 하는 척도 그만뒀다.

그의 머릿속에서 바이런이 무대 위에서 홀로 노래를 하려고 숨을 들이쉰다. 그는 그리스를 향해 출발하려는 참이다. 그는 서른다섯의 나이에, 인생의 소중함을 이해하기 시작한다.

순트 라크리마에 레룸, 에트 멘텀 모르탈리아 탄군트.* 이것이 바이런의 말이 되리란 걸 그는 확신한다. 음악은 지평선 어딘가에 떠돌기만 하고 아직 떠오르지 않는다.

베브 쇼가 말한다. "걱정하지 마세요." 그녀는 그의 가슴에 머리를 대고 있다. 어쩌면 그녀는 육보격 시와 보조가 맞는, 그의 가슴이 뛰는 소리를 들을 수 있을지 모른다. "빌과 제가 그녀를 돌볼게요. 우리가 농장에 자주 들를게요. 그리고 페트루스도 있고요. 페트루스가 지켜볼 거예요."

"아버지 같은 페트루스."

"그래요."

"루시는 내가 영원히 아버지일 수는 없다고 말하더군요. 하지만 나는 이 세상에서, 루시의 아버지가 아닌 나를 상상할 수 없어요."

그녀는 그의 짧은 머리카락 사이로 손가락을 넣는다. 그녀가 속삭인다. "괜찮을 거예요. 두고 보세요."

---

* 라틴어로 '세상을 위한 눈물, 사람의 일은 사람의 마음을 적시는 법.' 베르길리우스의 서사시 『아이네아스 이야기』에 나오는 말이다.

19

그 집은 개발 구역에 있다. 십오 년이나 이십 년 전에 새로 지었을 때는 다소 황량해 보였겠지만, 지금은 보도에 깔린 잔디, 나무, 콘크리트 블록으로 된 담 위에 뻗어 있는 덩굴식물 등으로 꽤 괜찮아졌다. 루스트홈 크레슨트 8번지에는 페인트가 칠해진 정원 문과 인터폰이 있다.

그는 버튼을 누른다. 앳된 목소리가 대답한다. "여보세요?"

"아이삭스 씨를 찾고 있어요. 제 이름은 루리입니다."

"아직 집에 안 계세요."

"언제 오세요?"

"곧 오실 거예요." 부저가 울리면서 빗장이 풀린다. 그는 문을 밀고 들어간다.

길은 앞문으로 통한다. 날씬한 소녀가 그를 바라보며 서 있다. 그녀는 교복을 입고 있다. 푸른 튜닉 스커트에 무릎까지 올라가는 하얀 스타킹을 신고, 목깃이 열린 셔츠를 입고 있다. 그녀는 멜러니의 눈과 멜러니의 큰 광대뼈와 멜러니의 검은 머리를 하고 있다. 오히려 더 아름답다. 멜러니가 얘기했던 여동생. 그 순간, 이름이 떠오르지 않는다.

"안녕. 아버지는 언제 집에 오시니?"

"학교는 세시에 끝나지만 보통 늦게까지 학교에 계세요. 괜찮아요, 들어오셔도 돼요."

그녀는 그가 지나갈 때 몸을 반듯이 편 채 열린 문을 잡고 있다. 그녀는 케이크를 먹는 중이다. 그녀는 그것을 두 손가락으로 우아하게 잡고 있다. 윗입술에 가루가 묻었다. 그는 손을 뻗어 가루를 떼어주고 싶은 충동을 느낀다. 하지만 동시에 그녀의 언니에 대한 기억이 뜨거운 물결이 되어 몰려온다. 그는 생각한다. 맙소사, 내가 여기서 뭘 하고 있나?

"원하시면 앉아 계세요."

그는 앉는다. 가구가 반짝인다. 방은 답답할 정도로 깔끔하다.

"이름이 뭐지?"

"데저레이예요."

데저레이Desiree, 이제야 기억이 난다. 까무잡잡한 첫딸 멜러니, 그리고 원하던desired 딸인 데저레이. 그녀에게 그런 이름을 붙여주면서, 그들은 신들을 시험했음이 틀림없다.

"내 이름은 데이비드 루리란다." 그는 그녀를 자세히 쳐다본다. 하지만 그녀는 그 이름을 알고 있다는 아무런 표시도 하지 않는다. "케이프타운에서 왔지."

"언니가 케이프타운에 있어요. 학생이에요."

그는 고개를 끄덕인다. 난 언니를 알아, 잘 알아. 이렇게 말하지는 않는다. 하지만 그는 생각한다. 어쩌면 가장 은밀한 곳까지 똑같을 나무의 열매. 그러나 차이가 있다. 피가 다르게 뛰고, 열정의 긴박함이 다르다는 것. 같은 침대에 있는 그들 둘, 왕에게나 맞을 호사.

그는 가볍게 몸을 떨며 시계를 바라본다. "그런데 말이야 데저레이, 네가 나한테 네 아버지 학교에 가는 길을 얘기해줄 수 있으면, 내가 학교로 가서 아버지를 만나는 게 좋을 것 같다."

—

그 학교는 주거단지 안에 있다. 철제 창문에 석면 지붕을 한 낮은 외장 벽돌 건물로, 철조망을 둘러친 사각형의 먼지투성이 부지에 서 있다. 입구의 한쪽 기둥에는 굵은 글씨로 F.S. MARAIS라고 쓰여 있고, 다른 쪽 기둥에는 중학교라고 쓰여 있다.

운동장에는 아무도 없다. 그는 교무실이라고 쓰인 표지판이 나올 때까지 두리번거리며 돌아다닌다. 안에서는 통통한 중년의 사무원이 손톱을 손질중이다. 그가 말한다. "아이삭스 선생님을 뵙고 싶습니다."

그녀가 소리친다. "아이삭스 선생님! 손님 오셨어요!" 그녀는 그를 향해 말한다. "그냥 들어가세요."

아이삭스는 반쯤 몸을 일으키다가 멈칫하고 어리둥절해져 그를 바라본다.

"절 기억하십니까? 케이프타운에서 온 데이비드 루리입니다."

"아." 아이삭스는 이렇게 말하고 다시 앉는다. 그는 그때와 똑같이 너무 큰 양복 차림이다. 그의 목은 재킷 속으로 사라지고 없다. 거기에서 그는 자루에 갇힌 날카로운 부리의 새처럼 사람을 응시한다. 창문은 닫혀 있다. 썩은 담배 냄새가 난다.

그가 말한다. "절 만나고 싶지 않다면 지금 나가겠습니다."

아이삭스가 말한다. "아닙니다, 앉으세요. 출석부를 점검하고 있었을 뿐이니까요. 하던 일을 마저 해도 괜찮을까요?"

"그러세요."

책상에는 사진 액자가 놓여 있다. 그가 앉은 곳에서는 사진이 보이지 않는다. 그러나 그는 그게 어떤 사진일지 안다. 아버지한테는 눈에 넣어도 아프지 않을 멜러니와 데저레이, 그리고 그들을 낳은 어머니.

아이삭스는 마지막 출석부를 닫으며 말한다. "저를 찾아오신 이유가 뭐죠?"

그는 긴장할 줄 알았다. 그런데 아주 평온하다.

그가 말한다. "멜러니의 고발 이후, 대학은 공식적으로 그 일을 조사했습니다. 결과적으로 저는 사임하게 됐습니다. 그게 일어난 일입니다. 알고 계시겠죠."

아이삭스는 아무 감정도 내보이지 않고 당황스러운 표정으로 그를 응시한다.

"전 그후로 빈둥거리고 있습니다. 오늘 조지를 지나치는데, 당신과 얘기를 해보면 어떨까 하는 생각이 들더군요. 우리가 지난번에 만났을 때는…… 격한 상태였다는 사실이 떠오르긴 했지만, 여하간 여기에 들러 마음속에 있는 말을 해야겠다고 생각했습니다."

거기까지는 사실이다. 그는 마음속에 있는 것을 얘기하고 싶다. 문제는 마음속에 무엇이 있느냐 하는 것이다.

아이삭스는 싸구려 빅 볼펜을 들고 있다. 그는 손가락으로 볼펜대를 쓸어내리고, 그것을 뒤집어, 다시 손가락으로 볼펜대를 쓸어내리기를 반복한다. 초조하다기보다는 기계적인 동작이다.

그는 말을 계속한다. "멜러니 쪽 얘기는 들으셨을 테니, 당신이 들어준다면 내 쪽 얘기를 들려드리고 싶습니다.

제 입장에서 말씀드리자면, 제가 작정하고 시작한 일은 아니었습니다. 그것은 모험으로 시작된 일이었습니다. 저를 포함해서 일정한 유형의 남자들이 경험하고, 저를 지탱해주는 돌발적인 작은 모험 중 하나였다고 할까요. 이런 식으로 얘기하는 걸 이해해주세요. 저는 솔직해지려고 하는 중입니다.

하지만 멜러니의 입장에서는 예기치 않은 일이 생긴 겁니다. 저는 그걸 불이라고 생각합니다. 그녀는 내 안에 불을 댕겼습니다."

그는 말을 멈춘다. 볼펜이 계속 춤을 춘다. 돌발적인 작은 모험, 일정한 유형의 남자들. 책상에 앉아 있는 남자에게도 그런 모험이 있을까? 보면 볼수록, 더욱 그럴 것 같지는 않다. 만약 아이삭스가 성당의 부제副祭나 복사服事라고 해도 그는 놀라지 않을 것이다. 복사가 정확히 무엇이든지 간에.

"불의 특징이 뭐겠습니까? 불이 꺼지면 성냥을 그어 다른 불을 켠다, 저는 이런 식으로 생각했습니다. 하지만 옛날에는 사람들이 불을 숭배했습니다. 그들은 신으로 받드는 불을 꺼뜨리는 것을 망설였습니다. 당신의 딸이 내 안에 지른 것은 그런 종류의 불이었습니다. 나를

다 태워버릴 정도로 뜨겁지는 않았지만, 진짜였습니다. 진짜 불이었습니다."

태워지고burned — 탔고burnt — 다 타버렸다burnt up.

펜이 움직임을 멈췄다. 멜러니 아버지가 말한다. "루리 씨." 그의 얼굴에는 비틀리고 고통스러운 미소가 어려 있다. "내가 근무하는 학교로 찾아와서 나한테 그 얘기를 하는 저의가 뭔지 궁금하군요."

"미안합니다. 저도 이게 터무니없는 짓이라는 건 압니다. 이게 끝입니다. 이게 제가 변명이랍시고 하고 싶었던 말입니다. 멜러니는 어떻습니까?"

"물으니까 대답하지만, 멜러니는 괜찮습니다. 매주 전화를 합니다. 공부도 다시 시작했답니다. 당신도 이해하겠지만, 그들은 그애의 상황을 고려해 특별한 조치를 취해줬습니다. 그애는 남는 시간에 극장 일을 계속하고, 잘하는가봅니다. 그러니 멜러니는 괜찮습니다. 당신은 어떻습니까? 그 직업을 그만뒀으니 이제 어떻게 하실 계획입니까?"

"당신이 들으면 놀라시겠지만 제게도 딸이 하나 있습니다. 그애는 농장을 갖고 있는데, 저는 농장 일을 거들며 그애와 시간을 같이 보낼 겁니다. 또한 끝마쳐야 할 책도 있습니다. 일종의 책이죠. 이렇든 저렇든 저는 바쁘게 지낼 겁니다."

그는 말을 멈춘다. 아이삭스는 그를 뚫어질 듯 쳐다본다.

"그래서," 아이삭스는 부드럽게 말한다. 말이 한숨처럼 그의 입술을 떠난다. "막강한 자가 쓰러졌다!"*

---

* 구약성서 「사무엘하」 1장 27절에 빗댄 말.

쓰러졌다고? 그래, 쓰러짐이 있었다. 그것은 의심할 여지가 없다. 하지만 막강한 자? 막강한 자라는 말이 그에게 맞는 말일까? 그는 자신을 모호하고, 점점 더 모호해져가는 사람으로 생각한다. 역사의 변방에 속하는 사람.

그는 말한다. "어쩌면 가끔씩 쓰러지는 것도 우리에게 좋은 일인지 모르죠. 부서지지만 않는다면요."

아이삭스는 아직도 골똘한 표정으로 그를 응시하며 말한다. "좋아요, 좋아요, 좋아요." 처음으로 그는 그에게서 멜러니의 흔적을 찾아낸다. 균형 잡힌 입과 입술. 그는 충동적으로 책상 위로 손을 내밀어 그 남자와 악수를 하려다가 손등만 가볍게 건드리고 만다. 서늘하고 털이 없는 피부.

아이삭스가 말한다. "루리 씨, 당신과 멜러니에 관한 얘기 말고, 저한테 하고 싶은 다른 얘기가 있습니까? 당신 마음속에 뭔가가 있다고 말씀하셨죠?"

"제 마음속에요? 없어요. 없습니다. 멜러니가 어떤지 알아보려고 들렀을 뿐입니다." 그는 일어선다. "만나줘서 고맙습니다, 정말 고맙습니다." 그는 이번에는 곧장 손을 내민다. "그럼 안녕히 계세요."

"안녕히 가세요."

그가 문가에 다다랐을 때, 아니, 이제 텅 비어 있는 바깥 사무실로 나왔을 때 아이삭스가 부른다. "루리 씨! 잠깐만요!"

그가 돌아간다.

"오늘 저녁 뭐하실 거죠?"

"오늘 저녁요? 호텔방을 잡아놨죠. 아무 계획도 없습니다."

"우리집에 와서 함께 식사를 하시죠. 저녁 먹으러 오세요."

"당신 부인이 환영할 것 같지 않네요."

"아마 그럴 거예요. 그러지 않을 수도 있고요. 여하간 오세요. 함께 식사를 하시죠. 우리는 일곱시에 식사를 합니다. 주소를 적어드리죠."

"그럴 필요는 없습니다. 이미 당신 집에 들렀다 왔습니다. 이곳을 가르쳐준 사람도 당신 딸이었습니다."

아이삭스는 눈 하나 깜빡이지 않고 말한다. "좋습니다."

—

아이삭스가 직접 현관문을 열어준다. "들어오세요, 들어오세요." 아이삭스는 그를 거실로 데리고 간다. 부인의 흔적도 없고, 둘째 딸의 흔적도 없다.

그가 와인 한 병을 내밀며 말한다. "선물로 가져왔습니다."

아이삭스는 고맙다고 말하지만, 와인을 어떻게 해야 할지 모르는 것 같다. "조금 드릴까요? 따서 가지고 올게요." 그는 거실을 나선다. 부엌에서 속삭이는 소리가 난다. 그가 돌아온다. "코르크따개를 잃어버린 것 같습니다. 하지만 딸이 이웃집에서 빌려 올 겁니다."

그들은 분명히 술을 마시지 않는 사람들이다. 그는 그것을 생각했어야 한다. 소박하고 신중하고 엄격한 소시민 가정. 차는 잘 닦여 있고, 잔디는 말끔하게 깎여 있고, 은행에는 예금이 있고, 보석 같은 두 딸을 위해, 연극 쪽에 야심이 있는 영리한 멜러니와 미인인 데저레이의 미래를 위해, 모든 것을 쏟아붓는 소시민 가정.

그는 두 사람이 가까워지게 된 첫날 저녁, 그의 옆 소파에 앉아 위스키를 탄 커피를 마시던 멜러니를 떠올린다. 위스키는—이 말이 잘 나오지 않으려 한다—그녀에게 기름을 치려고 탄 것이었다. 그녀의 날씬한 작은 몸, 그녀의 매력적인 옷, 흥분해서 반짝이는 그녀의 눈, 늑대가 어슬렁거리는 숲속에 발을 내딛던 그녀.

미인인 데저레이가 와인병과 코르크따개를 들고 들어온다. 그녀는 그들을 향해 오다가, 인사를 해야 한다는 것을 의식하며 순간 망설인다. "아빠?" 그녀는 병을 건네며 당황한 듯 중얼거린다.

그래, 그녀도 그가 누구인지 알게 됐다. 그들은 그에 대한 얘기를 나눴고, 어쩌면 그를 두고 말다툼을 했을 것이다. 원치 않는 손님, 어둠이라고 알려진 남자.

그녀의 아버지는 딸의 손을 잡고 말한다. "데저레이, 이분은 루리 씨다."

"안녕, 데저레이."

그녀는 얼굴로 내려온 머리를 뒤로 넘긴다. 그녀는 아직도 당황한 채 그의 눈길을 받지만 아버지의 비호를 받으며 더 강해진다. 그녀가 중얼거린다. "안녕하세요." 그는 생각한다. 맙소사! 맙소사!

그녀는 마음속에 스치는 것을 숨길 수 없다. 그러니까 이 남자가 언니랑 발가벗고 같이 있던 남자구나! 그러니까 이 사람이 언니와 그 짓을 한 남자구나! 이 늙은이가!

부엌과 창구로 연결된 별개의 작은 식당이 있다. 네 벌의 최고급 식사도구가 식탁에 놓여 있다. 촛불이 타고 있다. 아이삭스가 말한다. "앉으세요, 앉으세요!" 아직도 그의 부인은 흔적이 없다. "잠깐만요."

아이삭스는 부엌으로 사라진다. 그는 뒤에 남아, 맞은편에 앉은 데저 레이를 본다. 더이상 용기가 없어진 그녀는 고개를 푹 숙인다.

그때 그들이, 부모가 함께 돌아온다. 그가 일어선다. "당신은 제 아 내를 만난 적이 없죠. 도린, 이분은 우리 손님인 루리 씨야."

아이삭스 부인은 키가 작은 여인이다. 중년이 되어 몸이 불고 있고, 다리가 굽은 탓에 몸을 약간 기우뚱하며 걷는다. 하지만 그는 딸들이 누 구를 닮았는지 알 수 있다. 그녀는 젊었을 때 정말 미인이었을 것이다.

그녀는 안색이 굳어 있다. 그녀는 그의 눈을 피한다. 하지만 희미하 게 고개를 끄덕인다. 고분고분한 착한 아내, 내조자. 둘이 한 몸을 이룰 지로다.* 딸들은 그녀를 닮게 될까?

그녀가 지시한다. "데저레이, 이리 와서 나르는 것 좀 도와주렴."

아이는 그 말이 고마워 얼른 의자에서 일어선다.

그가 말한다. "아이삭스 씨, 제가 당신 가정에 불화를 일으키고 있군 요. 당신은 친절하게 저를 초대해주셨습니다. 정말 고맙습니다. 하지 만 제가 가는 게 좋을 것 같습니다."

아이삭스는 놀랍게도 즐거운 표정을 지으며 웃는다. "앉으세요, 앉 으세요! 우린 괜찮아질 거예요! 우리는 해낼 거예요!" 그는 더 가까이 몸을 기울인다. "마음을 굳게 먹으셔야 해요!"

그때 데저레이와 그녀의 어머니가 생강과 커민 향기가 나는 닭고기 토마토 스튜, 밥, 샐러드와 피클 등을 가지고 돌아온다. 그가 루시와 살면서 가장 먹고 싶어하던 음식들이다.

---

* 구약성서 「창세기」 2장 24절에 나오는 말.

와인병이 그 앞에 놓인다. 잔은 하나뿐이다.

그가 말한다. "저 혼자만 마시는 건가요?"

아이삭스가 말한다. "어서 드세요."

그는 한 잔을 따른다. 그는 달짝지근한 와인을 좋아하지 않는다. 그는 그들의 입맛에 맞을 거라고 생각하고, 늦포도로 담근 와인을 사 왔다. 그에게는 설상가상이다.

기도하는 일이 남았다. 아이삭스 가족은 손을 맞잡는다. 그도 소녀의 아버지에게 왼손을, 그녀의 어머니에게 오른손을 내밀 수밖에 없다. 아이삭스가 말한다. "주님, 우리가 먹는 것에 대해 우리가 진심으로 감사할 수 있게 하소서." 그의 부인과 딸이 "아멘" 하고 말한다. 데이비드 루리, 그도 "아멘" 하고 말하고 두 손을 놓는다. 비단처럼 서늘한 아버지의 손, 일을 해서 따뜻해진 작고 통통한 어머니의 손.

아이삭스 부인이 요리를 덜어준다. "뜨거우니 조심하세요." 그녀는 그의 접시를 건네주면서 말한다. 그것이 그녀가 그에게 한 유일한 말이다.

식사를 하는 동안 그는 착한 손님 행세를 하려고 유쾌한 얘기를 하고 침묵을 메우려고 노력한다. 그는 루시에 대해서, 동물위탁소에 대해서, 그녀의 양봉과 원예 사업에 대해서, 그가 토요일 아침에 시장에서 하는 일에 대해서 얘기한다. 습격을 당한 일에 대해서는 그의 차가 도난당했다는 말만 하고 적당히 둘러댄다. 그는 동물복지연합에 대해서 얘기한다. 하지만 병원에 있는 소각로나 베브 쇼와 보내는 은밀한 오후에 대해서는 얘기하지 않는다.

이렇게 짜맞추다보니 얘기는 그늘이 없이 펼쳐진다. 백치 같은 단순함 속의 시골생활. 그는 그것이 사실이기를 얼마나 바라는가! 그는 그늘과 복잡함과 복잡한 사람들에 질렸다. 그는 딸을 사랑한다. 하지만 그는 딸이 더 단순했으면, 더 단순하고 더 깔끔했으면 싶을 때가 있다. 그녀를 강간한 남자, 그 갱의 우두머리는 그랬다. 바람을 가르는 칼날처럼.

그는 수술대 위에 누워 있는 자신을 상상해본다. 메스가 번쩍인다. 그의 몸은 목에서 사타구니까지 개봉된다. 그는 그 모든 것을 바라보지만 고통을 느끼지는 않는다. 턱수염을 기른 의사가 얼굴을 찡그리며 그 위에 몸을 굽힌다. 이게 다 뭐지? 의사가 투덜거린다. 그는 쓸개를 쿡쿡 찔러본다. 이게 뭐지? 그는 그것을 잘라 던져버린다. 그는 심장을 쿡쿡 찔러본다. 이게 뭐지?

아이삭스가 묻는다. "당신 딸 혼자서 농장을 운영하나요?"

"가끔 도와주는 남자가 있어요. 페트루스라고. 아프리카인이죠." 그리고 그는 페트루스에 대해, 다부지고 믿음직하며 아내가 둘인데다 적당한 야심을 가진 페트루스에 대해 얘기한다.

그는 생각했던 것보다 배가 덜 고프다. 대화가 시들해진다. 여하간 그들은 식사를 마친다. 데저레이는 숙제를 해야 한다며 양해를 구하고 자리를 뜬다. 아이삭스 부인이 식탁을 치운다.

그가 말한다. "가야겠습니다. 내일 일찍 출발해야 해서요."

아이삭스가 말한다. "기다려요, 잠깐만 계세요."

그들 둘만 남는다. 그는 더이상 발뺌할 수 없다.

그가 말한다. "멜러니 얘긴데요."

"네?"

"한마디만 더 하고 그만하겠습니다. 내 생각에 나이 차이는 있었지만 우리 둘의 관계가 다른 식으로 될 수도 있었을 것 같습니다. 하지만 제가 줄 수 없는 뭔가가 있었어요. 뭐랄까," 그는 적당한 말을 찾으려고 애쓴다. "서정적인 어떤 것이랄까요. 저한테는 서정적인 게 부족해요. 저는 사랑을 너무 실질적으로 대해요. 당신이 이해하실지 모르지만, 저는 불에 타오를 때조차 노래를 못하는 사람이에요. 그 점에 대해 죄송하게 생각합니다. 당신 딸이 그런 일을 겪게 해서 죄송합니다. 당신의 가족은 정말 훌륭합니다. 당신과 부인에게 심려를 끼친 데 대해 사과드립니다. 용서해주세요."

훌륭하다는 말은 맞지 않는다. 모범적이다라는 말이 더 맞을 것이다.

아이삭스가 말한다. "마침내 사과를 하셨네요. 그게 언제 나오나 궁금했습니다." 그는 생각에 잠긴다. 그는 아직 자리에 앉지 않았다. 그는 이리저리 왔다갔다하기 시작한다. "당신은 미안하다면서 당신한테 서정적인 게 부족했다고 말합니다. 그리고 당신한테 서정적인 게 있었다면, 우리가 오늘과 같은 상황에 있지 않을 거라고 말합니다. 하지만 나는 이런 생각을 해봅니다. 우리는 발각이 되면 미안해합니다. 그러고 나서야 아주 미안해하는 거죠. 중요한 건 미안해하는 게 아닙니다. 중요한 건 우리가 거기서 어떤 교훈을 얻었느냐 하는 겁니다. 중요한 건 미안하면 어떻게 해야 하느냐 하는 겁니다."

그가 대꾸하려고 하자, 아이삭스가 한 손을 들며 제지한다. "당신 앞에서 하느님이라는 말을 해볼까요? 당신은 하느님의 이름을 들었다고 기분 나빠하는 사람은 아니죠? 중요한 건 아주 미안하다는 것 외에, 하느님이 당신에게 뭘 원하시느냐 하는 겁니다. 루리 씨, 생각나는 게 있나요?"

아이삭스가 이리저리 왔다갔다하는 것에 신경이 쓰이지만, 그는 어휘를 조심스럽게 선택해서 말한다. "보통 때 같으면 저는, 어느 정도 나이가 되면 사람은 교훈을 배우기에는 너무 늦다고 얘기할 겁니다. 벌을 받고, 또 벌을 받을 수 있을 뿐이라고요. 하지만 어쩌면 그건 사실이 아닐지 모릅니다. 늘 그런 건 아닐 겁니다. 기다려봐야죠. 하느님 얘기를 하셨는데, 저는 신자가 아닙니다. 그래서 당신이 하느님과 하느님이 원하시는 것이라고 했던 말을 제게 맞는 말로 바꿔야겠습니다. 제게 맞는 말로 바꾸면, 저는 저와 당신 딸 사이에 있었던 일 때문에 벌을 받는 중입니다. 저는 치욕스러운 상태로 떨어졌습니다. 거기서 저를 건져올리는 것은 쉬운 일이 아닐 겁니다. 제가 거부했던 건 처벌이 아닙니다. 그것에 대해서는 아무런 이의가 없습니다. 반대로, 날이면 날마다 그것에 따라 살아가며, 수치를 제 존재의 현상태로 받아들이려고 합니다. 당신 생각에 하느님에게는 제가 기약 없이 치욕 속에서 살아가는 것으로 충분할 것 같습니까?"

"루리 씨, 저는 모르겠습니다. 보통 때 같으면 저한테 묻지 말고 하느님한테 물으라고 대답할 겁니다. 하지만 당신이 기도를 하지 않는다니까, 당신은 하느님한테 물을 길이 없겠군요. 그렇다면 하느님은 당신한테 얘기할 수단을 찾으실 겁니다. 루리 씨, 당신이 왜 여기에 와 있다고 생각하십니까?"

그는 말이 없다.

"내가 말해주겠습니다. 당신은 조지를 지나가다가, 당신 학생의 가족이 조지에 살고 있다는 사실을 떠올렸고, 그래볼까? 하는 생각이 들었던 겁니다. 당신은 그런 계획을 세우지 않았지만, 지금 당신은 우리 집에 와 있는 겁니다. 당신한테도 놀랍겠죠. 내 말이 맞나요?"

"꼭 그렇지는 않아요. 제가 사실대로 얘기하지 않았군요. 저는 그저 지나가던 게 아니었습니다. 제가 조지로 온 건 오직 한 가지 이유에서 였습니다. 당신한테 얘기하고 싶어서였습니다. 저는 한동안 그걸 생각하고 있었습니다."

"그래요, 당신은 나한테 얘기를 하려고 왔다고 하는데, 하필 왜 나입니까? 나는 얘기하기 쉬운, 너무 쉬운 사람이죠. 내가 근무하는 학교의 아이들도 모두 그걸 알아요. 아이삭스 선생한테는 걸려도 쉽게 빠져나갈 수 있다. 그들은 그렇게 얘기하죠." 그는 다시 미소를 짓는다. 전과 똑같이 비틀린 미소다. "당신이 정말로 얘기하려고 온 사람은 누구죠?"

이제 확실해진다. 그는 이 남자가 싫고 그의 속임수가 싫다.

그는 일어서서 텅 빈 식당과 통로를 따라 휘청거리며 걸어간다. 반쯤 닫힌 문 뒤에서 낮은 목소리가 들린다. 그는 문을 연다. 데저레이와 그녀의 어머니가 침대 위에 앉아 털실로 뭔가를 짜고 있다. 그들은 그를 보고 깜짝 놀라며 조용해진다.

그는 정중하게 무릎을 꿇고 이마를 마루에 댄다.

이것으로 충분할까? 그는 생각한다. 이거면 될까? 안 된다면, 뭐가 더 있지?

그는 머리를 든다. 그들 둘은 아직도 얼어붙은 채 거기에 앉아 있다. 그는 그 어머니의 눈을 보고, 다음에는 딸의 눈을 본다. 다시 한번 조류가 튀어오른다, 욕망의 조류.

그는 원했던 것보다 약간 더 어렵게 일어난다. 그가 말한다. "안녕히 계세요. 친절히 대해주셔서 감사합니다. 식사를 대접해주셔서 감사합니다."

열한시, 그의 호텔방으로 전화가 걸려온다. 아이삭스다. "앞날을 위해 힘내시라는 말을 하고자 전화를 걸었습니다." 말이 잠시 멎는다. "루리 씨, 당신한테 물어보지 못한 질문이 하나 있습니다. 우리가 당신을 위해 대학 당국과 조정해주길 바라는 건 아니겠죠?"

"조정해준다고요?"

"네, 가령 당신을 복직시켜달라거나."

"그런 생각을 한 적 없습니다. 저는 대학과는 끝났습니다."

"당신이 서 있는 길은 하느님이 당신을 위해 정해놓으신 길이기 때문입니다. 우리가 개입할 수는 없습니다."

"알겠습니다."

20

그는 2번 고속도로를 통해 케이프타운으로 다시 들어간다. 그가 떠나 있던 기간은 삼 개월이 채 안 된다. 하지만 그사이에, 고속도로를 건너 비행장 동쪽까지 판잣집들이 들어섰다. 한 아이가 막대기를 들고 길을 잘못 든 암소 한 마리를 고속도로 밖으로 모는 동안, 차량 흐름이 정체된다. 그는 생각한다. 쉴새없이 시골이 도시로 몰려오고 있다. 곧, 론데보시공원에 다시 소떼가 나타날 것이다. 곧, 역사는 반복될 것이다.

그는 다시 집에 와 있다. 그런데 집에 돌아온 것 같지가 않다. 그는 범죄자처럼 살금살금 몸을 숨기고, 옛 동료들을 피하고, 대학의 그늘 속에서, 토란스 로드에 있는 집에서 다시 사는 것을 상상할 수 없다. 그는 집을 팔고 다른 곳에 있는 더 싼 아파트로 이사해야 할 것이다.

그의 재정 상태는 엉망이다. 떠난 이후로 공과금을 내지 않았다. 그는 신용으로 살고 있다. 곧 그의 신용은 바닥이 날 것이다.

방랑의 끝. 방랑의 끝에는 무엇이 있을까? 그는 머리가 하얗게 새고 등이 굽은 자신이 발을 질질 끌며, 우유 반 리터와 빵 반 봉지를 사려고 길모퉁이 가게로 가는 광경을 상상해본다. 누레진 종이들로 가득한 방의 책상에 멍하니 앉아, 오후가 끝나고 날이 저물어 저녁을 해 먹고 빨리 잠자리에 들기를 기다리는 자신을 상상해본다. 희망도 없고 전망도 없는 퇴직한 학자의 삶, 그것이 그가 받아들이려고 하는 삶일까?

그는 앞문 자물쇠를 연다. 정원에는 풀이 웃자라 있다. 편지함은 광고 전단으로 빽빽이 차 있다. 집은 어느 기준으로 보아도 튼튼하게 지어졌지만, 몇 달 동안 비워져 있었다. 아무도 들어오지 않았기를 바라는 것은 너무 큰 욕심일 테다. 실제로 현관문을 열고 냄새를 맡는 순간, 그는 무언가 잘못됐음을 직감한다. 그의 가슴이 메슥거리는 흥분감으로 쿵쿵 뛰기 시작한다.

아무 소리도 없다. 그사이에 누가 여기에 있었든, 지금은 가고 없다. 하지만 어떻게 들어왔을까? 그는 발끝으로 이 방, 저 방을 돌아다니다가 곧 알게 된다. 뒤창 빗장이 뜯긴 채 부러져 있고, 깨진 유리창에는 어린아이나 작은 몸집의 어른이 드나들 수 있는 구멍이 나 있다. 바람에 날아든 나뭇잎들과 모래가 바닥에 쌓여 딱딱하게 굳어 있다.

그는 집안을 돌아다니며 무엇이 없어졌는지 확인한다. 침실에 있던 것은 모두 없어졌고, 벽장은 텅 빈 채 문이 활짝 열려 있다. 전축도 사라지고, 테이프와 음반과 컴퓨터도 사라지고 없다. 서재에 있는 책상과 서류 캐비닛은 부서지고 열려 있다. 종이는 아무데나 흩어져 있다. 부엌에 있던 식사 도구, 그릇, 더 작은 가전제품들도 남김없이 털어갔다. 보관해뒀던 술도 다 없어졌다. 통조림이 들어 있던 찬장도 텅 비어 있다.

보통의 절도는 아니다. 떼로 몰려와 그곳을 싹쓸이해서 자루와 상자와 여행가방에 가득 채워 물러간 것 같다. 전리품, 전쟁 배상, 거대한 재분배 운동의 일환. 이 순간 누가 그의 구두를 신고 있을까? 베토벤과 야나체크 음반은 새 주인을 만났을까, 아니면 쓰레깃더미에 버려졌을까?

욕실에서는 심한 악취가 난다. 집에 갇힌 비둘기 한 마리가 욕조에서 죽어 있다. 조심스럽게 그는 엉망이 된 뼈와 깃털을 비닐봉지에 넣고 꽉 묶는다.

전기는 끊어지고 전화는 불통이다. 무슨 수를 쓰지 않으면 하룻밤을 어둠 속에서 보내야 할 판이다. 그러나 그는 너무 우울해 행동할 수가 없다. 그는 생각한다. 염병할! 될 대로 되라지. 그리고 그는 의자에 털썩 주저앉아 눈을 감는다.

황혼이 깃들자 그는 몸을 일으켜 집을 나선다. 일찍 뜨는 별들이 보인다. 텅 빈 거리를 지나고, 버베나와 노란 수선화 향기가 진동하는 정원을 거쳐, 대학 캠퍼스로 간다.

그는 아직도 커뮤니케이션 건물에 들어가는 열쇠들을 갖고 있다. 복도에 아무도 없으니 돌아다니기에 알맞은 시간이다. 복도에는 아무도 없다. 그는 엘리베이터를 타고 연구실이 있는 오층으로 간다. 문에 붙어 있던 그의 이름은 제거되고 없다. 대신 S. 오토 박사라는 새 이름이 붙어 있다. 문 밑으로 희미한 불빛이 새어나온다.

그는 문을 두드린다. 아무 소리도 없다. 그는 자물쇠를 열고 들어간다.

방은 바뀌어 있다. 그의 책과 그림은 사라지고 없다. 벽에는 포스터

크기로 확대된 만화를 제외하면 아무것도 없다. 슈퍼맨이 고개를 떨구고 로이스 레인한테 야단맞고 있는 장면이다.

컴퓨터 뒤에는 전에 본 적이 없는 젊은 남자가 침침한 불빛 아래 앉아 있다. 젊은 남자가 얼굴을 찡그린다. 남자가 묻는다. "누구세요?"

"데이비드 루리입니다."

"그래요? 그래서요?"

"우편물을 가지러 왔어요. 이곳이 제 연구실이었거든요." 과거에. 그는 이 말을 덧붙일 뻔한다.

"그래, 맞아요. 데이비드 루리. 미안해요. 제가 정신이 없었네요. 모든 것은 상자에 담아놨어요. 다른 물건들도요." 그는 한쪽을 가리킨다. "저쪽에요."

"내 책들은요?"

"모두 아래층 창고에 있습니다."

그는 상자를 집어든다. "고마워요."

젊은 오토 박사가 말한다. "괜찮습니다. 들고 가실 수 있겠어요?"

그는 무거운 상자를 도서관 쪽으로 가지고 간다. 거기서 우편물을 분류할 생각이다. 하지만 입구 차단기가 그의 카드를 받아주지 않는다. 그는 로비에 있는 벤치에서 우편물을 분류해야 한다.

—

너무 불안해서 잠을 잘 수가 없다. 새벽이 되자 그는 산허리 쪽으로 가면서 긴 산책을 시작한다. 비가 왔다. 시내가 넘친다. 그는 진한 소나무 향내를 들이마신다. 오늘, 그는 자기 외에는 그 누구에게도 책임이 없는 자유로운 사람이다. 마음대로 쓸 수 있는 시간이 앞에 놓여 있다. 불안한 느낌이 든다. 하지만 그는 자신이 그것에 익숙해지리라 생각한다.

루시와 잠시 지낸 시간들이 그를 시골 사람으로 바꿔놓지는 않았다. 그렇다 하더라도 그리운 것들이 있다. 예를 들면 오리 가족이 그렇다. 자랑스러움에 가슴이 부풀어 댐의 수면 위를 이리저리 움직이는 엄마 오리, 엄마가 거기 있는 한 그들에게는 어떤 위험도 닥칠 수 없다고 철석같이 믿으며 그 뒤에서 부지런히 물살을 가르는 이니, 미니, 마이니, 모.*

개들에 대해서는 생각하고 싶지 않다. 월요일부터는 병원의 벽 뒤에서 안락사된 개들이 아무런 인정도, 애도도 없이 불속으로 던져질 것이다. 그는 자신의 그런 배반을 용서받을 수 있을까?

그는 은행에 가고 한아름의 빨래를 세탁소에 가져간다. 그가 몇 년 동안 커피를 사던 작은 가게에서 일하는 점원은 그를 알아보지 못하는 척한다. 정원에 물을 주던 이웃은 애써 등을 돌린다.

그는 윌리엄 워즈워스가 런던에 처음 머물 때 무언극을 보러 가서, '거인을 죽인 잭'**이 자신만만하게 무대를 누비며, 가슴에 쓰인 보이지 않는이라는 말에 의해 보호를 받고 칼을 휘두르는 모습을 보았던 것을

---

* 어린이들이 놀이에서 술래를 정하거나 편을 가르기 위해 쓰는 구호 또는 노래.
** 『거인을 죽인 잭』은 어느 작은 마을에 살던 잭이라는 소년이 거인이 사는 섬에 들어가 거인을 물리친다는 내용의 18세기 영국 동화. 워즈워스의 「서곡」 7권에 관련된 내용이 나온다.

떠올린다.

그는 저녁에 공중전화로 루시에게 전화를 건다. "걱정할까봐 전화하는 거다. 나는 잘 있다. 안정이 되려면 시간이 좀 걸릴 것 같구나. 나는 병 속에 든 완두콩알처럼 집에서 덜거덕거리며 돌아다닌다. 오리들이 그립구나."

그는 집이 습격당했다는 말은 하지 않는다. 루시한테 그의 어려움에 대해 얘기해서 좋을 게 뭐가 있을까?

그가 묻는다. "페트루스는 어떠니? 페트루스가 널 돌봐주니? 아니면 아직도 집 짓느라 바쁘니?"

"페트루스가 도와주고 있어요. 모두들 절 도와주고 있어요."

"네가 날 필요로 하면 언제든지 갈 수 있다. 말만 해라."

"아버지, 고마워요. 지금은 아니고 언젠가 그렇게 할게요."

루시가 태어났을 때만 해도 시간이 지나 그 아이에게 기어가서 자신을 받아달라고 부탁하게 될지 누가 짐작이나 할 수 있었겠는가?

—

그는 쇼핑을 하러 슈퍼마켓에 갔다가, 자신이 한때 근무했던 학과의 학과장인 일레인 윈터 뒤에 줄을 서게 된다. 그녀의 카트에는 물건이 가득 실려 있고, 그의 것은 바구니 하나밖에 안 된다. 그녀는 긴장하며 그의 인사를 받는다.

그는 최대한 쾌활하게 묻는다. "학과는 나 없이 어떻게 잘 돌아가나요?"

아주 잘이라는 말이 가장 솔직한 답일 것이다. 우리는 당신 없이도 아주 잘해나가요. 하지만 그녀는 그 말을 하기에는 너무 예의바르다. 그녀는 모호하게 대답한다. "늘 그랬던 것처럼 허우적거리고 있죠."

"누굴 채용했나요?"

"계약제로 새로운 사람을 채용했죠. 젊은 남자로요."

그를 만났소, 그는 이렇게 대꾸하고 싶다. 아주 불쾌한 놈이더군, 이렇게 덧붙이고 싶다. 하지만 그도 교양 있는 사람이다. 대신 이렇게 묻는다. "그의 전공이 뭔가요?"

"응용언어학이에요. 언어 습득 전공이에요."

그 많던 시인들, 그 많던 죽은 대가들. 그는 그들이 그를 잘 선도하지 못했다고 인정할 수밖에 없다. 알리테르*, 그가 그들의 말을 잘 듣지 않았거나.

그들 앞에 있는 여자가 계산하는 데 시간이 걸린다. 일레인이 데이비드, 어떻게 지내세요? 하고 질문하고, 그가 일레인, 나는 잘 지내고 있어요, 하고 대답할 여지는 아직도 있다.

대신, 그녀는 그의 바구니를 가리키며 제안한다. "먼저 계산하실래요? 몇 가지 안 되는데."

"일레인, 그런 건 꿈도 꾸지 않을 거예요." 그는 이렇게 대답하고, 그녀가 빵과 버터 등은 물론이고 혼자 사는 여자가 즐김직한 (진짜 아몬드와 진짜 건포도가 든) 전지 아이스크림, 이탈리아산 수입 과자, 초콜릿 바, 그리고 생리대 등을 카운터에 올려놓는 것을 바라보며 약간

---

* 라틴어로 '혹은 그게 아니라'.

의 즐거움을 느낀다.

그녀는 신용카드로 지불한다. 그녀가 카운터 저쪽에서 그에게 작별
인사로 손을 흔든다. 안도하는 기색이 완연하다. 그가 출납원의 머리
위로 소리친다. "잘 가요! 모두에게 안부 전해줘요." 그녀는 돌아보지
않는다.

—

착상이 처음 떠올랐을 때는 오페라의 중심이 바이런 경과 그의 애인
인 귀치올리 백작부인이었다. 라벤나의 숨막히는 여름 더위 속에서 귀
치올리의 저택에 갇혀, 테레사의 질투하는 남편에게 염탐을 당하고 있
는 두 사람은 그들의 좌절된 정열을 노래하며 우울한 응접실을 거닌
다. 테레사는 자신이 죄수라고 느낀다. 분노로 속이 끓는 그녀는 자신
을 다른 곳으로 데려가달라고 바이런을 괴롭힌다. 바이런은 그것을 밖
으로 드러내기에는 너무 신중하지만, 의심으로 가득차 있다. 그는 그
들이 처음에 느꼈던 환희가 다시 반복되지 않으리라고 생각한다. 그의
삶은 평온해진다. 애매하게도 그는 조용히 물러나는 것을 바라기 시작
했다. 그것이 실패로 돌아가자, 그는 이상적인 상像을 바라고, 죽음을
바라기 시작했다. 테레사의 열정적인 아리아들은 그의 마음에 불을 댕
기지 못한다. 그의 어둡고 뒤엉킨 목소리는 그녀를 스쳐지나고, 그녀
를 통과하고, 그녀의 위로 넘어간다.

그것이 그가 생각했던 것이다. 사랑과 죽음에 관한 실내극, 정열적
인 젊은 여인과 한때는 정열적이었지만 이제는 나이를 더 먹은 덜 열

정적인 남자, 복잡하고 불안한 음악을 배경으로 벌어지고 상상 속의 이탈리아어를 향해 끊임없이 나아가려는 영어로 불리는 행동.

형식적인 측면에서 보자면, 착상은 그리 나쁜 게 아니다. 갇힌 두 사람, 창문을 두드리는 버림받은 애인, 질투심에 찬 남편 등 인물들은 서로 균형이 잘 맞는다. 바이런의 반려 원숭이들이 늘쩍지근하게 샹들리에에 매달려 있고, 정교한 나폴리 가구들 사이로 공작들이 돌아다니는 저택도 영원성과 부패의 이미지가 잘 배합되어 있다.

그러나 처음에는 루시의 농장에서 그랬고, 이제 다시 이곳에서도, 그 프로젝트에 그의 마음이 확 끌리지 않는다. 착상에 뭔가 잘못된 것이 있다. 가슴에서 우러나오지 않는 뭔가가 있다. 하인들이 염탐을 하는 탓에 그녀와 그녀의 연인이 청소용구를 넣는 곳에서 욕망을 해소해야 한다며, 별들에게 하소연하는 여자한테 누가 관심을 둘 것인가? 그는 바이런에게 맞는 말을 찾을 수는 있다. 하지만 역사가 그에게 물려준 젊고 탐욕스럽고 고집 세고 까다로운 테레사는 그가 꿈꿔왔던 음악에는, 그의 안쪽 귀에서 아슴푸레하게 들리는, 풍요로운 가을 같지만 아이러니가 배어 있는 음악의 화성에는 맞지 않는다.

그는 다른 길을 시도해본다. 그는 지금까지 쓴 악보를 버리고 테레사를, 그녀를 사로잡은 영국인 귀족 나리와 결혼한 활달하고 조숙한 신부가 아니라 중년 여인으로 설정해보려고 한다. 새로운 테레사는 살림을 꾸려가고, 돈지갑을 잘 간수하고, 하인들이 설탕을 훔치지 못하도록 지켜보면서, 늙은 아버지와 함께 감바 저택에서 살아가는 땅딸막하고 작은 과부다. 새 판에서는 바이런이 죽은 지 오래다. 테레사가 불멸을 주장할 수 있는 유일한 길이면서 그녀의 외로운 밤을 위로해주는 것은 그녀가 상자에 담아 침대 밑에 간직한 편지들과 비망록이다. 그녀는 그것을 렐리퀴에*라 부른다. 그녀의 조카딸들은 그녀가 죽은 뒤에 그것을 개봉해서 경건한 마음으로 읽도록 되어 있다.

이것이 그가 늘 찾던 여주인공일까? 나이든 테레사가 지금 그런 것처럼 그의 마음을 붙잡고 있을까?

세월은 테레사에게 친절하지 않았다. 뭉툭한 상반신, 땅딸막한 몸통, 짧은 다리의 그녀는 귀족이라기보다는 농부, 콘타디나**같아 보인다. 바이런이 한때 그렇게도 숭배했던 얼굴은 이제 엉망이 되었다. 그녀는 여름에는 천식이 발작하여 숨을 헐떡거린다.

그녀에게 쓴 편지에서 바이런은 그녀를 내 친구, 내 사랑, 내 영원한 사랑이라고 부른다. 하지만 그녀의 손에 닿지 못하고 불에 타버린 정반대의 편지들이 존재한다. 영국 친구들에게 보낸 편지에서 바이런은 자신이 정복한 이탈리아 여인들 속에 그녀를 포함시켜 천박하게 묘사하며, 그녀의 남편에 대한 농담을 하고, 그녀가 아는 여자들과 잠을 잔 사실에 대해 언급한다. 바이런이 죽은 후 몇 년 동안 그의 친구들은 그의 편지를 인용하며 회고록을 여러 권 집필했다. 그들의 얘기에 따르면, 바이런은 젊은 테레사를 그녀의 남편으로부터 낚아챈 후, 곧 그녀에게 싫증을 냈다. 그는 그녀의 머리가 텅 비어 있다는 것을 알게 되었다. 그는 오직 의무감 때문에 그녀에게 머물렀다. 그가 배를 타고 그리스로 가서 죽은 것은 그녀를 피하기 위해서였다.

그들의 중상모략은 그녀를 뼛속까지 아프게 했다. 그녀가 바이런과

---

* 독일어로 '유품'.
** 이탈리아어로 '농부'.

254

보낸 세월은 그녀의 삶에서 최정상이었다. 바이런의 사랑은 그녀를 특별하게 만들어주었다. 그녀는 그가 없이는 아무것도 아니었다. 그가 없다면 그녀는 따분한 시골 읍내에서 나날을 보내며, 여자 친구들과 집을 오가며, 아버지의 아픈 다리를 주물러주고, 혼자 잠을 자는, 전성기가 지나고 미래도 없는 여자에 지나지 않았다.

그는 이 소박하고 평범한 여인에 대한 애정을 마음속에서 찾을 수 있을까? 그는 그녀를 위해 음악을 쓸 정도로 그녀를 사랑할 수 있을까? 만약 그럴 수 없다면 그에게 남은 것은 무엇일까?

그는 이제 서막이 될 게 틀림없는 것으로 되돌아간다. 찌는 듯한 또 다른 하루의 끝 무렵. 테레사는 아버지 집의 이층 창문 앞에 서서, 로마냐의 늪지와 소나무숲 너머로 아드리아해에서 햇살이 반짝이는 모습을 바라본다. 서곡의 끝. 침묵. 그녀가 숨을 들이쉰다. 미오 바이런,* 그녀가 노래한다. 그녀의 목소리가 슬픔으로 진동한다. 고독한 클라리넷이 응답하고 점점 작아지다가 잠잠해진다. 미오 바이런, 그녀가 다시 부른다. 이번에는 더 강하게.

그녀의 바이런, 그는 어디에 있는가? 바이런은 길을 잃었다. 그것이 대답이다. 바이런은 그늘 속에서 방황한다. 그녀, 그가 사랑한 테레사도 길을 잃었다. 당당한 영국 남자에게 그렇게도 기쁜 마음으로 자신을 바쳤고, 열정적인 사랑이 끝난 후 그 남자가 그녀의 드러난 가슴에 누워서 깊은 숨을 쉬며 잠이 들면, 그의 이마를 어루만져주던 곱슬진 금발의 열아홉 살 아가씨도.

---

* 이탈리아어로 '나의 바이런'.

미오 바이런, 그녀는 세번째로 노래한다. 어디에선가, 지하세계의 동굴에서, 어떤 목소리가 그 노래를 맞받는다. 흔들리고 육체가 없는 목소리, 혼령의 목소리, 바이런의 목소리다. 당신은 어디 있나요? 그가 노래한다. 그다음에는 그녀가 듣고 싶지 않은 단어, 세카secca, '고갈된'이라는 단어가 들린다. 모든 것의 원천이 고갈되었네요.

바이런의 목소리는 너무 희미하고 너무 머뭇거려, 테레사가 그의 말들을 그에게 다시 불러줘서, 그를 한 숨결 한 숨결 도와줘, 그녀의 아이, 그녀의 아들인 그를 삶으로 돌아오게 해야 한다. 나는 여기 있어요. 그녀는 그를 떠받치고, 그가 가라앉지 않게 막으며 이렇게 노래한다. 나는 당신의 원천이에요. 우리가 함께 찾아갔던 아르카의 샘을 기억하나요? 당신과 내가 함께 갔었죠. 나는 당신의 로라였어요. 당신은 기억하나요?

여기서부터 이런 식이어야 한다. 테레사는 그녀의 연인에게 목소리를 주고, 집을 약탈당한 그는 테레사에게 목소리를 준다. 더 좋은 방법이 없으니, 절뚝거리는 사람이 절름발이를 돕는 격이다.

그는 테레사를 꼭 붙들고, 가능한 한 빠르게 작업을 하며, 대본 첫 부분을 스케치하려고 한다. 종이에 말을 써내려가자. 그는 이렇게 다짐한다. 이것이 끝나면 모든 것이 더 쉬워질 것이다. 그러고 나면 예를 들어 글루크와 같은 대가들을 살펴볼 시간이 있을 것이다. 어쩌면 멜로디도 훔치고, 누가 알겠는가, 생각도 훔치게 될지 모른다.

하지만 그가 테레사와 죽은 바이런과 함께 더 많은 시간을 보내게 되면서부터, 훔친 노래들로는 안 되고, 두 사람이 자기들만의 음악을 요구하고 있다는 사실이 점차 분명해진다. 그런데 놀랍게도 아주 조금씩 음악이 떠오른다. 때로는 어떤 단어들이 될지 감을 잡기도 전에 한

악절의 윤곽이 떠오르기도 한다. 때로는 말에 운율이 따라온다. 때로는 며칠 동안 잡힐 듯 말 듯 맴돌던 멜로디의 색조가 갑자기 펼쳐지며 운좋게 모습을 드러낸다. 게다가 행동이 펼쳐지면서, 그가 그것들을 실현시킬 음악적 자원이 없을 때조차, 그가 그의 피에서 느끼는 전조와 조바꿈이 저절로 완성되기도 한다.

그는 피아노 앞에 앉아 조각들을 짜맞추며 악보 첫 부분을 쓰기 시작한다. 하지만 피아노 소리에는 그를 방해하는 무언가가 있다. 너무 세련되고, 너무 직접적이고, 너무 풍성하다. 그는 다락방에 있는, 낡은 책과 루시의 장난감이 가득한 상자 속에서, 루시가 어렸을 때 콰마슈 거리에서 사준 작고 이상하게 생긴 일곱 줄짜리 밴조를 찾아낸다. 그는 밴조의 도움을 받아, 슬퍼했다가 화를 냈다가 하는 테레사가 죽은 연인에게 부르는 노래와 바이런이 창백한 목소리로 어둠의 나라에서 그녀에게 화답하는 노래를 악보에 적기 시작한다.

그가 노래를 하거나 대사를 흥얼거리는 백작부인을 따라 지하세계로 깊이 들어가면 들어갈수록, 우스꽝스럽게 뚱땅거리는 장난감 밴조 소리는 놀랍게도 그와 뗄 수 없는 것이 된다. 그는 그녀에게 주리라고 상상했던 풍요로운 아리아를 조용히 버린다. 거기서부터 얼마 되지 않아, 그는 악기를 그녀의 손에 쥐여준다. 이제 테레사는 무대를 활보하는 대신 앉아서 늪지 너머에 있는 지옥의 문을 응시하며, 만돌린을 잡고 서정적인 비상을 한다. 그동안 한쪽에서는 반바지 차림의 사려 깊은 삼중주단(첼로, 플루트, 바순)이 간주곡을 넣거나 연聯 사이사이에 드물게 논평을 한다.

그는 책상에 앉아 웃자란 정원을 바라보며 작은 밴조가 그에게 가르쳐주는 것에 놀란다. 그는 육 개월 전, 『이탈리아에서의 바이런』에서 자신의 흐릿한 자리가 테레사의 마음과 바이런의 마음, 즉 열정적인 육신의 여름을 연장하고자 하는 염원과 오랜 망각의 잠으로부터 마지 못해 돌아오는 마음 사이일 것이라고 생각했다. 하지만 그가 틀렸다. 결국 그를 부르는 것은 에로틱한 것도 아니고 애수를 띤 것도 아닌, 코 믹한 것이다. 오페라에서 그의 존재는 테레사로서도 아니고, 바이런으 로서도 아니고, 둘의 혼합으로서조차도 아니다. 그는 음악 자체에, 밴 조 줄이 튕겨지면서 나는 단조롭고 시시한 소리에, 우스꽝스러운 악기 로부터 솟구쳐올라 달아나려고 하지만 마치 낚싯줄에 걸린 고기처럼 계속 잡아당겨지는 목소리에 붙잡혀 있다.

그는 생각한다. 그래, 이것이 예술이다. 이것이 그것이 돌아가는 방 식이다! 얼마나 낯선가! 얼마나 매혹적인가!

그는 며칠 동안 블랙커피와 시리얼로 버티며 바이런과 테레사에 빠 진다. 냉장고는 텅 비어 있다. 침대는 정돈되어 있지 않다. 깨진 유리 창으로 들어온 나뭇잎이 바닥에 흩날린다. 그는 생각한다. 상관없다. 죽은 자의 장사는 죽은 자의 손에 넘겨라.

나는 시인들로부터 사랑하는 법을 배웠어요. 바이런이 갈라지고 단조로 운 C장조로 이뤄진 아홉 음절을 노래한다. 하지만 나는 알았네(여기서 C음은 반음계로 해서 F음으로 내려간다), 삶은 또다른 얘기라는 걸. 밴 조 줄이 띠릉 따릉 떠릉, 하는 소리를 낸다. 왜, 왜 당신은 그렇게 말하나 요? 테레사가 길게 이어지는 원망 섞인 목소리로 노래한다. 밴조 줄이 울린다. 띠릉 따릉 떠릉.

테레사, 그녀는 사랑받기를 원한다. 영원히 사랑받기를 원한다. 그녀는 옛날의 로라나 플로라*와 같은 옛 여인들과 같은 대열로 격상되기를 바란다. 그런데 바이런은? 바이런은 죽을 때까지 성실할 것이다. 하지만 그것이 그가 약속할 수 있는 전부다. 한 사람이 죽을 때까지 두 사람은 하나로 묶여 있을 거예요.

내 사랑, 테레사가 시인의 침대에서 배운 풍성한 단음절 영어 단어를 화려하게 발음하며 노래한다. 띠릉, 밴조 줄이 울린다. 사랑에 빠지고, 사랑 속에서 허우적거리는 여인, 지붕 위에서 울부짖는 고양이, 사람이 하늘에 대고 염원을 토해낼 때, 핏속에서 소용돌이치고, 성기를 부풀게 하고, 손바닥에 땀이 나게 하고, 목소리가 굵어지게 만드는 복잡한 단백질들. 그것이 소라야와 다른 사람들이 있었던 이유다. 그의 피에서 뱀의 독처럼 복잡한 단백질들을 빨아내면서 그의 머리를 맑고 마르게 하도록. 그런데 불행하게도, 라벤나의 아버지 집에 살고 있는 테레사에게는 그 독을 빨아내줄 사람이 아무도 없다. 그녀는 절규한다. 미오 바이런, 내게로 와줘요. 내게로 와요, 나를 사랑해줘요! 삶으로부터 추방당한, 유령처럼 창백한 바이런은 그녀의 말을 조롱하며 흉내낸다. 내게서 떠나줘요, 내게서 떠나줘요, 나를 혼자 있게 해줘요!

그는 몇 년 전, 이탈리아에 살 때, 백오십 년 전에 바이런과 테레사가 말을 타고 다녔던, 라벤나와 아드리아 해안 사이에 있는 숲을 찾아간 적이 있었다. 나무들 사이에 영국 남자가 다른 남자의 신부인 열여덟 살 먹은 요염한 여자의 치마를 처음으로 들어올린 곳이 있음이 틀림없다. 그는 내일 비행기를 타고 베네치아로 가고, 라벤나로 가는 기

---

* 로라는 이탈리아 시인 페트라르카의 뮤즈. 플로라는 꽃과 봄의 여신이다.

차를 타고 가서, 옛 승마 길을 걸으며 바로 그 장소를 지나갈 수 있을 것이다. 그는 음악을 만들고 있다(혹은 음악이 그를 만들고 있다). 하지만 그가 역사를 만들고 있지는 않다. 그 숲의 소나무 잎들 위에서 바이런은 그의 테레사—그는 그녀를 "가젤처럼 겁이 많다"고 했다—가 입고 있던 옷을 구기고, 그녀의 속옷에 모래가 묻게 만들었다(그런 일이 벌어지고 있는 사이, 말은 무관심하게 옆에 서 있었다). 그 사건으로부터 테레사가 이후로 평생, 열에 들떠 달을 향해 울부짖게 한 열정이 태어났다. 그리고 그것은 그 나름의 방식으로 그도 울부짖게 만들었다.

테레사가 앞에서 끌고, 그는 페이지마다 뒤를 따른다. 그런데 어느 날, 어두운 다른 목소리가 들린다. 전에는 듣지도 못했고, 들으리라고 생각지도 못했던 목소리다. 그는 그 목소리를 들으며 그것이 바이런의 딸 알레그라의 목소리라는 것을 안다. 그런데 그것은 그의 마음속 어디에서 나온 걸까? 왜 저를 두고 떠나셨나요? 오셔서 절 데려가주세요! 알레그라가 외친다. 너무 더워요, 너무 더워요, 너무 더워요! 그녀는 연인들의 목소리를 줄기차게 방해하는 그녀만의 리듬으로 이렇게 불평한다.

성가신 존재인 다섯 살배기가 외치는 소리에 아무 응답이 없다. 사랑스럽지도 않고, 사랑받지도 못하고, 유명한 아버지한테 버림받은 그녀는 이 집, 저 집을 전전하다가 결국 수녀들한테 넘겨진다. 그녀는 수녀원의 침대에서 라 말라리아*로 죽어가면서 흐느낀다. 너무 더워요, 너무 더워요! 왜 저를 잊으셨나요?

---

* 이탈리아어로 '나쁜 공기'. 예전에는 말라리아가 나쁜 공기로 인해 전염된다고 믿었다.

왜 그녀의 아버지는 대답하지 않을까? 삶에 지쳤기 때문이다. 자기가 속한 죽음의 다른 기슭으로 돌아가서 잠 속으로 가라앉고 싶기 때문이다. 내 가엾은 아가! 바이런은 머뭇거리며, 내키지 않는 듯, 그녀가 들을 수 없을 정도로 아주 작게 노래한다. 한쪽 그늘 속에 앉아 있는 삼중주단이 게걸음치듯 한 선율은 올라가고 다른 선율은 내려가는 바이런의 주제를 연주한다.

21

로절린드가 전화를 건다. "루시가 당신이 돌아왔다고 하더라고. 왜 연락하지 않았어?" 그가 대답한다. "나는 아직 사람들과 잘 어울릴 수 없어." 로절린드가 건조하게 대꾸한다. "언제는 안 그랬던가?"

그들은 클레어몬트에 있는 커피숍에서 만난다. 그녀가 말한다. "말 랐네. 귀는 어떻게 된 거야?" "아무것도 아냐." 그는 이렇게 대답하고 더이상 설명하지 않으려 한다.

그들이 얘기하는 동안 그녀의 눈이 자꾸 그의 일그러진 귀 쪽으로 간다. 그것을 만져야만 할 상황이 되면 그녀는 틀림없이 몸서리를 칠 것이다. 그녀는 남을 보살펴주는 타입이 아니다. 그에게 남아 있는 가장 좋은 기억들은 아직도 그들이 함께 보낸 처음 몇 개월 동안의 것들이다. 더반의 덥고 습기 많은 여름밤, 땀 때문에 축축해진 시트, 진짜 고통과 구별하기 힘든 쾌락의 고통에 이리저리 몸부림치는 로절린드의 길고 창백한 몸. 두 감각주의자. 그것이 그들을 함께 묶었던 것이다. 그것이 지속되는 동안은.

그들은 루시와 농장에 대해서 얘기한다. 로절린드가 말한다. "난 그 애가 그레이스라는 친구와 살고 있다고 생각했는데."

"그레이스가 아니고 헬렌이야. 헬렌은 요하네스버그로 돌아갔어. 둘은 아예 끝난 것 같아."

"루시가 그런 외딴곳에서 혼자 살아도 안전할까?"

"아니, 안전하지 못하지. 안전하다고 느낀다면 미친 거지. 그래도 루시는 계속 머물 거야. 그게 그애에게는 명예의 문제가 되었어."

"당신 차를 도둑맞았다면서."

"내 잘못이었어. 더 조심했어야 하는데."

"깜빡 잊었네. 당신 재판 얘기 들었어. 발표되지 않은 얘기 말이야."

"내 재판?"

"조사든 재판이든, 여하간 당신이 거기서 잘해내지 못했다고 들었어."

"그래? 어떻게 들었어? 나는 그게 비밀이라고 생각했는데."

"그건 중요하지 않아. 당신이 좋은 인상을 주지 못했다고 들었어. 너무 경직되고 방어적이었다고."

"나는 어떤 인상을 주려고 했던 게 아니야. 원칙을 지키려 했어."

"데이비드, 그럴지도 모르지. 하지만 당신도 이제 알겠지만, 재판이라는 게 원칙에 관한 건 아니잖아. 당신이 얼마나 당신 생각을 잘 전달하냐의 문제지. 내 정보에 의하면, 당신이 나쁜 인상을 줬다더라고. 당신이 지키고자 한 원칙이 뭐였어?"

"표현의 자유. 침묵할 자유."

"아주 거창하게 들리네. 하지만 데이비드, 당신은 언제나 거창하게 자기기만에 빠져 있었지. 거창하게 속이기도 하고, 거창하게 자기기만에 빠지기도 하고. 바지를 내리다가 잡힌 사건이 아닌 게 확실해?"

그는 그 미끼를 물지 않는다.

"여하간 원칙이 뭐였든, 그걸 듣는 사람들에게는 너무 난해했어. 그들은 당신이 요점을 흐리고 있다고 생각했어. 당신은 사전에 코치를 받았어야 해. 돈 문제는 어떻게 할 생각이야? 연금도 압수해버렸어?"

"내가 넣은 돈은 받을 거야. 집도 팔려고 해. 나한테는 너무 크거든."

"남는 시간은 어떻게 하고? 직장을 알아볼 거야?"

"그렇게 생각하지 않아. 할일이 많아. 뭔가를 쓰고 있거든."

"책이야?"

"사실대로 말하자면 오페라야."

"오페라라고! 아, 그건 새 출발이군. 돈이 많이 벌렸으면 좋겠어. 루시와 같이 살 작정이야?"

"오페라는 그냥 취미로 해보는 거야. 그걸로 돈을 벌지는 못할 거야. 그리고 루시와 같이 살지 않을 거야. 그건 좋은 생각이 아닐 테니까."

"왜 안 돼? 당신과 그애는 언제나 잘 지냈잖아. 무슨 일 있었어?"

그녀는 지나치게 참견하는 질문을 던진다. 로절린드는 항상 참견하는 데 주저함이 없었다. "당신은 십 년간 나하고 같은 침대를 썼어. 왜 그런 나한테까지 비밀을 지켜야 하지?" 그녀는 언젠가 이렇게 말했었다.

그가 대답한다. "루시와 나는 아직도 잘 지내. 다만 함께 살 정도로 잘 지내지는 못하지."

"당신의 인생 이야기."

"맞아."

침묵이 깃든다. 그들은 각자의 시각에서 그의 인생 이야기를 바라본다.

로절린드가 화제를 바꾸며 말한다. "나, 당신 여자친구 봤어."

"내 여자친구?"

"당신의 이나모라타*. 이름이 멜러니 아이삭스 아니던가? 도크극장에서 연기를 하더라고. 몰랐어? 왜 당신이 그 여자한테 빠졌는지 알겠더라. 크고 검은 눈. 작고 교활한 족제비 같은 몸. 꼭 당신 타입이더라고. 당신은 그게 당신의 방종이나 조그만 과실 중 하나라고 생각한 게 틀림없어. 그런데 지금 당신 모습을 봐. 인생을 내던져버렸어. 무엇 때문에?"

"로절린드, 내 인생은 내던져진 게 아냐. 무슨 소리를 하는 거야."

"하지만 사실이 그래! 당신은 직장을 잃었고, 당신 이름은 먹칠당했고, 당신 친구들은 당신을 피하고, 당신은 거북이처럼 등딱지 밖으로 목을 내놓기를 두려워하면서, 토란스 로드에 숨어 살아. 당신의 구두 끈도 매주지 못할 사람들이 당신에 대한 농담을 하고 있어. 당신 셔츠는 다리미질도 되어 있지 않고, 세상에 머리는 어디서 깎았는지, 당신은⋯⋯" 그녀는 잔소리를 그만둔다. "당신은 쓰레기통이나 뒤지는 한심한 늙은이로 끝날 거야."

그가 말한다. "나는 땅속 구멍에서 끝날 거야. 당신도 그래. 우리 모

---

* 이탈리아어로 '연인'.

두가 그래."

"됐어, 데이비드. 나는 지금 상황에 화가 나는 거야. 말싸움하고 싶지 않아." 그녀는 짐을 챙겨든다. "잼 바른 빵을 먹는 데 지치면, 나한테 전화해. 내가 식사를 차려줄 테니까."

—

멜러니 아이삭스에 대한 얘기가 그의 마음을 혼란스럽게 만든다. 그는 질질 끄는 관계를 가져본 적이 없다. 연애가 끝나면, 과거 일로 돌려버린다. 하지만 멜러니와는 끝나지 않은 뭔가가 있다. 그의 마음속 깊숙한 곳에 그녀의 냄새가 저장되어 있다. 짝의 냄새. 그녀도 그의 냄새를 기억할까? 꼭 당신 타입이더라고. 알 만한 로절린드가 그렇게 얘기했다. 그와 멜러니, 만약 그들의 길이 다시 겹치면 어떻게 될까? 연애가 끝나지 않았다는 신호나 느낌이 있을까?

하지만 멜러니에게 다시 접근한다는 생각 자체가 미친 짓이다. 왜 그녀가 그녀를 괴롭혔다고 낙인찍힌 남자와 얘기를 해야 하나? 여하간 그녀는 그를 어떻게 생각할까? 귀는 우스꽝스럽게 일그러지고, 이발도 하지 않고, 목깃은 구겨진 등신으로 생각할까?

크로노스*와 하르모니아**의 결혼. 부자연스럽다. 모든 좋은 말들을 다 벗겨내고 보면, 바로 그것을 처벌하려고 위원회가 열렸던 것이다.

---

* 그리스 로마 신화에서 최초의 티탄족 12신 중 하나로, 신들의 우두머리이자 제우스의 아버지.

** 그리스 로마 신화에서 아레스와 아프로디테의 딸.

그의 삶의 방식에 대한 재판. 부자연스러운 행위들에 대한, 늙은 씨, 지친 씨, 활기 없는 씨를 뿌린 것에 대한, 콘트라 나투람*에 대한. 늙은 남자가 젊은 여자를 탐내면 종족의 미래는 어떻게 될 것인가? 그것이 처벌의 밑바닥에 깔린 것이었다. 문학의 반은 그것에 관한 것이다. 종족을 위해, 나이든 남자들의 무게에서 탈출하려고 몸부림치는 젊은 여자들.

그는 한숨을 쉰다. 감각적인 음악에 묻혀, 무모하게, 서로를 껴안고 있는 젊은 사람들. 이곳은 나이든 남자들을 위한 나라가 아니다. 그는 한숨을 쉬며 많은 시간을 보내는 것 같다. 후회. 남는 것은 회한의 음조다.

—

이 년 전만 해도, 도크극장은 해외로 실려갈 돼지와 소의 사체가 걸려 있던 차가운 저장 시설이었다. 그런데 지금 그곳은 인기 있는 문화 공간이 되어 있다. 늦게 도착한 그는 관객석의 불빛이 꺼지기 시작할 때 자리에 앉는다. '관중들의 요구로 재공연되는 인기 절정의 연극.' 〈글로브살롱의 석양〉의 새 공연 프로그램에는 이렇게 적혀 있다. 무대장치는 더 세련되고, 연출은 더 전문적이고, 새로운 주연배우가 등장한다. 그러나 거친 유머와 노골적인 정치적 내용을 담은 그 연극은 전과 마찬가지로 봐주기 힘들다.

멜러니는 풋내기 미용사인 글로리아 역을 맡았다. 금실 타이츠 위

---

* 라틴어로 '자연에 어긋난 것'.

에 분홍 카프탄*을 입고, 얼굴은 화려하게 분장하고, 머리는 고리 모양
으로 올리고, 하이힐을 신은 그녀가 무대 위에서 비틀거린다. 그녀에
게 주어진 대사는 새로울 게 없지만, 그녀는 그것을 적절한 시점에 징
징거리는 듯한 캅스** 억양으로 잘 전달한다. 그녀는 전보다 더 자신감
에 차 있다. 실제로 맡은 역을 잘 소화해내고 재능도 있는 것 같다. 그
가 떠나 있던 몇 달 동안 그녀가 성숙해지고 진정한 자신을 찾은 걸까?
나를 죽이지 못하는 모든 것은 나를 더 강하게 만든다.*** 어쩌면 그 재판은
그녀에 대한 재판이기도 했다. 어쩌면 그녀도 고통을 당하고 극복해냈
을 것이다.

그는 무슨 신호가 있으면 좋겠다고 생각한다. 신호가 있다면 어떻게
해야 할지 알 것이다. 가령, 그녀의 우스꽝스러운 옷들이 서늘하고 은
밀한 불에 모두 타버리고, 루시의 옛 방에서 보낸 마지막날 밤처럼 완
벽하고 발가벗은 모습으로 그 앞에 서 있다면, 오직 그만 볼 수 있게
서 있다면.

그의 주변에 있는 혈색 좋고 넉넉한 살집의 행락객들이 느긋하게 연
극을 즐기고 있다. 그들은 멜러니―글로리아에 빠져 있다. 그들은 리
스케**** 농담에 킥킥대고, 인물들이 서로를 헐뜯고 모욕할 때 요란하게
웃음을 터뜨린다.

---

* 터키인들이 입는 소매와 기장이 긴 옷.
** 남아프리카공화국의 웨스턴케이프 지역에서 사용되는 아프리칸스어 방언. 주로 케이
프플랫에 거주하는 흑인이나 혼혈인들이 사용한다.
*** 프리드리히 니체의 『우상의 황혼』에 나오는 말.
**** 프랑스어로 '외설스러운'.

268

그들은 이 나라 사람들이지만, 그는 그들 사이에서 더 이질감을 느끼고, 더 협잡꾼이 된 것만 같다. 하지만 그들이 멜러니의 대사를 듣고 웃을 때 그는 자부심을 느끼지 않을 수 없다. 내 것! 그는 그녀가 그의 딸이기나 한 것처럼, 그들을 향해 말하고 싶다.

갑자기 몇 년 전의 기억이 떠오른다. 그는 그때, 트롬스버그 외곽의 1번 고속도로에서 한 여자를 차에 태웠다. 혼자 여행하는 이십대 여자였는데, 햇빛에 피부가 그은 먼지투성이의 독일인 관광객이었다. 그들은 멀리 토우스리버까지 가서 호텔로 들어갔다. 그는 그녀에게 밥을 사주고 그녀와 잤다. 그녀의 길고 단단한 다리가 생각난다. 그녀의 부드러운 머리칼이 떠오른다. 깃털처럼 손가락 사이에 닿던 머리.

마치 백일몽에 빠진 것처럼, 갑작스럽고 소리도 없이, 연속적인 이미지들이 몰려온다. 두 대륙에서 만난 여자들의 모습. 어떤 여자들은 너무 오래되어서 알아볼 수도 없다. 바람에 뒤엉켜 날리는 나뭇잎들처럼, 그들이 그의 눈앞을 지나친다. 사람들로 가득한 좋은 땅.* 그의 삶과 뒤엉킨 수백 명의 삶들. 그는 그런 환영이 계속되기를 바라며 숨을 참는다.

그들, 그 모든 여자들, 그들의 삶에는 무슨 일이 일어났을까? 그들에게도, 아니 그들 중 일부에게도 기억의 바다에 갑작스럽게 내던져지는 순간들이 있을까? 독일 여자, 지금 이 순간 그녀가 아프리카의 도로에서 그녀를 태워주고 하룻밤을 같이 지냈던 남자를 기억한다는 것이 가능할까?

풍부해졌다. 신문들은 이 말을 붙잡고 늘어지며 야유했다. 그 상황에

---

* 14세기 영국 시인 윌리엄 랭글런드의 시 「농부 피어스의 꿈」에 나오는 구절.

서는 어리석은 말이었다. 하지만 그는 지금도, 바로 이 순간에도, 그 말을 할 것이다. 그는 멜러니로 인해, 토우스리버에서의 그 여자로 인해, 로절린드와 베브 쇼와 소라야로 인해, 그들 모두로 인해, 풍부해졌다. 그리고 그는 다른 사람들로 인해서도, 전혀 그럴 것 같지 않은 사람들로 인해서도, 실패로 인해서도, 풍부해졌다. 그의 가슴에 피는 한 송이 꽃처럼, 그의 가슴은 감사하는 마음으로 넘친다.

이런 순간들은 어디서 오는가? 틀림없이 환각 상태의 것들이다. 하지만 그것은 무엇을 말해주는가? 누군가 그를 이끈다면, 어떤 신이 이끄는 것일까?

연극이 계속되고 있다. 그들은 멜러니가 든 빗자루가 전선에 얽히는 지점까지 왔다. 마그네슘이 터지고, 무대가 갑자기 어둠 속에 빠진다. 미용사가 꽥 소리를 지른다. "예수스 크리트, 요 돔 마이드!"*

그와 멜러니 사이에는 스무 줄의 좌석이 있다. 하지만 이 순간, 그는 그녀가 공간을 가로질러 그의 냄새를 맡고, 그의 생각의 냄새를 맡을 수 있기를 바란다.

무언가가 그의 머리를 가볍게 때리며 그를 제정신으로 돌아오게 한다. 잠시 후 다른 물체가 날아오더니 앞에 있는 의자에 부딪힌다. 종이를 공깃돌만하게 씹어 뭉친 것이다. 세번째 것은 그의 목에 맞는다. 그가 표적이다. 틀림없다.

그는 돌아서서 노려봐야 한다. 누가 그랬어! 호령을 해야 한다. 아니면 모르는 체하고 뻣뻣하게 앞을 쳐다봐야 한다.

---

* 아프리칸스어로 "이런, 멍청한 년!"

네번째 종이 탄알이 그의 어깨에 맞고 공중으로 튀어오른다. 옆에 앉은 남자가 이상하다는 듯 쳐다본다.

무대 위에서는 연극이 진행되고 있다. 미용사 시드니는 운명의 봉투를 뜯고 집주인이 보낸 최후통첩장을 큰 소리로 읽는다. 그들은 그달 말까지 밀린 집세를 내야 한다. 그러지 않으면 글로브는 문을 닫아야 할 것이다. "어떻게 하죠?" 머리 감기는 일을 하는 미리엄이 한탄한다.

앞쪽 열에서 들을 수 없을 정도로 작은 "스스" 하는 소리가 그의 등 뒤에서 들려온다. "스스."

그는 고개를 돌린다. 종이 탄알이 날아와 그의 관자놀이에 맞는다. 귀고리를 하고 염소수염을 기른 라이언이라는 그 남자친구가 뒷벽에 기대서 있다. 그들의 눈이 마주친다. 라이언이 거친 목소리로 속삭인다. "루리 교수님!" 행동은 난폭하지만 그는 아주 편안해 보인다. 입술에는 엷은 미소까지 묻어 있다.

연극이 진행된다. 하지만 이제 그의 주변에서 불편해하는 기색이 역력하다. 라이언이 다시 "스스" 하는 소리를 낸다. "조용히 해요!" 그는 아무 소리도 내지 않았는데, 두 좌석 건너에 앉아 있던 여자가 그를 향해 소리친다.

그는 양해를 구하며 다섯 사람의 무릎을 지나쳐야 한다("미안합니다…… 미안합니다"). 사람들이 매서운 눈초리를 던지고 성난 속삭임이 들려온다. 그러고 나서야 그는 통로에 이른다. 그는 밖으로 나와 바람이 불고 달도 없는 밤 속으로 들어선다.

뒤에서 무슨 소리가 난다. 그는 몸을 돌린다. 담뱃불이 빛난다. 라이언이 그를 주차장까지 따라왔다.

그가 매섭게 말한다. "설명해보세요. 이 어린애 같은 행동에 대해서 설명해보겠습니까?"

라이언은 담배를 빤다. "교수님, 난 당신한테 호의를 베푸는 것뿐입니다. 당신은 교훈을 얻지 않았나요?"

"교훈이 뭐였죠?"

"당신 부류와 같이 있으라는 거죠."

당신 부류. 이애는 누구길래 그에게 그의 부류에 대해 말하는가? 서로 전혀 모르는 사람들이 조심성을 뛰어넘어 서로의 팔에 안기게 만들고, 그들을 친족이자 같은 부류로 몰아붙이는 힘에 대해서 그는 무엇을 알까? 옴니스 겐스 콰에쿰퀘 세 인 세 페르피케레 불트.* 완벽해지려고 몰리고, 여자의 몸속 깊숙이 몰아붙이고, 미래를 존재하게 하려고 몰아붙이는 세대의 씨. 몰아치고, 몰리고.

라이언이 말하고 있다. "그녀를 가만 놔두란 말입니다! 멜러니가 당신을 보면 당신 눈에 침을 뱉을 겁니다." 그는 담배를 던지고 한 발짝 더 가깝게 다가선다. 누군가가 그렇게도 밝은 별들 아래에서 그들이 서로를 마주하고 있는 모습을 본다면, 불에 타고 있다고 생각할지 모른다. "교수님, 다른 삶을 찾아요. 정말로."

—

그는 그린포인트의 중심가를 따라 서서히 차를 몰고 돌아간다. 당신

---

* 라틴어로 '그것이 무엇이든, 그것은 자신을 완성시키고자 한다'.

눈에 침을 뱉을 겁니다. 그것은 예상하지 못했다. 운전대를 잡은 손이 떨린다. 존재의 충격. 그는 그것을 더 가볍게 받아들이는 법을 배워야 한다.

매춘부가 여럿 나와 있다. 신호등에 서자 그들 중 하나가 그의 눈길을 끈다. 아슬아슬한 검은 가죽 스커트를 입은 키 큰 여자. 그는 생각한다. 이 계시의 밤에 안 될 건 뭐야?

그들은 시그널힐 경사로의 막다른 골목에서 차를 멈춘다. 여자는 술에 취했거나 마약을 한 것 같다. 그녀는 횡설수설한다. 그럼에도 불구하고, 그가 예상했던 것처럼, 자기 의무를 다한다. 그 일이 끝난 후 그녀는 그의 무릎에 얼굴을 대고 쉰다. 그녀는 가로등 밑에서 봤을 때보다 더 어리다. 멜러니보다 더 어리다. 그는 그녀의 머리에 손을 댄다. 떨림은 어느새 멎어 있다. 졸립고 만족스럽다. 이상하게도 방어적인 느낌마저 든다.

그는 생각한다. 그래, 이거면 돼! 어떻게 내가 그걸 잊을 수 있었지?

나쁜 남자도 아니고, 좋은 남자도 아니다. 차갑지도 않고, 뜨겁지도 않다. 가장 뜨거울 때조차 그렇다. 테레사의 기준으로는 아니다. 바이런의 기준으로도 아니다. 열기가 부족하다. 이것이 그에 대한 판결일까? 우주와 그것의 전지전능한 눈이 그에게 내리는 판결?

여자가 뒤척이며 일어나 앉는다. 그녀가 중얼거린다. "절 어디로 데려가시는 거죠?"

"내가 당신을 만났던 곳으로 데려다주는 겁니다."

22

그는 전화로 루시와 연락하고 있다. 그녀는 농장에서는 모든 것이 잘되고 있으니 걱정 말라고 하고, 그는 그녀의 말을 의심하지 않는다는 인상을 주려고 애쓴다. 그녀는 자신이 화단에서 열심히 일하고 있으며, 봄 작물은 이제 꽃이 피고 있다고 말한다. 위탁소도 다시 활기를 되찾고 있다. 현재 개를 두 마리 맡고 있는데, 더 들어오기를 바라고 있다. 페트루스는 집을 짓느라 바쁘지만, 도와주지 못할 정도로 바쁘지는 않다. 쇼 부부는 자주 찾아온다. 아니, 돈은 필요 없다.

하지만 루시의 목소리에 있는 뭔가가 그를 초조하게 만든다. 그는 베브 쇼에게 전화를 건다. "당신은 내가 물어볼 수 있는 유일한 사람이에요. 솔직히, 루시는 어떤가요?"

베브 쇼는 방어적이다. "당신에게 무슨 말을 했나요?"

"모든 게 잘되고 있다고 했어요. 하지만 목소리가 좀비처럼 들리더라고요. 진정제를 먹은 사람처럼 말하더군요. 그런 건가요?"

베브 쇼는 질문을 피한다. 하지만 그녀는 진전이 있었다고 말한다. 말 하나하나를 조심스럽게 선택해서 하는 것 같다.

"진전이라니…… 무슨 진전 말인가요?"

"데이비드, 내가 당신에게 얘기해줄 수는 없어요. 나한테 강요하지 마세요. 루시가 스스로 알아서 얘기해야죠."

그는 루시에게 전화를 건다. 그는 거짓말을 한다. "더반에 한번 다녀와야겠다. 직장을 잡을 수도 있을 것 같다. 내가 하루나 이틀 정도 들러도 되겠니?"

"베브가 무슨 말 하던가요?"

"베브는 이것과 아무런 상관이 없다. 가도 되겠니?"

그는 비행기로 포트엘리자베스까지 가서 차를 렌트한다. 두 시간 후, 도로를 빠져나와 루시의 농장, 루시의 땅으로 가는 길로 들어선다.

그것은 그의 땅이기도 할까? 그의 땅이라는 느낌은 들지 않는다. 그가 거기에서 보낸 시간에도 불구하고 그것은 낯선 땅처럼 느껴진다.

변한 것들이 있다. 그다지 정교하게 세운 것은 아니지만, 철조망이 루시의 땅과 페트루스의 땅을 가르고 있다. 페트루스의 땅에서는 앙상한 어린 암소 두 마리가 풀을 뜯고 있다. 페트루스의 집은 현실이 되어 있다. 별 특징이 없는 회색 집이 옛 농가의 동쪽 높은 곳에 서 있다. 그는 그 집이 아침에는 긴 그림자를 드리울 것이라고 추측한다.

루시는 거의 잠옷처럼 보이는 볼품없는 가운을 입고 문을 연다. 건강하고 팔팔하던 옛 모습은 사라지고 없다. 안색은 창백하고 머리는 감지 않았다. 그녀는 그의 포옹에 따뜻함도 없이 응한다. "들어오세요, 막 차를 끓이던 참이었어요."

그들은 부엌 식탁에 앉는다. 그녀는 그에게 차를 따라주고 생강 과자를 건네준다. "더반에서 들어왔다는 제안에 대해 말씀해주세요."

"그건 급하지 않다. 루시, 내가 여기 온 건 네가 염려되어서다. 괜찮니?"

"저 임신했어요."

"네가 어쨌다고?"

"임신했다고요."

"누구한테서? 그날부터?"

"그날부터요."

"이해할 수 없구나. 네가 의사하고 그 문제를 처리한 줄 알았다."

"아녜요."

"아니라니, 무슨 말이냐? 처리하지 않았다는 말이니?"

"했어요. 암시하시는 것 외에 할 건 다 했어요. 하지만 낙태는 하지 않겠어요. 그걸 또 할 준비가 되어 있지 않아요."

"나는 네가 그런 식으로 느끼는 줄 몰랐다. 넌 나한테 낙태를 반대한다고 얘기한 적이 없었다. 여하간 왜 낙태 문제가 대두돼야 하니? 나는 네가 오브랄*을 복용한 줄 알았다."

"이건 신념의 문제와는 관련이 없어요. 그리고 오브랄을 먹었다고 얘기한 적 없어요."

---

* 사후피임제 상품명.

"넌 내게 더 일찍 얘기할 수 있었다. 왜 그 사실을 숨겼니?"

"아버지의 감정 폭발을 대할 자신이 없었기 때문이었어요. 제가 뭘 하든 아버지가 좋아하느냐, 그렇지 않느냐에 따라 제 삶을 살아갈 수는 없어요. 제가 하는 모든 일이 아버지 삶의 일부인 양 행동하시잖아요. 아버지는 중심인물이고, 저는 얘기의 반이 지날 때까지는 나타나지 않는 주변인물이고요. 하지만 생각하시는 것과는 달리, 사람들은 중심과 주변으로 나뉘어 있지 않아요. 저는 주변인물이 아니에요. 아버지의 삶이 아버지에게 중요한 만큼이나 제게도 중요한 삶이 있어요. 제 삶에서 결정을 하는 건 저예요."

감정 폭발? 이것도 나름으로 감정 폭발 아닐까? 그는 식탁 위로 그녀의 손을 잡으며 말한다. "루시, 그만하면 됐다. 지금 아이를 낳겠다고 얘기하는 거니?"

"네."

"그 남자들 중 하나의 아이를?"

"네."

"왜?"

"왜냐고요? 아버지, 전 여자예요. 제가 아이들을 싫어한다고 생각하세요? 그 아버지가 누군가라는 이유로 아이를 거부해야 하나요?"

"그런 일이 없는 건 아니지. 예정일이 언제니?"

"5월이에요. 5월 말요."

"네 마음은 결정됐고?"

"네."

"좋다. 솔직히 말해서, 나한테는 충격이다. 하지만 네가 어떤 결정을 내리든 네 편에 서겠다. 그건 의심의 여지가 없다. 난 지금 산책을 할 생각이다. 나중에 다시 얘기할 수 있겠지."

왜 지금은 얘기할 수 없는 거지? 그가 흔들리기 때문이다. 그도 감정이 폭발할지 모르기 때문이다.

그녀는 그것을 또 할 준비가 되어 있지 않다고 말했다. 그렇다면 전에 낙태를 했다는 말이다. 그는 결코 짐작도 못했던 일이다. 언제였을까? 아직 집에서 살던 때였을까? 로절린드는 알았을까? 그만 모르고 있었을까?

세 명의 패거리. 하나에 세 아버지. 강도들이라기보다는 강간범들. 루시는 그들을 그렇게 불렀다. 그 지역을 배회하며 여자들을 공격하고 폭력적인 쾌락을 즐기는 강간범 겸 세금 징수원들. 그런데 루시는 틀렸다. 그들은 강간을 하는 것이 아니었다. 그들은 짝짓기를 하고 있었다. 그 장면을 연출한 것은 쾌락의 원리가 아니라 완벽해지려고 안달이 난 씨로 부푼 고환이고 낭囊이었다. 세상에나, 아이라니! 그는 그것이 딸의 자궁 속에 있는 벌레에 지나지 않는데도, 벌써 그것을 아이라 부르고 있다. 그런 씨가, 사랑이 아니라 증오감에서 여자 속에 들어간 씨가, 그것도 혼란스럽게 뒤섞인 씨가, 그녀를 오염시키기 위해, 개의 오줌처럼 그녀에게 영역 표시를 하기 위해 뿌려진 씨가, 어떤 아이를 태어나게 할까?

아들을 둬야 한다는 기본적인 상식조차 갖추지 못한 아버지. 결국 모든 것은 이렇게 귀착될까? 땅속으로 똑똑 떨어지는 물처럼, 이런 식으로 그의 대가 끊어지는 걸까? 누가 상상할 수 있었으랴! 여느 날처럼 하늘에는 맑고 온화한 태양이 떴다. 그런데 갑자기 모든 것이 바뀐다. 완전히 바뀐다!

그는 부엌 바깥의 벽에 기대고 얼굴을 손으로 감싼다. 그는 숨을 헐떡이다가 마침내 눈물을 터뜨린다.

—

그는 루시가 전에 쓰던 방에 들어간다. 그녀는 그 방을 쓰지 않고 있다. 그는 자신이 경솔한 짓을 할까봐 오후 내내 그녀를 피한다.

저녁을 먹으며 새로운 사실이 드러난다. 그녀가 말한다. "그런데 그 애가 돌아왔어요."

"그애라고?"

"네, 페트루스가 파티를 하던 날, 그애를 두고 소란을 피우셨잖아요. 그애는 페트루스와 같이 살면서 그를 돕고 있어요. 이름은 폴럭스예요."

"음세디시는 아니고? 응카바야케는 아니고? 발음할 수 없는 이름이 아니라 그냥 폴럭스냐?"

"피-오-엘-엘-유-엑스. 아버지, 비아냥거리지 않고 말씀하실 수 없어요?"

"무슨 말인지 모르겠구나."

"아시면서 그러세요. 제가 어렸을 때는 제게 굴욕감을 주려고 몇 년 동안 그렇게 말씀하셨잖아요. 그걸 잊으셨을 리가 없죠. 여하튼 폴럭스는 페트루스 부인의 형제래요. 진짜 형제인지 어떤지는 몰라요. 여하튼 페트루스는 그에 대해 가족으로서 책임이 있는 거죠."

"그렇게 해서 모든 게 드러나기 시작하는구나. 이제 폴럭스는 범죄

현장으로 돌아왔고, 우리는 아무 일도 없었던 것처럼 행동해야 한다는 말이구나."

"아버지, 화내지 마세요. 그건 도움이 되지 않아요. 페트루스 말로는, 폴럭스가 학교를 중퇴해서 직장을 잡을 수가 없대요. 그애가 주변에 있다는 걸 경고해드리려고 말씀드리는 거예요. 제가 아버지라면 그애를 피할 거예요. 그애는 뭔가 잘못된 것 같아요. 하지만 제가 그애에게 여기서 나가라고 명령할 수는 없어요. 제 권한 밖이라서."

"특히……" 그는 말을 끝내지 않는다.

"특히 뭐가요? 말씀하세요."

"특히 그애가 네 뱃속에 있는 아이의 아비일지도 모르는 상황이니까 그렇겠지. 루시, 네 상황은 우습게 되어간다. 아니, 우스운 것 이상이고 불길하다. 나는 네가 어떻게 그걸 보지 못하는지 모르겠다. 부탁하는데, 너무 늦기 전에 제발 이 농장을 떠나라. 그것이 유일하게 제정신으로 할 수 있는 일이다."

"아버지, 계속 농장, 농장 하지 마세요. 이건 농장이 아니에요. 제가 농작물을 기르는 한 줌의 땅이에요. 우리 둘 다 그걸 알아요. 하지만 안 돼요, 전 포기할 수 없어요."

그는 무거운 마음으로 잠자리에 든다. 루시와 그 사이에는 아무것도 변하지 않았다. 아무것도 치유되지 않았다. 그들은 그가 전혀 떠나 있지 않았던 것처럼 서로를 물어뜯는다.

—

아침이다. 그는 새로 만든 울타리를 넘어간다. 페트루스의 부인이 옛 마구간 뒤에서 빨래를 널고 있다. "좋은 아침입니다. 몰로. 페트루스를 찾고 있습니다."

그녀는 그와 눈을 마주치지 않은 채 건물 짓는 곳을 활기 없이 가리킨다. 움직임이 느리고 무겁다. 산달이 가깝다. 그도 그것을 알 수 있다.

페트루스는 창문에 유리를 끼우고 있다. 이런저런 긴 인사치레가 우선되어야 하지만 그는 그럴 기분이 아니다. 그가 말한다. "루시 말로는 그애가 다시 돌아왔다고 하더군요. 폴럭스라고, 내 딸을 공격했던 그애 말입니다."

페트루스는 칼을 깨끗하게 닦아 내려놓는다. "그는 내 친척relative입니다." 그는 '친척'의 첫 글자 r을 굴리며 말한다. "그런 일이 있었다고 내가 그애를 쫓아내야 합니까?"

"당신은 나한테 그에 대해 모른다고 했죠. 나한테 거짓말을 했어요."

페트루스는 변색된 이 사이에 담뱃대를 물고 세게 빤다. 그리고 담뱃대를 떼고 크게 미소 짓는다. "난 거짓말을 하죠. 난 당신한테 거짓말을 하죠." 그는 다시 담뱃대를 빤다. "왜 내가 당신한테 거짓말을 해야 할까요?"

"페트루스, 나한테 묻지 말고 당신 자신한테 물어요. 왜 거짓말을 하는 겁니까?"

미소가 사라지고 없다. "당신은 떠났다가 다시 돌아왔는데, 이유가 뭐죠?" 그는 도전하듯 상대를 응시한다. "당신은 여기서 할일이 없어요. 당신은 당신 아이를 돌보기 위해 오죠. 나도 내 아이를 돌보는 거예요."

"당신 아이라고요? 이 폴럭스라는 자가 이제 당신 아이라고요?"

"그래요. 그는 아이예요. 그는 내 가족이고, 내 사람이에요."

결국 그것이다. 더 이상의 거짓말은 없다. 내 사람. 그가 원하는 만큼이나 노골적인 대답이다. 그래, 루시는 그의 사람이다.

페트루스가 대답한다. "당신은 일어났던 그 일이 나쁘다고 말하고, 나도 나쁘다고 말해요. 그건 나쁜 거예요. 하지만 그건 끝난 일이죠." 그는 입에서 담뱃대를 떼고 그것으로 허공을 격렬하게 찌른다. "끝난 일이란 말입니다."

"끝난 일이 아니오. 내가 무슨 말을 하는지 모른다고 시치미떼지 말아요. 그건 끝난 게 아닙니다. 반대로, 그건 막 시작되고 있죠. 그건 내가 죽고 당신이 죽은 후에도 오래 계속될 겁니다."

페트루스는 이해하지 못하는 척 시치미를 떼지도 않고, 생각에 잠겨 그를 응시한다. 마침내 그가 말한다. "그는 그녀와 결혼할 겁니다. 루시와 결혼할 겁니다. 다만 나이가 너무 어려요, 결혼을 하기에는 너무 어려요. 아직 어린애니까요."

"위험한 놈이고 어린 흉악범이며 자칼 같은 놈입니다."

페트루스는 그 모욕을 무시한다. "맞아요, 그는 너무 어려요, 너무 어리다고요. 언젠가 결혼할 수 있겠죠, 지금은 아니에요. 내가 결혼하겠어요."

"당신이 누구와 결혼한단 말입니까?"

"내가 루시와 결혼하겠어요."

282

그는 자기 귀를 믿을 수 없다. 그래 이것이로구나. 이것을 겨냥하고 저 혼자 북 치고 장구 친 것이로구나. 이런 제안, 이런 급습! 페트루스는 다부지게 서서 빈 담뱃대를 빨며 대답을 기다린다.

그가 조심스럽게 말한다. "당신이 루시와 결혼하겠다니, 무슨 말인지 설명해보세요. 아니, 차라리 설명하지 마세요. 내가 듣고 싶은 말이 아닙니다. 이건 우리 방식이 아니에요."

우리. 그는 우리 서양인들이라고 말할 뻔한다.

페트루스가 말한다. "그래요, 알겠어요, 알겠어요." 그는 대놓고 낄낄낄 웃는다. "내가 당신한테 얘기했으니 당신은 루시한테 전하세요. 그렇게 되면 모든 게 끝나는 거예요. 이 모든 나쁜 것들이."

"루시는 결혼을 원치 않아요. 남자와 결혼하는 걸 원치 않는단 말입니다. 그애는 그걸 고려해보지도 않을 겁니다. 이보다 내 입장을 더 명확히 할 수는 없어요. 그애는 자신만의 삶을 살고 싶어해요."

"그래요, 알고 있어요." 어쩌면 페트루스는 정말 알고 있는지도 모른다. 페트루스를 과소평가하면 너무 어리석은 일이 될 것이다. 페트루스가 말한다. "하지만 여긴 위험해요, 너무 위험해요. 여자는 결혼을 해야 해요."

—

그는 나중에 루시에게 말한다. "내 귀를 믿을 수 없었지만 가볍게 생각하려고 했다. 그런데 순전히 협박이더구나."

"협박이 아니에요. 아버지가 그 문제는 틀렸어요. 화내지 않으셨기를 바라요."

"그래, 화내지 않았다. 그의 제안을 전해주겠다고 했다. 그게 전부다. 나는 네가 관심 없어할 거라고 말해줬다."

"그 말을 듣고 기분이 상하셨어요?"

"페트루스의 장인이 될 가능성에 기분이 상했느냐고? 아니지. 나는 당황하고 놀라고 어이가 없었다. 하지만 기분이 상하진 않았다. 그건 인정해주렴."

"이제는 말씀드려야겠군요. 이게 처음은 아니기 때문에 그래요. 페트루스는 꽤 오랫동안 그런 암시를 해왔어요. 그의 가정의 일부가 되는 게 더 안전하다는 거죠. 농담도 아니고 위협도 아니에요. 어떤 점에서 보면 그는 진지해요."

"그가 어떤 점에서는 진지하다는 걸 나는 의심하지 않아. 문제는 어떤 의미에서 그러느냐 하는 거다. 그는 네가 그런 걸 알고 있니?"

"제가 이런 상태에 있다는 걸 그가 알고 있냐는 말씀인가요? 그에게 얘기하지는 않았어요. 하지만 그의 부인과 그는 틀림없이 그런 결론을 내리게 되겠죠."

"그렇다고 그가 마음을 고쳐먹지는 않겠지?"

"왜 그래야 하죠? 그럼 제가 더욱 그의 가족이 될 텐데. 여하간, 그가 노리는 건 제가 아니라 농장이에요. 농장이 제 지참금이 되는 거죠."

"하지만 루시, 이건 터무니없는 소리다! 그는 이미 결혼했다! 네 입으로 그가 두 아내를 거느리고 있다고 말했다. 어떻게 그런 생각을 할 수 있니?"

"아버지는 요점을 파악하지 못하고 있어요. 페트루스는 저한테 교회에서 결혼식을 올리고 와일드코스트로 신혼여행을 가자는 게 아니에요. 그가 제의하는 것은 제휴이고 거래예요. 저는 땅을 주고, 대신 그의 보호 아래로 들어가는 거죠. 그러지 않으면 저는 보호받지 못하는 좋은 사냥감이 될 수밖에 없다고 경고하는 거죠."

"그게 협박이 아니고 뭐란 말이냐? 개인적인 측면은 어떠냐? 그 제안에 개인적인 측면은 없는 거냐?"

"페트루스가 저하고 잠을 자기를 원할 거라는 말인가요? 그가 자신의 의도를 강제적으로 전달하기 위한 목적이 아니라면, 페트루스가 저와 잠을 자고 싶어할 것 같진 않아요. 하지만 솔직히 말하면, 저는 페트루스와 잠자리를 같이하고 싶지는 않아요. 그건 분명히 아니에요."

"그렇다면 우리는 더이상 그 얘기를 할 필요가 없다. 내가 네 결정을 페트루스에게 전할까? 그의 제안을 수락하지 못한다고, 그 이유는 굳이 밝히지 않겠다고 전할까?"

"아뇨, 기다리세요. 페트루스한테 거만한 자세를 취하시기 전에 제 처지를 객관적으로 생각해보세요. 객관적으로 보면, 저는 혼자 사는 여자예요. 남자 형제도 없어요. 아버지는 있지만 멀리 계실 뿐만 아니라 여기서 통용되는 방식으로는 아무 힘도 없어요. 그렇다면 제가 누구한테 보호해달라고 하죠? 에팅어한테요? 에팅어의 등에 총알이 박히는 건 시간문제예요. 현실적으로 말해서, 페트루스만 남아요. 페트루스는 큰 인물은 아닐지 몰라요. 하지만 그는 저처럼 작은 사람에게는 충분히 커요. 그리고 적어도 저는 페트루스라는 사람을 알아요. 그 사람에 대한 환상은 없어요. 저는 제가 어떤 것에 숙이고 들어가는지 알아요."

"루시, 난 케이프타운에 있는 집을 팔려고 한다. 널 네덜란드에 보낼 준비가 되어 있다. 아니면 여기보다 안전한 어딘가에서 네가 다시 시작하는 데 필요한 모든 걸 해줄 준비가 되어 있다. 생각해보렴."

그녀는 그의 말을 듣지 않은 것 같다. "페트루스한테 다시 가셔서 이렇게 제안하세요. 제가 그의 보호를 받아들이겠다고요. 그가 우리 관계에 대해서 무슨 말을 하든, 반박하지 않겠다고 하세요. 만약 그가 사람들에게 저를 그의 셋째 부인으로 알리고 싶다면 그렇게 하라고 하세요. 그의 첩이라고 해도 마찬가지예요. 그러면 아이도 그의 것이 되는 거죠. 아이는 그의 가족이 되는 거예요. 집이 제 앞으로 되어 있는 한, 땅도 그에게 양도한다고 하세요. 저는 그의 땅에서 소작인으로 사는 거죠."

"베이워너*."

"베이워너죠. 하지만 다시 말씀드리지만 집은 제 것이에요. 그를 포함한 그 누구도 제 허락 없이는 이 집에 들어오지 못해요. 그리고 동물 위탁소도 제가 가질 거예요."

"루시, 그건 실현 가능한 게 아니다. 법적으로 실현 가능한 게 아니란 말이다. 너도 그걸 알잖니."

"그렇다면 어떻게 제안하시겠어요?"

그녀는 가운과 슬리퍼 차림으로 어제 신문을 무릎에 놓아둔 채 앉아 있다. 그녀의 머리가 길게 흘러내려 있다. 그녀는 너무 살이 쪄서 살이 늘어지고 건강하지 않아 보인다. 그녀는 점점, 혼자서 무슨 말인가를

---

* 아프리칸스어로 '소작인'.

속삭이며 발을 질질 끌고 양로원 복도를 돌아다니는 여자들 중 하나와 비슷해지고 있다. 페트루스는 왜 굳이 협상을 하려는 걸까? 그녀는 오래갈 수 없다. 가만히 내버려두면 언젠가 썩은 과일처럼 떨어져버릴 것이다.

"나는 제안을 했다. 두 가지를 제안했다."

"아뇨, 저는 안 떠나요. 페트루스한테 가서서 제가 한 말을 전하세요. 그에게 땅을 양도하겠다고 전하세요. 땅도 가져가고 등기권도 가져가고, 모든 걸 다 가져가라고 하세요. 좋아할 거예요."

그들 사이에 말이 끊긴다.

이윽고 그가 말한다. "정말로 굴욕적이구나. 그토록 원대한 희망이 이렇게 끝나다니."

"그래요, 저도 같은 생각이에요. 굴욕적이죠. 하지만 어쩌면 다시 시작하기 좋은 지점일 거예요. 어쩌면 그것이 제가 받아들이기를 배워야 하는 것인지도 몰라요. 밑바닥에서 시작하는 것 말이에요. 아무것도 없이. 어떤 것이 아니라, 아무것도 없이. 카드도 없고, 무기도 없고, 재산도 없고, 권리도 없고, 품위도 없고."

"개 같군.*"

"그래요, 개 같아요."

---

* 프란츠 카프카의 장편소설 『소송』의 마지막에 나오는 구절.

23

    아침나절이 반쯤 지났다. 그는 불도그 케이티를 데리고 산책을 나와 있다. 놀랍게도 케이티가 그와 보조를 맞춘다. 그가 전보다 더 느리거나, 개가 전보다 더 빠르기 때문일 것이다. 개는 전과 같이 코를 킁킁거리고 숨을 헐떡인다. 하지만 그것이 더이상 그의 신경을 자극하지는 않는 것 같다.

    집에 다다르자 페트루스가 내 사람이라고 부른 그애가 뒷벽에 얼굴을 대고 서 있는 것이 보인다. 그는 처음에 그애가 소변을 보고 있다고 생각한다. 그러나 그애가 욕실 창문을 통해 루시를 훔쳐보고 있다는 것을 깨닫는다.

    케이티가 으르렁대기 시작한다. 하지만 그애는 그것에 주의를 기울이기에는 너무 정신이 팔려 있다. 그애가 몸을 돌릴 때쯤 그들은 이미 그에게 다가가 있다. 그는 손바닥으로 그애의 얼굴을 후려친다. "돼지 같은 놈!" 그는 고함을 치면서 그애가 휘청거릴 정도로 한 대 더 갈긴다. 그가 휘청거린다. "더러운 돼지 같은 놈!"

그애는 아프다기보다는 놀라서 달아나려다가 제 발에 걸려 넘어진다. 즉시 개가 그에게 달려든다. 개가 그의 팔꿈치를 문다. 개는 으르렁거리면서 앞발로 버티며 잡아당긴다. 그는 고통에 겨워 소리치며 빠져나가려고 한다. 그는 주먹으로 친다. 하지만 주먹에는 힘이 없고 개는 그것을 무시한다.

돼지 같은 놈! 그 말이 아직도 공중에서 울린다. 그는 그렇게 원초적인 분노를 느껴본 적이 없었다. 그는 그애에게 합당한 매타작을 흠씬 해주고 싶다. 그가 평생 동안 피해왔던 말들이 갑자기 정당하고 옳아 보인다. 본때를 보여주고, 자기 꼬라지를 보여줘라. 그는 생각한다. 바로 이런 것이로구나! 야만인이 된다는 게 바로 이런 것이로구나!

그는 발로 그애를 아주 세게 찬다. 그러자 그애가 옆으로 나동그라진다. 폴럭스! 무슨 이름이 그따위야!

개는 위치를 바꿔 그애의 몸에 올라타고 셔츠를 찢고 팔을 무섭게 잡아당긴다. 그애는 개를 밀치려고 하지만 개는 꿈쩍도 하지 않는다. "아야 아야 아야 아야 아야!" 그애가 소리를 지른다. "너희들 죽여버릴 거야!"

그때 루시가 나타난다. 그녀가 명령한다. "케이티!"

개는 그녀를 힐끗 바라볼 뿐 말을 듣지 않는다.

루시는 무릎을 꿇고 개의 목줄을 잡고 부드럽고 다급하게 말한다. 개가 마지못해 물었던 것을 놓는다.

그녀가 말한다. "너 괜찮니?"

그애는 고통으로 신음한다. 그의 코에서 콧물이 흐르고 있다. 그애가 신음한다. "너희들 죽여버릴 거야!" 그애는 울음을 터뜨릴 것 같다.

루시는 그애의 소매를 접어올린다. 개 이빨 자국이 여러 군데 나 있다. 그들이 지켜보는 중에 검은 피부에서 피가 방울방울 솟는다.

그녀가 말한다. "자, 가서 씻자." 그애는 콧물과 눈물을 들이마시며 고개를 젓는다.

루시는 가운만 입고 있다. 그녀가 일어나자 허리끈이 풀리면서 가슴이 드러난다.

그가 딸의 가슴을 마지막으로 보았을 때는 새치름한 장미 봉오리 같은 여섯 살배기 소녀의 가슴이었다. 이제 그 가슴은 무겁고 둥글며 젖이 나올 것 같다. 정적이 내린다. 그가 쳐다본다. 그애도 뻔뻔하게 쳐다본다. 눈앞이 캄캄해지며 다시 분노가 솟구친다.

루시는 그들에게서 돌아서서 몸을 가린다. 그애는 아주 날쌘 동작으로 일어나서, 사정거리 밖으로 몸을 피한다. 그애가 소리친다. "우리가 너희 모두를 죽일 거야!" 그애는 몸을 돌리고 일부러 감자밭을 짓밟는다. 그리고 몸을 굽혀 철조망 밑을 통과해 페트루스의 집으로 간다. 그애는 팔을 만지면서도 다시 거만한 걸음걸이로 걸어간다.

루시가 맞다. 그애는 뭔가가 잘못되어 있다. 머릿속의 뭔가가 잘못되어 있다. 젊은 남자의 몸을 한 폭력적인 아이. 하지만 그가 이해할 수 없는 것이 더 있다. 루시는 그애를 두둔해서 어쩌자는 걸까?

루시가 말한다. "아버지, 이런 식으로 계속 살 수는 없어요. 저는 페트루스와 그의 안행어스*는 상대할 수 있어요. 아버지도 상대할 수 있어요. 하지만 모두를 한꺼번에 상대할 수는 없어요."

"그놈이 창문으로 널 쳐다보고 있었다. 알고 있니?"

"그애에게는 정신장애가 있어요. 정신장애가 있는 애라고요."

"그걸로 변명이 되니? 그애가 너한테 한 짓에 대한 변명이 되니?"

루시의 입술이 움직인다. 그러나 그는 그녀가 무슨 말을 하는지 알수 없다.

그는 말을 계속한다. "나는 그놈을 믿지 않아. 그놈은 속임수를 쓰고, 자칼처럼 냄새를 맡고 돌아다니며 못된 짓을 하려고 한다. 옛날 같으면 그런 놈에게 맞는 말이 있었다. 결함. 정신적인 결함. 도덕적인 결함. 그놈은 정신병원에 있어야 해."

"아버지, 그건 무모한 말씀이세요. 그런 얘기를 하시려면 밖으로 하지 말고 속으로 하세요. 여하간 아버지가 그애에 대해서 어떻게 생각하시든, 그건 중요한 게 아니에요. 그애는 여기에 살고 있고 한 줌의 연기처럼 사라지지도 않을 거예요. 그애는 하나의 현실이에요." 그녀는 햇볕 때문에 눈을 가늘게 뜨고 그를 정면으로 바라본다. 케이티는 자기가 한 일에 만족해서 숨을 약간 헐떡이며 철퍼덕 주저앉는다. "아버지, 이렇게 계속 살 수는 없어요. 아버지가 돌아오시기 전까지는 모든 게 안정되어 있었고, 모든 게 다시 평화로워져 있었어요. 저는 주변이 평화로워야 해요. 저는 평화를 위해서는 어떤 것이라도, 어떤 희생이라도 치를 각오가 되어 있어요."

"나도 네가 희생시키려고 하는 것의 일부냐?"

---

* 네덜란드어로 '부류들'.

그녀는 어깨를 으쓱한다. "그런 의미로 말한 건 아니었어요. 아버지가 말씀하신 거지."

"그렇다면 내가 짐을 싸겠다."

—

그 사건이 있은 지 몇 시간이 지났지만 그의 손은 아직도 그때 상대방을 내리쳤던 것 때문에 얼얼하다. 그애와 그애의 협박을 생각하자 분노로 속이 끓는다. 동시에 그는 자신이 부끄러워진다. 그는 절대적으로 자신을 비난한다. 그는 아무에게도 교훈을 가르치지 못했다. 특히 그애에게는 그러지 못했다. 그가 했던 모든 것이 루시로부터 그를 더 멀어지게 했다. 그는 흥분한 모습을 루시에게 보였고, 그녀는 분명히 자기 눈으로 본 그 모습을 좋아하지 않는다.

그는 사과해야 한다. 하지만 그럴 수 없다. 그는 스스로를 통제하지 못하고 있는 것 같다. 폴럭스를 생각하면 분노가 솟구친다. 못생기고 흐릿한 작은 눈, 무례함, 그리고 그놈이 잡초처럼 뿌리를, 루시와 루시의 삶과 얽히게 하도록 내버려뒀다는 생각.

만약 폴럭스가 다시 그의 딸을 모욕하면, 그는 다시 그를 때릴 것이다. 두 무스트 다인 레벤 엔데른! 넌 너의 삶을 바꿔야 해! 그래, 그는 그런 말에 귀를 기울이기에는 너무 늙었고, 변화하기에도 너무 늙었다. 루시는 폭풍우에 몸을 굽힐 수 있을지 모른다. 그러나 그는 그럴 수 없다. 자존심이 있는 한 그럴 수 없다.

그것이 그가 테레사의 말에 귀를 기울여야 하는 이유다. 테레사는 그를 구원할 수 있는 마지막 남은 사람일 수 있다. 테레사는 자존심을 초월해 있다. 그녀는 가슴을 햇빛에 드러낸다. 그녀는 하인들 앞에서 밴조를 켜며, 그들이 능글맞게 웃든 말든 상관하지 않는다. 그녀에게는 불멸의 염원이 있다. 그녀는 그녀의 염원을 노래한다. 그녀는 죽지 않을 것이다.

—

그는 베브 쇼가 막 떠나려고 할 때 병원에 도착한다. 그들은 낯선 사람들처럼 주저하며 포옹한다. 그들이 한때 벌거벗고 서로의 팔에 안겨 누워 있었다는 사실이 믿기 어렵다.

그녀가 묻는다. "단순한 방문인가요, 아니면 당분간 돌아오신 건가요?"

"필요한 만큼 있으려고요. 하지만 루시와 같이 지내지는 않을 거예요. 그애와 나는 잘 안 맞는 것 같아요. 시내에 방을 하나 구해야겠어요."

"유감이군요. 문제가 뭐죠?"

"루시와 나 사이 말인가요? 아무것도 없어요, 내 생각에는. 고칠 수 없는 건 없어요. 문제는 그애의 주변 사람들이죠. 내가 가세하자 우리의 수가 너무 많아졌어요. 너무 작은 곳에 너무 많이 있어요. 병 속에 든 거미들처럼 말이죠."

단테의 「지옥」에 나오는 이미지가 떠오른다. 끓는 기름 속에 영혼을 집어넣고 버섯처럼 삶는 거대한 스틱스의 늪. 베디 라니메 디 콜로르 쿠이 빈세 리라.* 분노에 압도되어 서로를 갉아먹는 영혼들. 그 죄에 합당한 벌.

"당신은 페트루스와 같이 살려고 온 그애에 대해서 말씀하시는데, 저도 그애 인상이 좋지는 않아요. 하지만 페트루스가 거기 있는 한 루시는 틀림없이 괜찮을 거예요. 데이비드, 루시가 스스로 해결책을 찾을 수 있도록 당신이 물러날 때가 된 것 같아요. 여자들에게는 적응력이 있거든요. 루시에게는 적응력이 있어요. 그리고 젊어요. 그녀는 당신보다 땅에 더 가깝게 살아요. 우리 둘 중 누구보다도 더."

루시에게 적응력이 있다고? 그의 경험으로 보면 그것은 아니다. 그가 말한다. "당신은 내게 자꾸 물러나 있으라고 하는데, 내가 처음부터 물러나 있었다면 루시는 지금 어떻게 됐겠어요?"

베브 쇼는 아무 말이 없다. 베브 쇼는 볼 수 있지만 그 자신에게는 보이지 않는, 그에 관한 어떤 것이 있을까? 동물들이 그녀를 신뢰하기 때문에, 그도 그녀를 신뢰하고 그에게 교훈을 가르치도록 해야 하나? 동물들은 그녀를 신뢰한다. 그런데 그녀는 그 신뢰를 이용해 그들을 죽인다. 거기에 무슨 교훈이 있는가?

그는 말을 더듬는다. "만약 내가 물러나고 새로운 재앙이 농장에 닥친다면 내가 어떻게 살아갈 수 있겠어요?"

그녀는 어깨를 으쓱한다. "데이비드, 그건 질문인가요?"

"모르겠어요. 질문이 뭔지 더이상 모르겠어요. 루시 세대와 내 세대 사이에 막이 내려와버린 것 같아요. 나는 그게 내려오는 것도 몰랐는데."

---

* 이탈리아어로 '분노에 정복당했던 저들의 영혼을 보라'.

294

그들 사이에 긴 침묵이 흐른다.

그는 계속한다. "여하간 나는 루시와 살 수는 없어요. 그래서 방을 찾고 있어요. 그레이엄스타운에 쓸 만한 방이 있다면 알려줘요. 내가 온 주목적은 병원 일을 거들 수 있다는 말을 하기 위해서예요."

베브 쇼가 말한다. "마침 잘됐군요."

—

그는 빌 쇼의 친구에게서 반 톤짜리 픽업을 구입한다. 그는 1000랜드를 수표로 지불하고, 7000랜드를 그달 말일자 수표로 끊어준다.

그 남자가 말한다. "어디에 쓰려고 그러십니까?"

"동물들. 개들 때문에요."

"밖으로 뛰쳐나오지 않도록 뒤에 난간을 달아야겠군요. 제가 난간을 달아줄 사람을 아는데."

"내 개들은 뛰어내리지 않는답니다."

서류상으로 보면 그 트럭은 십이 년이 됐지만, 엔진소리는 상당히 부드럽다. 여하간 엔진이 영원히 돌아갈 필요는 없겠지, 그는 이렇게 생각한다. 아무것도 영원히 지속될 필요는 없지.

〈그로콧스 메일〉에 난 광고를 통해, 그는 병원 근처에 있는 방을 세낸다. 그는 이름을 로리라고 하고, 한 달 치 집세를 미리 낸다. 그리고 여자 주인에게 그레이엄스타운에서 외래 치료를 받고 있다고 말한다. 그는 그 치료가 무엇인지 말하지 않는다. 그러나 그녀가 그것을 암 치료라고 생각한다는 것을 안다.

그는 돈을 물처럼 쓴다. 상관없다.

그는 캠핑용품을 파는 상점에서 수중 히터와 작은 가스 스토브와 알루미늄 냄비를 산다. 그것들을 들고 방으로 가다가 집주인을 계단에서 만난다. 그녀가 말한다. "로리 씨, 방에서는 요리를 하지 못하게 되어 있습니다. 불이 날 경우를 대비해서 그렇습니다."

방은 어둡고, 통풍이 안 되고, 가구는 너무 많고, 매트리스는 울퉁불퉁하다. 하지만 그는 다른 것들에 익숙해졌던 것처럼 그것에도 익숙해질 것이다.

퇴직한 선생 하나도 그 집에서 산다. 그들은 아침식사를 하며 인사를 나누고, 먹는 동안 아무 말도 하지 않는다. 식사를 마치면 그는 동물병원으로 가서 하루를 보낸다. 일요일까지 포함해서 매일.

하숙집보다는 병원이 더 그의 집 같다. 그는 건물 뒤 텅 빈 곳에, 쇼의 집에서 가져온 탁자와 낡은 팔걸이의자, 그리고 최악의 햇빛을 가리기 위한 파라솔로 일종의 둥지를 만든다. 그는 가스 스토브를 가지고 와서 차를 끓이거나 미트볼 스파게티, 양파를 곁들인 삼치 통조림을 데운다. 그는 하루에 두 번씩 동물들에게 먹이를 준다. 그들의 우리를 청소하고 가끔은 그들에게 얘기를 한다. 그러지 않으면 책을 읽거나 존다. 혼자 있을 때면 루시가 쓰던 밴조로 테레사 귀치올리가 부를 음악을 만든다.

아이가 태어날 때까지는 이것이 그의 삶이 될 것이다.

어느 날 아침, 그는 고개를 들었다가 작은 소년 세 명이 콘크리트 담장 너머로 그를 내려다보는 것을 발견한다. 그는 자리에서 일어난다. 개들이 짖기 시작한다. 흥분한 소년들이 담을 내려가 부리나케 달아난

296

다. 그들에게 집에 가서 얘기할 거리가 생겼다. 개들 사이에 앉아서 혼자 노래를 부르는 미친 늙은이!

정말로 미쳤다. 그가 어떻게 그들한테, 그들의 부모한테, D 빌리지 사람들에게, 테레사와 그녀의 연인을 이 세상에 다시 불러오려 했다고 설명할 수 있겠는가?

24

테레사는 그녀의 하얀 잠옷을 입고 침실 창문에 서 있다. 그녀의 눈은 감겨 있다. 칠흑 같은 밤이다. 그녀는 숨을 깊게 쉬며 바람이 부는 소리와 황소개구리들의 울음소리를 들이마신다.

그녀는 속삭임에 가까운 목소리로 노래한다. "게 부올 디르, 게 부올 디르 쿠에스타 솔리투디네 이멘사? 에드 이오, 게 소노?*"

침묵. 솔리투디네 이멘사**는 아무 응답이 없다. 구석에 있는 삼중주 단마저 산쥐처럼 조용하다.

그녀가 속삭인다. "오세요! 제발 내게로 오세요, 내 바이런이여!" 그녀는 팔을 크게 벌려 어둠을 껴안고, 그것이 가져올 것을 껴안는다.

---

* 이탈리아어로 '이 거대한 고독은 무슨 말을 하려는가? 나 자신은 무엇인가?'
** '거대한 고독'.

그녀는 그가 바람을 타고 와서 그녀를 감싸주고, 그녀의 가슴 우묵한 곳에 얼굴을 묻기를 바란다. 어떤 때는 그가 새벽을 타고 와서, 그녀에게 따뜻한 열기를 주는 태양신처럼 지평선 위에 나타나기를 바란다. 그녀는 무슨 수를 써서라도 그를 다시 갖기를 원한다.

그는 개들이 있는 뒤뜰 탁자에 앉아, 테레사가 어둠을 바라보면서 애원하는, 구슬프게 굴곡이 진 목소리에 귀를 기울인다. 테레사에게는 지금이 이달 중 좋지 않은 시간이다. 그녀는 몸이 쑤시고, 한숨도 자지 못하고, 기다림에 지쳐 초췌해져 있다. 그녀는 고통으로부터, 여름 더위로부터, 감바 저택으로부터, 아버지의 울화로부터, 모든 것으로부터 구출되기를 바란다.

그녀는 의자 위에 놓여 있던 만돌린을 집어든다. 그녀는 어린애처럼 그것을 어루만지며, 창가로 돌아간다. 만돌린이 그녀의 팔에서, 그녀의 아버지를 깨우지 않을 정도로 부드럽게, 띠릉 띠릉 소리를 낸다. 아프리카의 황량한 뜰에서 밴조가 띠릉 띠릉 울부짖는 소리를 낸다.

그냥 취미로 해보는 거야. 그는 로절린드에게 이렇게 말했다. 거짓말. 오페라는 취미가 아니다. 더이상은 아니다. 그것은 밤낮으로 그를 파고든다.

이따금 좋은 순간이 있긴 하지만, 사실대로 말하면 『이탈리아에서의 바이런』은 아무런 진척이 없다. 행동도 없고, 발전도 없다. 테레사가 텅 빈 허공에 대고 쏟아내는 길고 떠듬거리는 칸틸레나*가 있을 뿐이다. 그 소리는 이따금, 무대 밖에서 들리는 바이런의 신음과 한숨 소

---

* 서정적인 선율.

리에 중단된다. 남편과, 연적인 애인은 그의 뇌리에서 잊혀 이제 존재하지 않는 것이나 마찬가지다. 그 안에 있는 서정적인 충동은 죽지 않았을지 모르지만, 몇십 년 동안 굶주려 있다보니 위축되고 발육이 안 되고 으깨진 상태로 동굴에서 기어나올 수밖에 없다. 그는 『이탈리아에서의 바이런』이 처음부터 지니고 있던 그 단조로움에서 벗어나게 할 음악적인 기량도, 풍부한 에너지도 없다. 그것은 몽유병 환자나 씀직한 작품이 되어 있다.

그는 한숨을 쉰다. 독특한 실내오페라의 저자가 되어 사회로 보란 듯이 돌아가는 것도 괜찮은 일일 것이다. 하지만 그런 일은 없을 것이다. 그의 희망은 더 온건한 것이어야 한다. 그는 혼란스러운 소리들 속에서, 불멸의 염원을 담은 진정한 음조가 한 마리 새처럼 날아오르기를 바라야 한다. 그것을 인정하는 일은 미래의 학자들에게 남겨둘 것이다. 그때도 여전히 학자들이 있다면 말이다. 그 음조가 나올 때는, 만약 그것이 나온다면, 그는 그것을 직접 듣지는 못할 것이기 때문이다. 그가 그것을 기대하기에는 예술과 예술의 방식에 대해 너무 많은 것을 알고 있다. 그러나 루시가 죽기 전에 그것을 듣고 그를 조금 더 좋게 생각해주면 좋을 것 같다.

가엾은 테레사! 가슴앓이를 하는 가엾은 여자! 그는 무덤에서 그녀를 데려오면서, 그녀에게 다른 삶을 약속했다. 그런데 그는 그 약속을 지키지 못하고 있다. 그는 그녀가 그를 용서해줄 마음이 들기를 바란다.

그는 우리에 갇힌 개들 중에서 한 마리를 특별히 좋아하게 된다. 오그라든 왼쪽 뒷다리를 질질 끌고 다니는 수캉아지다. 그는 그 개가 본래 그렇게 태어났는지 어떤지 모른다. 우리를 방문한 사람 중 어느 누구도 입양하려고 하지 않았다. 유예기간은 거의 끝이 났다. 그 개는 곧 주삿바늘에 굴복해야 할 것이다.

그는 때때로, 어떤 것을 읽거나 쓰는 동안, 그 개를 우리에서 풀어줘 그놈 나름의 괴상한 방식으로 뜰 주변을 뛰어다니게 하거나 그의 발 옆에서 졸도록 놔둔다. 녀석은 어떤 의미에서 보아도 '그의 것'이 아니다. (베브 쇼는 그 개를 드리폿*이라고 부르지만) 그는 그 개에게 이름을 붙여주지 않으려고 애썼다. 그런데도 그는 그 녀석에게서 그를 향해 흘러나오는 너그러운 애정을 느낄 수 있다. 아무런 이유도 없이, 아무런 조건도 없이, 그는 선택받았다. 그는 그 개가 그를 위해 죽으라면 죽으리라는 것을 안다.

그 개는 밴조 소리에 매혹되어 있다. 그가 줄을 튕기면 그 개는 일어나 앉아서 한쪽으로 고개를 기울이고 듣는다. 그가 테레사의 가락을 흥얼거리고, 그 흥얼거림이 감정으로—이럴 때는 그의 후두가 부푸는 것 같고, 목에서 피가 쿵쿵 뛰는 것이 느껴진다—부풀어오르면, 그 개역시 입술을 핥으며 노래를 하거나 울부짖으려고 하는 것처럼 보인다.

그가 감히 그렇게 할 수 있을까? 개를 작품 안으로 끌어들여, 실연한 테레사의 노래들 사이에서, 하늘을 향해 비탄의 감정을 토해내게할 수 있을까? 안 될 건 뭘까. 결코 공연되지 못할 작품이라면, 무엇을 해도 괜찮지 않을까?

---

* 아프리칸스어로 '삼각대' 혹은 '세 다리'.

―

    토요일 아침, 그는 약속대로 루시의 노점을 도우려고 던킨스퀘어에 간다. 일이 끝난 후 그는 그녀를 데리고 점심을 사주러 간다.

    루시는 움직임이 느려지고 있다. 자기만의 생각에 몰두하고 평온한 표정을 짓기 시작했다. 아직 임신한 표시들이 확실히 나지는 않는다. 하지만 만약 그가 그런 표시들을 보게 되면, 매의 눈을 한 그레이엄스타운의 딸들이 그것을 보는 것도 시간문제 아닐까?

    그가 묻는다. "페트루스는 어떻게 지내니?"

    "집은 완공되었어요. 천장과 배관을 제외하면 모든 게요. 지금 이사하는 중이에요."

    "그들의 아이는? 아이가 태어날 때가 되지 않았니?"

    "다음주래요. 모든 때가 척척 잘 맞아요."

    "페트루스가 또 다른 암시를 하더냐?"

    "암시라고요?"

    "너에 대해 말이다. 네 위치에 대해서."

    "아뇨."

    "어쩌면 아이가―" 그는 그의 딸을 향해, 그녀의 몸을 향해, 아주 희미한 몸짓을 한다. "아이가 태어나면 달라질 것이다. 결국 그 아이는 이 땅의 아이일 테니. 그들은 그걸 부인할 수는 없을 거다."

    그들 사이에 오랜 침묵이 흐른다.

    "넌 그를 사랑하니?"

    그 말은 그의 입에서 나온 말이었지만 그것이 그를 놀라게 한다.

"아이 말인가요? 아뇨, 제가 어떻게 그럴 수 있겠어요? 하지만 그럴 거예요. 사랑이 싹틀 거예요. 그것에 관한 한 자연의 이치를 믿어야죠. 아버지, 저는 좋은 엄마가 될 작정이에요. 좋은 엄마이자 좋은 사람이 되려고요. 아버지도 좋은 사람이 되려고 노력해보세요."

"나한테는 너무 늦은 것 같구나. 나는 형기를 채우고 있는 늙은 죄수일 뿐이다. 하지만 넌 그렇게 하거라. 이미 그 방향으로 잘 나아가고 있다."

좋은 사람이 되는 것. 어두운 시대에, 그리 나쁜 결심은 아니다.

그는 무언의 합의에 따라 당분간 딸의 농장에 가지 않는다. 그러나 주중의 어느 날 그는 켄턴 로드를 따라 차를 몰고 가서 분기점에 트럭을 세워두고, 소로가 아니라 초원을 가로질러 나머지 길을 걸어간다.

마지막 구릉에 서자 농장이 그 앞에 펼쳐진다. 예전처럼 견고한 옛날 집, 마구간, 페트루스의 새집, 오리임이 틀림없을 댐 위의 반점들, 그리고 멀리서 루시를 찾아온 손님인 야생 기러기임이 틀림없을 더 큰 반점들.

이렇게 떨어져 보니 화단은 자홍색, 홍옥색, 회청색 등의 색깔이 블록을 이루고 있다. 꽃이 피는 계절. 꿀벌들은 제7의 천국*에 있는 게 틀림없다.

페트루스는 흔적도 없다. 그의 아내도 그렇고, 그들과 함께 사는 자칼 소년도 그렇다. 하지만 루시는 꽃 사이에서 일을 하고 있다. 비탈을 내려가자 불도그도 보인다. 그녀 곁의 길 위에 있는 황갈색이 그 개다.

---

* 유대교, 이슬람교, 기독교에 등장하는 천국의 계층 중 가장 높은 계층.

울타리에 도착하자 그는 걸음을 멈춘다. 그에게 등을 돌리고 있는 그녀는 아직 그를 알아차리지 못했다. 그녀는 엷은 여름 드레스를 입고 장화를 신고 넓은 밀짚모자를 썼다. 그녀가 꽃을 자르고 다듬고 묶기 위해 몸을 굽히자 푸른 혈관이 드러난 우윳빛 피부와 무릎 뒤쪽의 크고 약한 힘줄이 보인다. 여자의 몸 중 가장 덜 아름답고, 가장 덜 표현적이고, 어쩌면 그래서 가장 사랑스러운 부분.

루시는 일어서서 몸을 폈다가 다시 숙인다. 들일, 태곳적 농부들의 일. 그의 딸은 농부가 되어가고 있다.

그녀는 아직도 그를 의식하지 못한다. 감시견은 졸고 있는 것 같다.

그녀는 한때 자기 어머니 몸속의 작은 올챙이에 지나지 않았다. 그런데 지금은 견고하게, 그가 지금까지 그랬던 것보다 더 견고하게, 살고 있다. 그녀는 운이 좋으면 오랫동안, 그보다 오랫동안 계속 살아갈 것이다. 운이 좋으면 그가 죽은 후에도 이 화단에서 일상적인 일을 하며, 여기에 있을 것이다. 그녀의 안에서 새로운 존재가 태어날 것이다. 그리고 그 존재는 운이 좋다면 그 어머니만큼 견고하고 오래 살아갈 것이다. 그렇게 존재의 선은 이어질 것이다. 그의 기여, 그의 유산이 가차없이 점점 더 희미해지다가 결국 잊힐 때까지.

할아버지. 요셉*. 누가 그걸 생각했으랴! 어떤 예쁜 여자가 할아버지한테 넘어가 잠자리를 같이하기를 기대할 수 있을까?

그는 부드럽게 딸의 이름을 부른다. "루시!"

그녀는 듣지 못한다.

---

* 『창세기』에 나오는 가부장 요셉.

할아버지가 되는 데는 무엇이 필요할까? 그는 대부분의 사람들보다 더 열심히 노력했지만 아버지로는 별로 성공적이지 못했다. 어쩌면 그는 할아버지로도 평균 이하의 점수를 받을 것이다. 그에게는 침착함과 온화함과 인내심 등 나이든 사람이 갖게 되는 미덕이 없다. 하지만 어쩌면 그러한 미덕들은 다른 미덕들이 사라지면서, 예를 들어 정열의 미덕 같은 것이 사라지면서 나타날 수도 있을 것이다. 할아버지의 본질에 관한 시들을 쓴 시인 빅토르 위고를 다시 들여다봐야겠다. 배울 것이 있을지 모른다.

바람이 잔다. 영원히 계속되었으면 싶은 완벽한 정적의 순간이 있다. 부드러운 태양, 오후의 정적, 꽃밭 속에서 바삐 움직이는 벌들, 그리고 그 그림의 한가운데 있는, 밀짚모자를 쓰고 임신한 티가 약간 나는 젊은 여인, 다스 에빅 바이블리슈*. 사전트**나 보나르*** 같은 화가에 딱 어울리는 장면. 그와 같은 도시 사람들. 하지만 도시 사람들조차 아름다움을 보면 알아보고, 숨이 막힐 수 있다.

진실을 말하자면 그는 워즈워스를 그렇게 읽고서도 시골생활에 별로 눈길을 주지 않았다. 하기야 예쁜 여자들을 제외하면 그 무엇에도 별로 눈길을 주지 않았다. 그래서 그는 지금 어떤 처지가 되었는가? 눈을 교화시키기에는 너무 늦은 걸까?

그는 헛기침을 하고 더 크게 부른다. "루시."

마법이 깨진다. 루시는 몸을 반듯이 세우고 반쯤 돌아서서 웃는다.

---

* 독일어로 '영원한 여인'.
** 미국의 화가 존 싱어 사전트.
*** 프랑스의 화가 피에르 보나르.

"오셨군요. 못 들었어요."

케이티는 머리를 들고 잘 보이지 않는 듯이 그가 있는 방향을 바라본다.

그는 울타리를 기어올라 넘는다. 케이티는 느릿느릿 다가와 그의 구두 냄새를 맡는다.

"트럭은 어디 있어요?" 그녀는 일을 하느라 얼굴이 붉게 상기되어 있다. 햇볕에 약간 타서 그런지도 모른다. 갑자기 그녀가 건강해 보인다.

"세워놓고 걸어왔다."

"들어가서 차 드실래요?"

그녀는 손님에게 하듯 그렇게 제의한다. 좋다. 손님의 신분, 공식 방문, 새로운 기반, 새로운 출발.

—

다시 일요일이 돌아온다. 그와 베브 쇼는 또다시 뢰중을 하는 중이다. 그는 고양이들을 한 마리씩 데리고 들어온다. 그런 다음에는 개들이다. 늙고, 앞을 못 보고, 절뚝거리고, 장애가 있고, 불구가 된 개들. 그러나 어린 개도 있고 멀쩡한 개도 있다. 모두가 시간이 다 된 존재들이다. 베브는 그들을 한 마리씩 만져주고, 그들에게 얘기하고, 그들을 위로하고, 그들을 처리한다. 그리고 그녀는 물러나서, 그가 검은 비닐봉지에 사체를 넣고 봉하는 것을 지켜본다.

그와 베브는 아무 말도 하지 않는다. 그는 이제 그녀에게서, 그들이 죽이는 동물에게 모든 관심을 쏟고, 사랑이라는 말로 불러도 더이상

어렵지 않은 어떤 것을 주는 법을 배웠다.

그는 마지막 자루를 묶어 문으로 가져간다. 스물세 마리다. 이제 어린 개만 남았다. 음악을 좋아하는 개. 기회가 조금만 주어졌어도 자기 동료들의 뒤를 따라 벌써 병원 건물로 어정어정 걸어들어가, 생전 맡아보지 못했을 냄새 즉 소멸의 냄새, 떠나가는 영혼의 부드럽고 짧은 냄새가 포함된 강렬한 냄새들이 뒤섞여 아직도 어른거리는, 아연을 입힌 탁자가 있는 수술실로 들어갔을 그 개.

그 개가 이해하지 못할 것은(결코 그러지 못할 것이다! 그는 생각한다), 그의 코가 그에게 얘기해주지 않을 것은, 평범한 방처럼 보이는 그곳에 들어가면 어째서 다시 밖으로 나갈 수 없는가 하는 것이다. 무언가가, 말할 수 없는 무언가가 이 방에서 일어난다. 여기에서 영혼이 몸으로부터 쫓겨난다. 그것은 꼬이고 비틀려 잠시 공중에 떠돈다. 그런 다음 빨아들여지고 사라진다. 방이 아니라 존재 밖으로 새나가는 구멍. 이것은 그를 넘어서는 것이다.

항상 더 어려워져요. 베브 쇼는 언젠가 이렇게 말했다. 더 어려워지지만 더 쉬워지기도 한다. 사람은 어려워지는 것들에 익숙해진다. 여기서 더 어려워질 수 없다고 생각한 것이 더 어려워질 수 있다는 데에 더이상 놀라지도 않는다. 그가 마음만 먹으면 어린 개를 일주일 더 살려줄 수 있다. 하지만 그가 그 개를 베브 쇼의 수술실로 데려가야 할 것이고(어쩌면 그는 그 개를 팔에 안고 갈 것이다. 어쩌면 그는 그 개를 위해 그렇게 할 것이다), 그 개를 껴안고 바늘이 혈관을 찾을 수 있도록 털을 빗겨주고, 그 개에게 속삭여주고, 어리둥절해하는 그 개의 다리가 힘없이 풀릴 때 몸을 받쳐주고, 그런 다음 영혼이 나가면 그 개를 접어서 자루에 넣어 가져가고, 다음날에는 자루를 불길에 밀어넣고, 그 개가 타고, 다 타버리는 것을 보는 날이 오고 말 것이다. 그 일은 피할 길이 없다. 그는 때가 되면 개를 위해 그 모든 것을 해줄 것이다. 그 것은 충분히 작은 일일 것이다. 작은 일보다 못할 것이다. 아무것도 아닐 것이다.

그는 수술실을 가로지른다. 베브 쇼가 묻는다. "그게 마지막이었나요?"

"하나 더 있어요."

그는 우리 문을 연다. 그는 몸을 숙이고 팔을 벌리며 말한다. "이리 오렴." 개는 불구가 된 엉덩이를 흔들고, 그의 얼굴에 코를 대고 냄새를 맡고 그의 볼과 그의 입술과 그의 귀를 핥는다. 그는 전혀 제지하려고 하지 않는다. "이리 오렴."

그는 개를 양처럼 품에 안고 수술실로 다시 들어간다. 베브 쇼가 말한다. "나는 당신이 일주일 더 살려둘 거라고 생각했어요. 그를 단념하는 건가요?"

"그래요, 단념하는 겁니다."

우리 안의 얼어붙은 바다를 깨는 얼음도끼

J. M. 쿳시는 1940년 남아프리카공화국 남단의 아름다운 도시 케이프타운에서 태어났다. 그의 부모는 아프리카너Afrikaner 즉 네덜란드계 백인이었다. 더 정확히 하면, 아버지 쪽은 아프리카너였고, 어머니 쪽은 현재는 폴란드 영토지만 옛날에는 독일 영토였던 곳에서 온 이민자들이었다. 당연히 그의 모국어는 아프리카너들의 언어 즉 네덜란드어가 변형된 아프리칸스어Afrikaans였다. 그는 정상적이라면 아프리칸스어 학교에 다녀야 했는데, 부모가 그를 영어 학교에 다니게 했다. 그가 모국어가 아닌 영어로 글을 쓰게 된 결정적인 이유다.

소설가, 비평가, 언어학자, 이론가인 쿳시는 데이비드 애트웰의 말대로 "지적인 힘과 균형적 스타일, 역사적 비전과 윤리적 통찰력을 독특한 방식으로 통합"시킨 작가라는 평가를 받는다. 이것은 역사성, 정치성, 문학성, 윤리성을 두루 갖췄다는 평가다. '쿳시 산업'이라고 해도 과언이 아닐 만큼 그에 관한 많은 논문과 책이 세계 곳곳에서 쏟아지고 있는 것은 그런 평가와 무관하지 않다. 그에 대해서만큼 많은 연구가 행해지는 작가가 또 있을까 싶을 정도다. 좀 늦긴 했지만 우리나라에서도 그가 2003년 노벨문학상을 수상한 후로 많은 논문들이 발표되고 있다.

쿳시는 소설을 "사유의 한 방식"으로 생각하고, 인류 역사에서 이런저런 형태로 존재해온 제국주의, 식민주의, 권력, 성, 인종, 동물 등의 다양한 문제들을 심오하게 형상화해 차원 높은 경지로 끌어올린 작가다. 그의 소설에서 지적 향기와 품격이 느껴지는 것은 그래서다. 『추락』은 그가 쓴 소설 중에서 최고 중의 최고인 소설이다. 영국 BBC 방송이 선정한 '죽기 전에 읽어야 할 100권의 책'에 이 소설이 포함된 것은 당연한 일이다. 그만큼 예술적 완성도가 높은 소설이라는 말이다. 이 소설은 우리에게 예술에서 숭고미가 무슨 의미인지를 느끼게 할 정도로 잘 짜이고 잘 쓰였다. 비애와 비극의 정조가 배어 있는 장엄하고 숭고한 아름다움이 느껴지는 소설이라고나 할까.

부커상 심사위원이었던 보이드 톤킨은 『추락』을 읽고 "얼음도끼로 얻어맞은 것 같았다"고 하면서 이렇게 내용을 압축한다. "엄격하고 비정하고 정교하게 쓰인 쿳시의 소설은 신생新生 남아프리카한테 두들겨 맞고 개처럼 구석에 몰려 굴욕을 당한 자유주의적 학자에 관한 이야기인데, 이 소설에서 쿳시는 사랑, 성, 정치의 한계만이 아니라 인간성 자체의 한계를 시험한다." 이보다 더 잘 요약할 수 있을까 싶을 정도로 소설의 핵심을 제대로 짚은 말이다. 부커상 심사위원들은 한 작가에게 상을 두 번 주지 않는 전례를 깨고 쿳시에게 최초로 두번째 부커상을 안겨주었다. 그로 인해 불문율이 깨지면서 이후로 2회 수상자들(피터 케리, 힐러리 맨틀, 마거릿 애트우드)이 나왔다. 그만큼 그의 소설이 압도적이라는 말이다. 주인공인 데이비드 루리의 심리를 묘사하고 스토리를 끌어가는 장인적인 솜씨를 보면 쿳시가 왜 그렇게 높은 평가를 받는지를 실감할 수 있다. 데이비드는 인물의 특성상 좋아하기 힘든 인물이지만, 소설이 끝날 때쯤 우리는 그러지 않고 싶어도 어쩔 수 없이 그를 향해 동정과 연민과 페이소스의 감정을 느끼게 된다. 끌로 판 듯한 언어에 곁들여진 세밀함과 사유의 폭과 깊이 때문이다.

—

나는 1998년 케이프타운대학교에 있을 때 쿳시를 인터뷰하면서 이렇게 물은 적이 있다. "남아프리카는 아파르트헤이트 이후의 시대에 접어들었습니다. 새로운 역사의 장은 당신의 안목에 어떤 변화를 가져다주었습니까? 지금의 남아프리카를 어떻게 평가하시겠습니까?" 그의 답변은 다음과 같았다.

"남아프리카가 진정으로 새로운 역사적 시기에 들어갔는지, 의문을 제기할 필요가 있습니다. 내 생각에 우리는 현재 옛것과 새것이라고 희망했던 것 사이의 불안하고, 점점 더 편치 못한 틈에 끼어 있는 것 같습니다."

『추락』이 이듬해인 1999년에 출간되었으니, 내가 그 질문을 했던 1998년 당시에는 소설의 원고가 출판사에 넘어가 편집되는 과정에 있었을 것이다. 지금 생각해보니 그의 답변은 이듬해에 나올 소설을 염두에 둔 것이었다. 그의 소설이 "옛것과 새것이라고 희망했던 것 사이의 불안하고, 점점 더 편치 못한 틈"을 형상화한 리얼리즘 소설이기 때문이다. 그는 리얼리즘과는 거리를 두고 포스트모더니즘 계열의 소설들을 대부분 써왔지만,『추락』은 사실적인 묘사에 충실한 리얼리즘 소설이다. 그의 소설을 통틀어 이보다 더한 리얼리즘 소설은 없다고 해도 지나친 말은 아니다. 작가에게 현실참여적인 리얼리즘을 압박하던 상황에 극구 저항하며 "현실을 복사하는 리얼리즘에 관심이 없다"면서 포스트모더니즘 소설들을 써왔던 그에게서 리얼리즘에 근접한 소설이 나왔다. 물론 그의 소설이 리얼리즘 소설이라고 하는 것은 부정확한 말이다. 다만 현실을 있는 그대로 재현한 게 아니라, 우리가 일반적인 소설들에서 기대하는 리얼리즘 기법으로 쓰였다는 의미다. 무엇이 그의 소설에 그런 변화를 가져오게 했는지 정확히 알 길은 없지만, 남아프리카의 변화된 현실과 관련이 있지 않을까 싶다.

이 소설을 읽을 때는 그것이 쓰이게 된 역사적, 정치적 배경을 조금은 이해할 필요가 있다. 쿳시는 1994년에 이 소설을 쓰기 시작했는데, 그해는 남아프리카 역사에서 분수령이 되는 해였다. 모든 국민이 참여하는 남아프리카 최초의 민주적인 선거가 1994년 4월 26일에 실시되었고, 그 결과로 아프리카민족회의ANC, African National Congress의 넬슨 만델라가 5월 10일 대통령에 취임했다. 이십칠 년 동안 감옥에 갇혀 있다가 사 년 전에야 풀려난 만델라는 흑인들의 고통과 열망을 대변하는 상징적인 존재였다. 남아프리카의 역사가 바뀌기 시작한 것은 그가 풀려나면서부터였다. 세상에 정의라는 게 있다면 바로 그것이 정의였다. 눌리고 밟히고 뒤집히고 갇힌 존재였던 흑인들에게 드디어 해방의 날이 찾아왔다. 인간 이하의 존재로 취급받던 그들이 비로소 인간이 되었다.

남아프리카가 다시 태어나는 과정에서 생긴 믿기 힘든 일 중 하나는 만델라 정부가 발족시킨 '진실과 화해 위원회Truth and Reconciliation Committee'였다. 남아프리카는 기나긴 협상과 논의 끝에 1995년에 '통합과 화해 촉진 법령 35호'를 제정하고 그것을 근거로 '진실과 화해 위원회'를 발족시켜 1996년부터 활동에 들어갔다. 그것은 인권침해와 폭력을 저지른 자들을 사면하기 위한 정치적 조치였다. 가해자들이 정치적 이유로 저지른 범죄를 소상히 밝히면 처벌하지 않겠다는 취지였다. 그들은 청문회에서 인권침해자들의 고백을 듣고 그들을 사면했다. 세계사에서 유례를 찾기 힘든 놀라운 화해와 용서의 정신이었다. 그들은 그런 방식으로 과거를 청산하고 인종적 화합을 도모하며 미래를 향해 나아가고자 했다. 그들이 그렇게 하는 것을 보면서 세계는 믿을 수 없어 했다. 과거를 청산해야 하는 숙제를 안고 있는 국가들은 남아프리카를 본받아 비슷한 기구를 만들어 과거를 정리하려 했다. 오십여 개 이상의 국가들이 '진실과 화해 위원회'를 발족시켰다. 한국의 '진실·화해를 위한 과거사정리위원회'도 남아프리카의 위원회를 본뜬 것이다. 이렇듯 만델라 정부는 세계의 모범이 되었다. (2024년 6월 현재 가자 지구에서 일어나고 있는 전쟁을 대하는 태도만 해도 그렇다. 세계의 나라들이 팔레스타인인들에 대한 인종 청소를 방관할 때, 2023년

12월 29일 국제사법재판소에 이스라엘의 제노사이드를 제소한 것은 남아프리카 정부였다. 세계가 인정하는 도덕적, 윤리적 권위가 있기에 가능한 일이었다. 그들은 이스라엘의 식민주의 폭력에 시달리는 팔레스타인인들과 자신들을 동일시했다.)

'진실과 화해 위원회' 위원장이었던 데스먼드 투투 주교는 과거를 청산하고 미래를 향해 나아가려고 하는 남아프리카를 가리켜 "무지개 나라"라고 했다. 다양한 색깔들이 평화롭게 공존하는 무지개처럼, 피부색이 다른 인종들이 증오와 반목과 복수극에 휘말리지 않고 평화롭게 살아갈 남아프리카의 이상적인 모습을 표현한 말이었다. 수사적으로는 훌륭하고 심원할지 모르지만, 무지개 나라를 구현하는 일은 만만치 않다. 쿳시는 정치인들과 달리, 남아프리카의 미래를 순탄한 것으로 보지 않았다. 그도 아파르트헤이트가 종식된 것에 환호했지만 그렇다고 미래를 낙관적으로 보진 않았다. 『추락』에서 남아프리카를 바라보는 암울하고 우울한 시선이 느껴지는 것은 그래서다. 그는 정치인들이 제시한 거의 '강제적인' 화해의 방식에 의문을 품었다. 서로 용서하고 화해함으로써 과거를 청산하고 미래를 향해 나아갈 수 있다면 얼마나 좋으랴만, 고통의 식민 역사와 그것의 후유증이 하루아침에 사라지거나 해소되는 것은 아닐 터였다. 오히려 그는 남아프리카가 "옛것과 새것이라고 희망했던 것 사이의 불안하고, 점점 더 편치 못한 틈에 끼어 있다"고 보았다. 사람들이 환호할 때 그는 불안의 징후를 보았다. 그리고 그것은 틀리지 않은 시각이었다.

쿳시가 『추락』을 쓰기 시작한 것이 '진실과 화해 위원회'가 구성되고 실제로 운영되기 시작한 1996년이 아니라 그보다 이 년 앞선 1994년이었으니, 위원회의 활동과 이데올로기를 둘러싼 논의들이 이 소설에 곧이곧대로 반영되었다고 단정하기는 어렵다. 그러나 주인공 데이비드의 성추행 사건과 관련하여 구성된 위원회가 '진실과 화해 위원회'를 연상시키는 것은 소설이 1990년대의 남아프리카를 배경으로 하고 있다는 사실을 고려하면 불가피한 일이다. 사실을 인정하면 선처하도록 건의하겠다는 위원회의 방식은 사실을 있었던 그대로 밝히면 사면해주는 '진실과 화해 위원회'의 방식을 닮았다. 다른 점이 있다면 '진실과 화해 위원회'는 가해자의 참회 여부와 상관없이 사실만 밝히면 되지만, 대학에서 구성된 위원회는 가해자에게 사실만이 아니라 진심어린 참회를 요구한다. 어쩌면 '진실과 화해 위원회'에 대한 보다 심오한 연관성이나 성찰적 사유는 소설의 후반부에 있다. 백인 여성 혼자서 시골에서 살아가는 것의 조건과 의미가 무자비한 긴장감 속에서 탐구되기 때문이다. 달리 말하면, 소설 전체가 '진실과 화해 위원회'에 대한 사유적 형태의 담론인 셈이다. 결국 이 소설은 포스트-아파르트헤이트 시대에 마주하게 된 불편하고 불안한 인종적 틈에 관한 것이다.

소설이 1999년에 출간되었을 때 남아프리카 독자들 사이에서는 격렬한 논쟁이 벌어졌다. 그렇지 않은 독자들도 있었지만, 일부 독자들은 소설이 남아프리카를 너무 부정적으로 그렸다고 생각했다. 애솔 퓨가드 같은 유명 백인 작가도 그랬고, 집권당인 아프리카민족회의 정치인들도 그랬다. 당시 대통령이었던 타보 음베키는 쿳시를 가리켜 인종차별주의자라고 말했다. 그러나 그들은 감정에 치우친 나머지, 쿳시가 인종차별적인 이데올로기를 증오하고 아파르트헤이트의 폭력성을 그의 소설에 일관되게 투영해온 작가라는 사실을 간과했다. 또한 그들은 쿳시가 현실 이면에 있는 불안하고 불편하고 모순적인 것들을 형상화하는 예술가라는 사실을 간과했다. 카프카나 도스토옙스키에게서 낙관적인 전망을 기대하는 것 자체가 무리이듯, 쿳시에게서 낙관이나 단순한 긍정을 기대하는 것 자체가 애당초 무리였음에도, 그들은 보통의 작가들에게 기대하는 것을 그에게 기대했다. 소설가로서 쿳시가 지향하는 것은 "벌어진 틈, 어두운 것, 묻힌 것, 여성적인 것 등 타자를 읽는 데 있었다." 현재와 미래에 대한 낙관적인 생각에 자기기만의 요소가 있다는 것을 보지 못하는 그들의 눈이 잘못된 것이지, 리얼리티의 복잡한 속내를 들여다보고 미래에 대한 불안을 감지하는 작가의 눈이 잘못된 것은 아니었다. "책은 우리 안에 있는 얼어붙은 바다를 깨는 얼음도끼여야 한다"는 카프카의 말처럼, 쿳시의 소설은 사람들 안의 "얼어붙은 바다를 깨는 얼음도끼"였다. 독자들을 불편하게 하는 것은 이 소설의 본령이었다. 자신들을 불편하게 만든다고 작가를 인종차별주의자라고 비난하는 것은 국가적인 이름으로 행하는 또다른 폭력이었다. 화해와 용서는 아름다운 일이지만, 그것을 국가가 강요하는 것은 폭력일 수 있었다. 국가가 강요한다고 진정한 화해와 용서가 이뤄지는 것도 아니었다.

2024년 현재, 자크 데리다가 말한 "폭력적 위계질서"인 아파르트헤이트가 역사 속으로 사라진 지 삼십 년이 지났다. 그사이에 남아프리카는 어떻게 변했을까. 그들이 꿈꾸던 무지개 나라가 되었을까. 그렇지 않다. 백인에게서 흑인에게로 권력이 넘어갔지만, 식민주의와 아파르트헤이트가 남긴 유산은 아직 청산되지 않고 그들의 현실과 의식을 지배한다. 쿳시가 『추락』에서 형상화한 "불편한 틈"은 아직도 존재하고 이후로도 오랫동안 그러할 것이다. 그리고 1994년에 정권을 잡은 집권당 아프리카민족회의는 무지개 나라를 만드는 데 성공하지 못했다. 결국 그들은 2024년 치러진 선거에서 처음으로 다수당이 되는 데 실패했다. 그들은 부패와 추문과 무능으로 국가를 엉망으로 만들었고, 그 결과로 일반 민중의 삶은 피폐해지고 실업률과 범죄율은 걷잡을 수 없어졌고, 빈부의 격차는 점점 더 벌어져 세계 최악이 되었다. 애석하게도 그들이 꾸는 꿈과 현실은 달랐다.

　인간의 문제 못지않게 이 소설에서 중요하게 다뤄지는 것이 동물 윤리의 문제다. 쿳시가 이 소설을 쓰면서 동물 윤리에 관한 두 편의 단편소설(「동물들의 삶」「시인들과 동물들」)을 동시에 썼다는 것은 우연이 아니다. 이 맥락에서 그가 1990년에 했던 말은 의미심장하다. "내 생각은 이 세상에 인간의 고통만이 아니라 다른 고통까지 포함하는 숱한 고통이 있다는 사실 때문에 혼란과 무기력에 빠져든다는 사실에 압도당한다. 내 소설들은 이렇게 압도당하는 것에 대한 하찮고 우스꽝스럽기까지 한 방어일 뿐이다." 그가 말한 "다른 고통"은 동물들의 고통을 일컫는다. 이것은 그가 이 소설을 발표하기 오래 전부터 동물 윤리에 각별한 관심을 기울이고 있었다는 말이다. 그에게 인간의 고통은 동물의 고통에 선행하는 것이 아니다. 그는 『추락』에서 독특한 방식으로 인간의 문제를 동물의 문제와 뒤섞어놓았다. 그리고 이것이 소설을 더욱

처연하게 만든다.

『추락』은 그야말로 압도적인 소설이다. 쿳시의 동료 작가인 안드레 브링크는 쿳시를 가리켜 "남아프리카 문학의 풍경만이 아니라 소설 장르의 형태와 지평을 바꿔놓았다"고 했다. 한 땀 한 땀 바느질을 하듯 공을 들여 군더더기 하나 없는 문장에 사유를 담아내는 그의 능력은 그저 놀라울 따름이다.

—

번역자로서 몇 가지 짚고 넘어가야 할 것들이 있다.

첫째, 이 소설의 제목과 관련해서다. 원제목인 'Disgrace'는 치욕과 불명예를 뜻하는 'shame'과 의미상 차이가 별로 없지만, 두 단어 사이에는 어원적인 차이가 있다. 다른 단어에서 유래하지 않고 다소간에 독립적인 단어인 'shame'과 달리, 'disgrace'는 'grace'에서 파생한 단어다. 우아함, 품위, 체면, 은혜, 은총을 의미하는 'grace'로부터 떨어진 상태가 'disgrace'라는 의미다. 그리고 이 소설과 관련한 작가의 창작 노트를 보면 불미스러운 사건으로 인한 주인공 데이비드 루리의 "fall into disgrace"라는 표현이 있는데 이것도 제목을 '치욕' 대신 '추락'이라고 정한 이유다.

둘째, 우리말로 번역하지 않고 영어 외의 원어를 소리 나는 대로 표기하고 각주에서 의미를 밝힌 부분들이 있다. 이것은 데이비드 루리가 다른 언어들을 두루 알고 있는 지식인이어서 그의 현학적인 특성을 번역문에서도 반영하기 위한 것이다. 소설이 데이비드 루리의 의식을 간접적으로 자유롭게 따라가는 일종의 삼인칭 고백적 서사로 되어 있어서 더욱 그렇다. 또한 등장인물들이 사용하는 언어가 아프리칸스어일 때도 소리 나는 대로 표기하고 의미를 각주에서 밝혔다. 이것은 남아프리카가 영어, 아프리칸스어, 다양한 토착어 등이 혼재하는 다언어적인 공간이라는 사실을 환기하기 위한 것이다. 그리고 이와는 별개로 독자의 편의를 위해 인용문이나 관련된 내용의 출처를 각주에 밝힌 곳들도 있다.

셋째, 이 소설의 주인공 데이비드 루리와 그의 딸 루시 사이에 오가는 대화를 원전과 다르게 옮겼다. 원전에서는 루시가 아버지를 부를 때 데이비드라고 한다. 처음에는 곧이곧대로 번역하려 했지만 아무래도 어색해 작가와 상의한 결과, 루시의 말을 한국 정서에 맞게 경어체로 바꿨다. 우리 문화권에서라면 딸이 아버지의 이름을 부르는 것은 있을 수 없는 일이지만, 서양에서는 자식이 부모의 이름을 부르는 경우가 있다. 흔한 일은 아니지만 자유주의적인 가정에서는 그런 경우가 더러 있다.

그런데 우리말 번역본에서 문화적 차이 때문에 어쩔 수 없이 아버지에 대한 호칭을 바꾸고 어조를 조정하긴 했지만, 그럼에도 독자가 잊지 말아야 할 것은 데이비드와 루시가 대등한 관계라는 것이다. 그들의 말과 행동을 보면, 데이비드와 루시는 종속적인 부녀 관계가 아니라 자신만의 생각이 확고한 독립적인 두 주체다. 두 사람은 현재와 미래를 보는 눈도 다르고 거기에 대응하는 방식도 다르다. 그래서 러시아 비평가 미하일 바흐친의 이론을 빌려 말하자면, 두 사람은 대화적 관계다. 바흐친의 이론에서 '대화'는 우리가 대화라는 말을 사용할 때

의미하는 오순도순하고 사이좋은 개념이 아니라, 한쪽이 다른 쪽을 압도하지 않고 갈등하고 대립하는 개념이다. 이것은 『추락』에 나오는 부녀 관계만이 아니라 다른 것들에도, 어쩌면 쿳시의 다른 소설들 모두에도 적용될 수 있는 미학적 입장이다. 그의 소설들에는 상반된 목소리들이 치고받고 싸움을 벌인다. 그 갈등과 싸움이 쿳시 소설의 강점이요 핵심이다. 도스토옙스키의 소설들에서 서로 다른 힘들이 갈등하면서 싸움을 벌이는 것처럼.

—

나는 1998년 1월부터 2000년 1월까지 이 년 동안 케이프타운대학교 영문과에 있었다. 처음 1년은 한국학술진흥재단의 지원을 받는 해외파견교수로, 다음 일 년은 케이프타운대학의 지원을 받는 펠로로 있었다. 그 인연으로 케이프타운대학교 영문과 교수였던 쿳시를 인터뷰하고 『추락』을 번역했다. 번역은 전적으로 그의 신뢰와 배려 덕분이었다. 내가 『추락』을 번역하고 싶다고 하자, 그는 나를 번역자로 지정하여 그의 에이전트에게 통보했다. 나는 『추락』을 번역하는 동안, 그가 대학에 있을 때는 그의 연구실을 찾아가서, 그가 시카고대학교에 있을 때는 이메일로 도움을 청했다. 그때마다 그가 보여준 친절함과 자상함을 생각하면 지금도 고마움에 가슴이 뭉클하다. 이번에 개정판 작업을 하면서도 그의 도움을 받았다.
　작가를 개인적으로 알고 지낸 지 이십오 년이 훌쩍 넘었다. 이것은 내가 그를 좋아하고 존경한 세월이 그만큼 되었다는 말이다. 내가 처음 만났을 때 그는 오십대 후반이었고 지금은 팔십대 중반이 되었다. 그사이에 나는 그의 작품들을 우리말로 옮겼고, 가장 최근에는 『폴란드인*The Pole*』을 번역해 곧 내놓으려고 한다. 번역하면서 나는 그에 대한 존경심이 더 깊어졌다. 나는 학자이자 번역가로서 도스토옙스키의 소설만큼 그의 소설이 위대하다고 생각한다. 내가 1998년에 그와 식사를 하면서 도스토옙스키가 등장인물로 나오는 그의 『페테르부르크의 대가』를 가리켜 "이유는 모르지만 가장 가슴에 와닿는 소설"이라고 했던 기억이 새롭다. 나중에 알고 보니, 그것은 아들을 잃은 쿳시가 아들을 잃은 도스토옙스키를 빗대어 쓴 일종의 알레고리 소설이었다.

나는 『추락』을 2000년에 번역해 펴냈고 2004년에 개정판으로 냈다. 그리고 2024년 현재 두번째 개정판을 출판사를 달리하여 낸다. 개정판 작업을 하면서 많은 오역을 바로잡고 어색한 부분을 보완했다. 잘못 번역된 곳들을 찾아내 수정하면서 낯이 뜨거웠다. 치명적인 오역들을 바로잡을 수 있어서 얼마나 다행인지 모르겠다. 완전한 번역과는 아직도 거리가 있지만, 이번 작업을 계기로 마음이 조금 편해졌다. 나는 쿳시의 위대한 소설이 완전함과는 거리가 먼 내 번역문을 통해서도 자기를 전달하는 힘을 갖고 있다고 믿는다. 그의 소설을 번역해 내놓을 수 있어서 기쁘다.

왕은철

1940년	남아프리카공화국 케이프타운에서 변호사인 아버지와 교사인 어머니 사이에서 태어나다. 아버지는 네덜란드 이민자의 후손이었고, 어머니는 폴란드계 독일 이민자의 후손이었다.
1942년	아버지가 남아프리카공화국 군인으로 제2차세계대전에 참전해 중동과 이탈리아에서 복무하다.
1943년	남동생 데이비드 쿳시가 태어나다.
1945년	아버지가 전쟁에서 돌아오다. 가족이 케이프타운 폴스무어에 정착하고, 쿳시는 폴스무어초등학교에 입학하다.
1946년	아버지가 케이프 지방행정청에서 직장을 구하다. 가족이 로즈뱅크로 이사가게 되어 쿳시는 로즈뱅크초등학교로 전학을 가다.
1948년	아버지가 케이프 지방행정청에서 실직하고 우스터에 있는 스탠더드 캐너스사로 자리를 옮기다. 가족이 리유니언 파크로 이사하고 쿳시는 1949년 4월에 우스터초등학교로 전학을 가다.
1952년	아버지가 케이프타운 굿우드에 변호사 사무실을 개업하다. 가족이 플럼스테드로 이사하고 쿳시는 세인트조지프 가톨릭학교로 전학을 가다.
1956년	세인트조지프 가톨릭 학교 졸업.
1957~1961년	케이프타운대학교에 입학해 영문학과 수학을 전공하다. 하워스 교수의 배려로 문예창작 과목을 수강하고 교내 잡지에 시를 발표하다. 1961년 11월, 사우샘프턴을 향해 배로 떠나

다. 영국에서 케이프타운대학교 문학사학위를 받다.

1962년   런던 IBM에서 컴퓨터 프로그래머로 일을 시작하다. 장학금
을 받고 케이프타운대학교 문학석사과정에 등록해 대영박물
관 열람실에서 포드 매독스 포드 연구에 매진하다. 하이퍼텍
스트 시를 실험하다.

1963년   케이프타운으로 돌아와 학창 시절 알고 지내던 필리파 주버
와 재회해 6월에 결혼식을 올리다. 포드 매독스 포드에 관한
논문을 완성하여 제출하다. 처음에는 영국의 교사직을, 다음
에는 프로그래머로 일자리를 지원하다. 미국의 박사과정에
대해 알아보다.

1964년   필리파와 영국으로 떠나다. ICT사(International Computers
and Tabulators, Ltd)에서 일을 시작하다.

1965년   케이프타운대학교와 미국에 있는 대학교의 박사과정에 동시
에 지원하다. 케이프타운대학교에서 모더니즘에 관한 박사
과정을 제안받지만 거절하다. 풀브라이트 장학금을 받고, 미
국 내 여러 대학에서 제안을 받으나 최종적으로 오스틴 텍사
스 대학교를 선택하다. 필리파와 함께 미국으로 건너가 오스
틴 텍사스 대학교에서 언어학과 문학 박사과정에 들어가다.

1966년   아들 니콜라스가 태어나다.

1968~1969년 사뮈엘 베케트에 관한 논문을 완성하던 중에 뉴욕주립대학
교 조교수로 임용되었으나 비자 문제 때문에 계약기간이 제
한되다. 캐나다와 홍콩에 임용 지원을 하고, 브리티시컬럼비
아대학교에서 제안을 받지만 거절하다. 비자 연장을 받기 위
해 노력하나 베트남전쟁 반대 시위에 참여한 전력 때문에 계
속 무산되다. 딸 기셀라가 태어나다.

1970년   『어둠의 땅Dusklands』 집필을 시작하다. 뉴욕주립대학교
교수 45명이 대학의 경영방식과 캠퍼스 내 경찰 배치에 반

대하는 시위로 헤이스 홀을 점령한 '헤이스 홀 사건'에 가담
해 불법침입과 법정모독으로 유죄판결을 받다. 그해 12월
필리파와 자녀들은 남아프리카로 돌아가다.

1971년　끝내 비자를 연장하지 못해 남아프리카로 돌아가다. 가족과
함께 쿳시 가문의 농장과 가까운 곳에 정착하다. '헤이스 홀
사건' 유죄판결이 번복되지만 미국 재입국비자를 받을 가능
성이 거의 없어지다.

1972년　케이프타운대학교 영문과 교수가 되다.

1973년　『어둠의 땅』 집필을 마치지만 몇몇 출판사로부터 출간을 거
절당하다.

1974년　요하네스버그에 있는 출판사 레이번 프레스에서 『어둠의
땅』을 출간하다. '책 태우기'라는 제목의 소설을 집필하기 시
작하나, 일 년 후 중단하다.

1975년　네덜란드 소설 『사후의 고백 Een Nagelaten Bekentenis』을
영어로 번역 출간하다.

1976년　『나라의 심장부에서 In the Heart of the Country』 집필을 시
작하다.

1977~1979년　『나라의 심장부에서』를 출간하고 남아프리카 최고의 문학상
인 CNA상을 수상하다. 『야만인을 기다리며 Waiting for the
Barbarians』 집필을 시작해 오스틴 텍사스 대학교, 버클리
대학교, 캘리포니아대학교에서 안식년을 보내는 동안 완성
하다. 『마이클 K의 삶과 시대 Life & Times of Michael K』 집
필을 시작하다.

1980년　필리파와 이혼. 『야만인을 기다리며』를 출간하다. 후에 평생
반려자가 된 영문과 교수 도러시 드라이버와 만나기 시작하
다. 『야만인을 기다리며』로 두번째 CNA상 수상.

1982년　『포 Foe』 집필을 시작하다.

1983년	『마이클 K의 삶과 시대』를 출간하고 부커상을 수상하다. 아프리칸스어 소설 『바오밥나무로의 탐험 *Die Kremetartekspedisie*』을 영어로 번역 출간하다.
1984년	케이프타운대학교 영문과 정교수로 임명되다. '자서전 속의 진실'이라는 제목으로 정교수 취임 기념 강연을 하다. 『마이클 K의 삶과 시대』로 세번째 CNA상 수상.
1985년	『포』 집필을 마치다. 어머니가 세상을 떠나다. 『마이클 K의 삶과 시대』로 에트랑제 페미나 상 수상.
1986년	『포』 출간. 남아프리카 소설가 안드레 브링크와 함께 남아프리카공화국 시 모음집 『부서진 땅 *A Land Apart*』을 출간하다. 존스홉킨스대학에서 방문교수로 지내다. 『철의 시대 *Age of Iron*』 집필을 시작하다.
1987년	예루살렘상 수상. 회고록 『소년 시절 *Boyhood*』 집필을 시작했다가 중단하다.
1988년	아버지가 세상을 떠나다. 당시 케이프타운대학교 영문과 교수로 재직하던 데이비드 애트웰과 함께 『이중 시점: 에세이와 인터뷰 *Doubling the Point: Essays and Interviews*』 집필을 시작하다.
1989년	아들 니콜라스가 세상을 떠나다. 『철의 시대』 집필을 마치다. 1980년부터 쓰기 시작한 남아프리카 백인의 글쓰기에 관한 에세이를 모은 『백인의 글쓰기 *White Writing: On the Culture of Letters in South Africa*』를 출간하다. 존스홉킨스대학교에서 또 한번 방문교수로 지내다.
1990년	『철의 시대』를 출간하고 선데이 익스프레스 올해의 책으로 선정되다. 필리파가 세상을 떠나다.
1991년	『페테르부르크의 대가 *The Master of Petersburg*』 집필을 시작하다. 하버드대학교에서 방문교수로 지내다. 도러시 드라

이버와 오스트레일리아에 장기간 체류하다.

1992년 『이중 시점: 에세이와 인터뷰』를 출간하다.

1994년 『페테르부르크의 대가』를 출간하다.

1995년 『추락Disgrace』 집필을 시작하다. 『페테르부르크의 대가』로 아이리시 타임스 국제소설상 수상. 오스틴 텍사스 대학교, 시카고대학교 등 여러 대학교에서 정기적으로 방문교수로 지내기 시작하다. 이즈음 오스트레일리아 이민을 알아보기 시작하다.

1996년 『모욕 주기: 검열에 관한 에세이Giving Offense: Essays on Censorship』를 출간하다. 〈뉴욕 리뷰 오브 북스〉 등 여러 잡지에 정기적으로 서평을 기고하기 시작하다.

1997년 『엘리자베스 코스텔로Elizabeth Costello』에 대한 구상을 시작하다. 『소년 시절』을 출간하다.

1999년 『추락』을 출간하고 두번째 부커상을 수상하다. 프린스턴대학교에서 했던 태너 강연을 토대로 『동물들의 삶The Live's of Animals』을 출간하다.

2000년 『추락』으로 커먼웰스상 수상.

2001년 오스트레일리아 대사관으로부터 이민 비자를 받다. 케이프타운대학교 교수직에서 퇴임하다.

2002년 오스트레일리아로 이민. 도러시 드라이버와 함께 애들레이드에 정착하다. 애들레이드대학교 영문학부 명예연구원이 되다. 『청년 시절Youth』을 출간하다.

2003년 노벨문학상 수상. 『엘리자베스 코스텔로』 출간. 시카고대학교 교환교수를 겸임하다.

2004년 『슬로우 맨Slow Man』을 집필하다. 네덜란드 시집 『뱃사공과 풍경: 네덜란드의 시Landscape with Powers: Poetry from the Netherlands』를 번역하고 출간하다. 도러시 드라이버와 함께 스탠퍼드대학교 방문교수로 초대받다.『서머타임 Summertime』 집필을 시작하다.

2005년 『슬로우 맨』 출간. 남아프리카공화국 국가 훈장을 수여받다. 『어느 운 나쁜 해의 일기 Diary of a Bad Year』 집필을 시작하다.

2006년 오스트레일리아에 귀화하다.

2007년 『어느 운 나쁜 해의 일기』 출간. 2002년과 2005년 사이에 쓴 서평들을 모아 『내면 활동 Inner Workings』을 출간하다.

2008년 폴 오스터와 교류하기 시작하다.

2009년 『서머타임』을 출간하다.

2010년 동생 데이비드가 워싱턴에서 세상을 떠나다. 네덜란드 국가 훈장을 받다.

2011년 세 권의 허구화된 회고록 『소년 시절』 『청년 시절』 『서머타임』을 모은 『시골생활의 풍경 Scenes from Provincial Life』 출간.

2013년 폴 오스터와의 서신을 담은 『바로 여기 Here and Now: Letters 2008-2011』 출간. 『예수의 유년 시절 The Childhood of Jesus』 출간.

2014년 『세 개의 스토리 Three Stories』 출간.

2015년 아라벨라 커츠와의 서신을 담은 『좋은 이야기 The Good Story: Exchanges on Truth, Fiction and Psychotherapy』 출간.

2016년 『예수의 학창 시절 The Schooldays of Jesus』 출간.

2017년 『최근의 에세이 Late Essays: 2006-2017』 출간.

2019년 『예수의 죽음 The Death of Jesus』 출간.

2023년 『폴란드인 The Pole』 출간.

문학동네 세계문학전집 발간에 부쳐

세계문학은 국민문학 혹은 지역문학을 떠나 존재하는 문학이 아니지만 그것들의 총합도 아니다. 세계문학이라는 용어에는 그 나름의 언어와 전통을 갖고 있는 국민문학이나 지역문학의 존재를 인정하면서 그것을 넘어서는 문학의 보편적 질서에 대한 관념이 새겨져 있다. 그 용어를 처음 고안한 19세기 유럽인들은 유럽문학을 중심으로 그 질서를 구축했지만 풍부한 국민문학의 전통을 가지고 있는 현대의 문학 강국들은 나름의 방식으로 세계문학을 이해하면서 정전(正典)의 목록을 작성하고 또 수정한다.

한국에서도 세계문학 관념은 우리 사회와 문화의 변화 속에서 거듭 수정돼왔다. 어느 시기에는 제국 일본의 교양주의를 반영한 세계문학 관념이, 어느 시기에는 제3세계 민족주의에 동조한 세계문학 관념이 출현했고, 그러한 관념을 실천한 전집물이 출판됐다. 21세기 한국에 새로운 세계문학전집이 필요하다는 것은 명백하다. 우리의 지성과 감성의 기준에 부합하는 세계문학을 다시 구상할 때가 되었다.

문학동네 세계문학전집은 범세계적으로 통용되는 고전에 대한 상식을 존중하면서도 지난 반세기 동안 해외 주요 언어권에서 창작과 연구의 진전에 따라 일어난 정전의 변동을 고려하여 편성되었다. 그래서 불멸의 명작은 물론 동시대 세계의 중요한 정치·문화적 실천에 영감을 준 새로운 작품들을 두루 포함시켰다.

창립 이후 지금까지 한국문학 및 번역문학 출판에서 가장 전문적이고 생산적인 그룹을 대표해온 문학동네가 그간 축적한 문학 출판 경험을 바탕으로 새로운 세계문학전집을 펴낸다. 인류가 무지와 몽매의 어둠 속을 방황하면서도 끝내 길을 잃지 않은 것은 세계문학사의 하늘에 떠 있는 빛나는 별들이 길잡이가 되어주었기 때문이다. 우리가 자부심과 사명감 속에서 그리게 될 이 새로운 별자리가 독자들의 관심과 애정에 힘입어 우리 모두의 뿌듯한 자산이 되기를 소망한다.

문학동네 세계문학전집 편집위원
민은경, 박유하, 변현태, 송병선, 이재룡, 홍길표, 남진우, 황종연

세계문학전집 256
추락

초판 인쇄 2024년 12월 11일
초판 발행 2024년 12월 23일

지은이 J. M. 쿳시 | 옮긴이 왕은철

책임편집 백지선 | 편집 송원경 정혜림 오동규
디자인 김유진 이원경 | 저작권 박지영 형소진 최은진 오서영
마케팅 정민호 서지화 한민아 이민경 왕지경 정유진 정경주 김수인 김혜원 김예진
브랜딩 함유지 함근아 박민재 김희숙 이송이 김하연 박다솔 조다현 배진성
제작 강신은 김동욱 이순호 | 제작처 영신사

펴낸곳 (주)문학동네 | 펴낸이 김소영
출판등록 1993년 10월 22일 제2003-000045호
주소 10881 경기도 파주시 회동길 210
전자우편 editor@munhak.com | 대표전화 031) 955-8888 | 팩스 031) 955-8855
문의전화 031) 955-1927(마케팅) 031) 955-2684(편집)
문학동네카페 http://cafe.naver.com/mhdn
인스타그램 @munhakdongne | 트위터 @munhakdongne
북클럽문학동네 http://bookclubmunhak.com

ISBN 979-11-416-0015-0 04840
     978-89-546-0901-2 (세트)

www.munhak.com

문학동네 세계문학전집

● 문학동네 세계문학전집은 계속 출간됩니다